KB052387

惡意

악의

죽은 자의 일기

악의

惡意

죽은 자의 일기

정해연 장편소설

황금가지

차례

1

112 신고 센터로 한 사건에 대한 신고가 거의 동시에 네 통이 나 접수되었다. 그만큼 목격자가 많은 사건이었다. 사건의 관할서 인 영인 경찰서 형사들이 도착한 것은 정확히 사건 발생 십 분 후 였다. 주상복합 건물 앞에 사람들이 둥글게 모여 있었다. 형사들 은 인파를 뚫고 들어가 급히 폴리스 라인을 쳤다. 뒤따라 도착한 과학수사대에서 시신의 사진을 찍고, 흰 천으로 덮었다. 현장 보 존을 해야 하니 시민들을 막으려는 경찰들과 궁금증에 목을 길 게 빼는 시민들 사이에 실랑이가 벌어졌다. 그 사이를 영인 경찰 서 형사2팀 서동현이 느긋하게 비집고 들어갔다.

"팀장님!"

서동현을 보고 반색하며 다가온 것은 지신우 경장이었다. 서동 현은 그의 인사를 고갯짓으로만 받은 다음 시신을 눈으로 훑었다. 30대 후반, 혹은 40대 초반 정도로 보이는 여자가 엎드린 자세로 누워 있었다. 머리를 중심으로 뻗쳐 나온 엄청난 피가 홈드레스로 보이는 흰색 원피스를 적시고 있었다. 시신으로부터 두 발자국쯤 떨어진 곳까지 피가 튀어 있었다. 사실 누워 있었다기보다는 가지고 놀던 인형을 마구 던져놓은 것처럼 보였다. 흐트러진 머리카락이 아스팔트 위를 가르고 있었다.

서동현은 고개를 들어 건물을 올려다보았다. 지신우가 얼른 설명을 붙였다.

"17층입니다."

서동현은 고개를 끄덕였다.

"즉사였겠군."

"거의 즉사에 가까웠을 겁니다."

서동현은 시선을 거두고 지신우 경장을 보았다. 지 경장의 설명이 이어졌다.

추락사였다. 추락 당시 목격자가 적지 않았다. 늦은 시간이었지만, 학원에 다녀오느라 밤늦게 귀가하는 고교생 아들, 딸을 맞이하기 위해 단지 안으로 내려온 입주민들이 많았기 때문이었다. 평소와 다름없이 분주한 사람들 사이로 여자가 떨어졌다. 동시에 비명이 아파트 내부를 뒤흔들었다. 가장 가까운 곳에 있었던 것은 28세의 직장인 여성이었다. 아주 찰나의 일이었지만 사고 직후 추락한 여성의 손가락이 몇 번 파르르 떠는 것을 분명 보았다고 했다. 목격자는 술에 취하지도 않았고, 야근을 한 뒤 퇴근하던 길이었다고 했다.

"그래서 처음엔 자살이 아닐까 생각했었습니다."

지 경장이 덧붙였다. 동현은 고개를 끄덕였다. 새삼, 아파트를 다시 올려다보았다. 꽤나 호화로운 주상복합 아파트였다. 1층부터 5층까지 레스토랑, 헬스클럽, 마트 같은 시설이 입주해 있었고 6층부터 꼭대기 층까지가 거주 생활공간이었다. 상가가 차지하고 있다 하여 번잡하지는 않았다. 최고급 시설들만 허가를 받아 입주해 있기에, 어떻게 보면 그들만의 세상이라고 홍보던 아내의 말이 떠올랐다. 강남의 한복판, 꽤나 화려한 주상복합 아파트. 이런 곳에서 사는 여자의 자살은 더 이상 놀라운 일은 아니었다. 끌어안는 것이 많으면 많을수록 허무는 점점 공간에서 밀려 뼛속을 파고 들어가는 법이다.

"그런데 시신이 한 구 더 있습니다."

"한 구 더? 신고 들어온 건 이 사건뿐이잖아?"

"아뇨. 첫 사건이 접수된 직후, 두 번째 시신이 확인되었습니다."

서동현은 112로 신고된, 투신자살 건만 연락을 받았다. 그 뒤 현장에 형사들이 도착했고, 사망자의 신원을 확인하기 위해 경비원을 불렀다. 50대 후반의 비교적 젊은 경비원이었다. 그는 사망자가 1702호의 여자라는 것을 알아보았다. 형사들이 즉각 1702호로 방문, 진입하자마자 또 다른 시신을 발견한 것이었다.

"1702호라."

지 경장이 보고를 덧붙였다.

"집 안에서 죽은 것은 70대 노인입니다. 추락사한 여성과 가족 관계입니다. 교살, 살해당한 것으로 보입니다."

"집안에 있었던 다른 사람은?"

지신우는 설명을 이었다.

형사들이 집으로 진입했을 때 현관에서 바로 보이는 정면 거실에 한 중년의 여자가 주저앉아 있었다. 여자의 신원은 1702호에 가사도우미로 일하는 방옥순. 장을 보러 마트에 갔다가 돌아온 길이라고 했다. 외부로 나갔다가 아파트로 들어오면서 단지 안이 소란스럽고 경찰차가 보이긴 했지만, 자신과 관련된 일일 줄은 생각지 못했다고 했다. 들어오자마자 거실에 널브러진 시신에 놀라 주저앉은 사이, 경찰들이 진입했다.

서동현은 지 경장의 설명을 들으며 함께 1702호로 올라갔다. 현관 문 앞에 이미 폴리스 라인이 쳐져 있고, 추가 지원 나온 형사들이 현장보존을 위해 구경꾼들을 내몰며 과학수사대가 도착하기를 기다리고 있었다. 서동현과 지 경장은 폴리스 라인을 들고 허리를 숙여 안으로 들어갔다.

호화롭다. 내부의 첫 인상은 그러했다. 서동현은 평생을 벌어도 살아보지 못할 80평대 아파트였다. 천장의 화려한 조명 빛이 대리석 바닥재 위에서 부딪히고 있었다. 들어서서 바로 오른쪽으로 있는 야트막한 계단 밑이 거실이었다. 왼편 벽에 서 있는 장식장에는 화려한 상패들이 즐비했고, 발코니로 통해 있는 통유리 밖 야경은 이 집의 어떤 고급 가구보다 더한 명품이었다.

대충 이야기를 들은 대로 엎어진 노인의 시신이 거실 정중앙, 소파 바로 옆에 있었다. 베란다 문은 열려 있었다. 그곳을 통해 젊은 여성 쪽이 추락한 것이라고 생각됐다.

"장옥란, 76세. 추락사한 주미란의 시어머니입니다."

지 경장의 설명을 들으며 동현은 다시 시신 쪽으로 고개를 돌렸다. 목에 교살당한 흔적이 역력했다. 붉은 줄이 낙인처럼 그어져 있었다. 동현은 무릎을 굽히고 앉아 시신을 자세히 들여다보았다.

"뒤에서 당했군."

"네."

목에 남아 있는 흔적이 목 뒤에서 교차되어 있었다. 피해자의 목에 줄을 걸어 뒤에서 강하게 당겨 압박했을 때 남는 흔적이었다.

"침입 흔적은?"

"지금 지문 감식 중에 있습니다만 현재 특별한 침입 흔적은 없습니다. 교살당한 피해자에게서도 고통 때문인지 자기 손으로 허벅지를 쥐어뜯은 흔적은 있지만, 몸싸움을 벌인 것 같지는 않습니다. 저 그리고……."

지신우가 조심스럽게 입을 열었다.

"주미란의 유서는 아직 발견되지 않았습니다. 아무래도 시어머니를 살해하고 자살한 거 아닐까요?"

서동현이 손을 들어 그의 말을 제지했다.

"아서. 사건에 앞서 선입견 생기는 거 좋지 않아. 목격자라는 입주 가사도우미, 어디 있지?"

"방에 있습니다. 시신 발견 후 너무 충격이 커서 쉬게 해 주었습니다. 여 형사가 같이 있습니다."

"피해자 가족은?"

"연락했습니다. 곧 온다고 했습니다. 그런데 그게……."

지 경장이 말끝을 흐렸다. 의아해하는 동현에게 바짝 다가서서 목소리를 낮추고 말했다.

"피해자의 아들이자 투신자의 남편이 누구인지 아십니까?"

서동현은 대답 없이 미간을 찌푸렸다. 퀴즈풀이를 할 만한 상황이 아니다. 지 경장을 노려보자, 그는 여전히 목소리를 낮추고 말했다.

"강호성입니다. 국민당의 그 강호성 말입니다."

허, 하고 서동현은 자기도 모르게 탄성을 뱉었다. 강호성이라면 지 경장이 목소리를 낮추고 말한 것도 이해가 갔다. 정치를 잘모르는 서동현도 강호성만큼은 알고 있다. 국민당이 정치계의 젊은 피라는 타이틀을 앞세워 하루가 멀다 하고 언론플레이를 하니 모를 수가 없다. 게다가 지금 때가 어느 때인가. 영인 시장 선거를 10일 앞둔 시점이었다. 강호성의 입장에서는 날벼락이 아닐 수 없다. 정치적인 면에서도 개인적인 면에서도.

"강호성 후보와 그의 아내, 노모, 입주 가사도우미가 이 집 구성원의 전부입니다. 아이는 없다고 합니다."

경비원을 통해 입주자 카드로 확인된 내용이라고 덧붙였다. 동현은 주변을 둘러보았다. 어느새 추가로 도착한 과학수사대가 진입해 있었다. 거실에 있는 가구들과 베란다 섀시에 과학수사대원들이 붙어 지문을 채취하고 있었다. 서동현은 시신의 근처와 베란다 근처를 주의 깊게 살폈다. *별다른 것이 아무것도 눈에 띄지 않았다.*

"현장 그대로 보존한 거야?"

"예. 아직 아무것도 이동한 것은 없습니다. 사진도 아직 찍는 중이고, 지문채취도 끝나지 않았으니까요. 무엇보다 아직 이 집의 남은 가족인 강호성도 오지 않았잖습니까?"

지신우 경장의 말이 맞았다. 강호성이 와야 평소와 달라진 것이 없는지 알 수 있다. 아직은 하나라도 현장에서 옮길 수 없다.

"뭔가 이상한가요?"

지신우가 흥미로운 눈으로 물었다. 찜찜한 것은 있지만, 아직 정확하지는 않다고 서동현은 대답했다. 벌써부터 사견을 늘어놓으면 자칫 수사에 선입견이 생겨 버리고 만다.

"일단 목격자를 만나보지."

바쁘게 움직이는 형사 하나를 향해 손가락을 퉁겼다. 형사가 다가오자 손가락으로 노인의 시신을 가리켰다.

"네!"

형사가 과학수사대 쪽에 사진을 다 찍었는지 물어보았다. 고개를 끄덕이자 형사는 미리 준비해 온 흰 천을 시신 위에 덮었다.

동현은 이 집의 가사도우미, 방옥순이 쓰고 있다는 방의 문을 열었다. 침대 끄트머리에 육십 대 후반 정도로 보이는 여자가 걸터앉아 있었다. 안색이 하얗게 질려 아직도 공황상태로 보였다. 그 앞에 여 형사가 앉아 그녀를 위로 하고 있었다. 서동현이 들어가자 여 형사가 일어섰다. 눈을 맞추고 서동현이 고개를 끄덕해 보였다. 여 형사가 손에 들고 있던 파일을 넘겨주고 방을 나갔다. 지 경장이 뒤따라 들어왔다.

서동현은 여 형사가 넘겨준 파일을 훑어보았다.

"방옥순 씨?"

자기의 이름이 불리자 방옥순은 멍했던 얼굴을 들었다. 서동현은 화장대 의자를 끌어당겨 그녀의 앞에 앉았다.

"방옥순 씨 맞죠? 이 댁의 가사도우미를 하고 계시고."

"네. 맞습니다."

간신히 들어 올린 주름진 입술에서 힘없는 목소리가 비실비실 새어나왔다.

"많이 놀라셨겠습니다."

대답 대신 서산댁은 입고 있던 주름치마를 움켜잡았다. 아직 진정이 되지 않았는지 손끝을 희미하게 떨고 있었다. 좁은 이마에 새겨 넣은 눈썹 문신 위로 땀이 맺혀 있었다.

"상황을 다시 한 번 말씀해 주시길 부탁드리겠습니다. 방옥순 씨는 외출하셨다가 돌아온 길에 사고를 알게 됐다고 들었습니다. 꽤 늦은 시간인데 외출은 어떤 일로?"

서산댁이 황망한 눈을 들고 서동현의 얼굴을 보았다. 아마 대충은 여 형사에게 이미 설명하였을 것이다. 하지만 놀란 마음에 중얼중얼 내뱉는 것과 조금 정신을 차린 뒤에 생각을 정리해 말하는 것과는 차이가 있을 수 있다. 아주 작은 것 하나라도 간과하고 넘어가서는 안 되는 것이 수사현장이다. 답변을 재촉하듯 서산댁을 보며 고개를 끄덕였다. 서산댁이 천천히 입을 열었다.

"열한 시쯤 되었나, 좀 덜 되었을 때였나. 큰 사모님이 딸기가 드시고 싶다고 하셨어요."

큰 사모님이라는 것은 76세의 노인, 장옥란을 말하는 것이다.

"어차피 트리오랑 세탁 세제를 사야 해서 집을 나섰어요."

마트 봉투가 현관 앞에 널브러져 있던 것이 생각났다.

"나가시는 것을 주미란 씨도 알고 계셨나요?"

"작은 사모님요? 네. 당연히 말씀드리고 나갔어요. 제가 없는 동안 찾으시면 안 되니까요."

14

그 길로 나가 집에서 20분 정도 거리에 있는 대형 마트에 갔다고 했다. 밤 시간인지라 사람이 많지 않아 느긋하게 이것저것 구경해 볼까 싶기도 했지만 역시 남의 집 일을 하는 입장에서 개인적인 장을 보기가 꺼림칙해서 조금 돌아보고 난 뒤 살 것만 사고 나왔다. 다시 집으로 돌아왔는데 아파트 앞이 소란스러웠지만, 그러려니 하고 엘리베이터에 탑승했다. 집에 들어갔는데 거실을 가득 채운 서늘한 공기에 반사적으로 눈이 베란다로 옮겨갔다. 베란다 섀시가 열려 있어 이상하다고 생각했고, 곧 응접실 테이블 근처에서 쓰러진 장옥란을 발견했다. 가서 흔들어본 순간 이미 사망했다는 것을 예감했고, 그 자리에서 119에 신고했다, 는 것이 방옥순의 이야기였다.

보고서에 적힌 신고 시각은 밤 11시 52분. 진술과 맞아떨어진다.

"갑자기 그렇게 뭐가 먹고 싶다고 하는 일이 자주 있었나요?"

서산댁이 고개를 끄덕였다.

"네. 간식을 좀 즐기시는 편이에요. 작은 사모님께서 콜레스테롤을 조절해야 한다고 말려도 잘 듣지 않으셨죠. 특별히 정해놓고 드시는 건 없었고, 뭐 이것저것, 그때그때 생각나는 음식을 찾으셨어요."

"힘드셨겠네요. 마트에 자주 가셔야 했을 테니."

수첩에 그녀의 진술을 적어 넣으며 서동현은 가볍게 말을 건넸다. 목격자의 진술을 받을 때 그가 중요하게 생각하는 점이었다. 아무리 죄를 짓지 않은 사람도 단독으로 경찰과 대면하면 자기도 모르게 긴장한다. 칠순이 가까운 노인, 그것도 심약해 보이는 여성이라면 그 긴장은 더해진다. 그래서 취조를 할 때 질문의 완급

조절을 하는 편이었다.

"네? 뭐 그렇게 자주는 아니었어요."

마음이 조금 누그러졌는지 서산댁이 희미하게 웃으며 말했다.

"하지만 간식을……."

"아, 네 매일같이 드시기는 했고, 뭘 정해놓고 드시지는 않았지만, 일주일에 한번 냉장고를 채울 때마다 큰 사모님께 꼭 여쭤보고 사왔어요. 그리고 부잣집이잖아요. 작은 사모님이 항상 모자라는 게 없이 고기며 과일을 채워 두셨어요. 하지만 과일은 보통 제철과일을 사니까 딸기는 사다 둔 것이 없었거든요. 그래서 간 거예요."

네에, 하고 서동현이 대답했다. 수첩에 '딸기'라고 적어 넣었다.

"그런데……."

서동현이 고개를 갸웃하며 말을 꺼냈다.

"아파트 단지 안에도 슈퍼가 있을 텐데 왜 굳이 멀리 떨어져 있는 대형 마트까지 다녀오신 거죠?"

"아파트 단지 안에 있는 슈퍼는 열 시면 문을 닫아요."

"확인해 볼까요?"

지신우가 목소리를 낮추고 서동현의 귀에 속삭였다. 그러나 서동현은 그럴 필요 없다는 듯 고개를 가로저었다. 거짓말이기엔 확인이 쉬운 사항이다. 거짓말일 가능성은 적다.

그때 노크 소리가 들렸다. 지신우 경장이 문을 열었다. 형사 하나가 고개를 들이밀었다.

"강호성 씨 도착했답니다. 지금 주차장이래요."

"그래?"

지신우가 서동현의 얼굴을 보았다. 서동현은 고개를 끄덕여 보이곤 방옥순을 보며 수첩을 덮었다. 방옥순의 얼굴 위로 기쁜 기색이 슬쩍 스쳤다.

"끝난 건가요?"

"일단은요."

"일단이라면……"

"혹시 또 여쭐 게 있으면 연락드릴 수도 있습니다. 불편하시더라도 양해해 주세요."

방옥순은 머뭇거리다 나직한 한숨을 뱉었다. 조사를 받아야 하는 일이 그녀에게는 부담스러운 일일 터다. 이게 마지막이었으면 좋겠는데, 또 할 수도 있다는 말에 실망한 모양이었다. 조사하는 입장 역시도 그다지 녹록지 않다고 말해주고 싶은 심정이었다.

방옥순에 대해 수첩에 적어 넣으려는데 바깥에서 큰 소리가 났다. 지신우와 서동현이 동시에 서로를 마주 보았다.

지신우가 방문을 열고 거실 쪽으로 고개를 내밀었다.

열린 문 사이로 사내의 오열이 들려왔다.

* * *

엘리베이터를 타고 17층으로 올라가자 자신의 집 문 앞이 소란했다. 경찰복을 입은 두 명의 사내가 현관 양옆으로 서서 구경꾼들을 막아서고 있었다. 아직 기자는 보이지 않았다. 현관 앞에 붙은 노란색 폴리스 라인이 거슬렸다.

그는 크게 한숨을 들이쉬고 득달같이 현관문을 향해 뛰었다.

오열을 터뜨렸다. 보초를 서고 있는 경찰 두 명이 강호성을 알아보고는 양옆으로 비켜섰다.

강호성은 신발을 신은 채로 거실로 뛰어올라갔다. 거실 정중앙에 흰 천이 덮인 시신이 누워 있었다.

시신을 끌어안고 오열했다.

"어머니! 어머니이! 말씀 좀 해보세요, 어머니!"

공기가 숙연해졌다. 어려보이는 여자 경찰 하나가 오열하는 강호성을 보다가 촉촉이 젖어오는 눈가를 슬며시 훔치는 것이 보였다. 천에 싸인 어머니의 시신은 살아있는 것과는 다른 촉감을 느끼게 했다. 그의 오열이 더욱 소리를 높였다.

"강호성 씨?"

강호성의 울음이 뚝 그쳤다. 어머니를 끌어안은 그의 미간이 살짝 구겨졌다. 감히, 어떤 새끼가, 이 강호성에게 '씨'를 붙이는 건가.

그는 고개를 들고 자신을 부른 쪽을 쳐다보았다. 형사 두 명이 그를 내려다보고 있었다. 두 명은 모두 사복경찰이었는데, 둘 중 비교적 젊은 한 명은 강호성에게 동정의 눈빛을 보내고 있었다. 강호성의 눈길이 향한 곳은 나이가 많은 쪽이었다. '씨'를 붙인 쪽이라는 걸 단번에 알아차릴 수 있었다. 그런데 그 눈빛이 묘했다. 뭔가 거슬렸다. 그러나 지금 그런 것을 신경 쓸 때가 아니었다.

"이게…… 대체, 어떻게 된 일입니까?"

강호성은 울먹거리며 말했다. '된 일입니까?'를 말할 때는 목소리 끝이 갈라졌다.

"어떻게 이런 일이……. 어떻게!"

그는 한 번 더 오열했다.

잠시 뒤, 그는 안방의 침대로 가 걸터앉았다. 쓰러질 듯 비틀거리는 걸음을 걷는 것도 잊지 않았다. 털썩 주저앉자, 눈물을 찍어 누르던 여 형사가 찬물 한 컵을 떠 왔다. 그것을 받아 마시는데 아까의 형사 두 명이 방안으로 들어왔다.

"진정이 되셨습니까?"

차분한 목소리로 말을 걸어온 것은 젊은 쪽의 남자였다. 강호성이 컵을 내려놓고 그를 쳐다보았다.

"형사계 지신우 경장입니다."

"네에."

말끝을 늘이며 다른 쪽 형사에게로 시선을 돌렸다. 비교적 나이가 든 쪽인 남자는 자신을 소개할 생각도 없는지 방을 시선으로 훑고 있었다. 자신이 누군지 모르는 걸까 하는 생각이 들 정도였다. 불쾌한 기분이 몸에 들러붙었다.

그 시선을 읽었는지 지신우 경장이 말했다.

"이쪽은 형사 팀장 서동현 경감입니다."

"네."

목소리에 힘을 빼고 대답했다. 그제야 서동현이라는 형사의 눈이 이쪽으로 느긋하게 돌아왔다. 눈빛이 제법 매섭다.

"많이 놀라고 당황스러우셨겠습니다. 뭐라 위로의 말씀을 드려야 할지."

지신우 경장이 말을 걸어왔다. 그는 마른 입술을 혀로 핥으며 대답했다.

"어떻게 이런 일이 생겼는지…… 그래서 이런 문자를……."

"문자요?"

물어온 것은 서동현이었다. 그의 눈빛이 반짝였다. 강호성은 양손에 얼굴을 묻었다. 왠지 서동현과 눈을 맞추기가 어려웠다. 남들이 보기에는 슬픔에 빠진 듯해 보일 것이다. 마른 세수를 하고는, 이내 휴대폰을 꺼냈다. 문자를 찾아 형사들 앞에 내밀었다.

지신우가 그것을 받아 확인하고는 곧장 서동현에게로 넘겼다. 서동현이 문자 내용을 묘한 표정으로 읽었다. 고개를 들고 그가 물었다.

"휴대폰을 확인 좀 해봐도 되겠습니까?"

휴대폰을 확인한다는 것이 무슨 말인지 강호성은 금방 알아듣지 못했다. "네?"하고 되묻고는 엉겁결에 다시 "네."하고 대답했다. 서동현이 버튼 몇 개를 눌렀다.

"전화는 안 하셨네요."

"네?"

서동현은 강호성에게서 시선을 떼고 다시 휴대폰을 보았다. 버튼 몇 개를 눌러 다시 문자메시지를 불러내었다. 찍힌 그대로 읽어 보였다.

"내가 매일 아프다고 해서 당신도 지칠 거야. 미안해. 미안했어. 나도 살기가 힘들었어. 그것만 이해해 줘, 라고 보내셨네요? 이런 문자를 읽고도 전화를 해보겠다는 생각은 없으셨나요?"

옆에서 듣던 지신우가 깜짝 놀라 강호성에게로 고개를 홱 돌렸다. 문자를 받고 강호성이 아내에게 전화를 했는지 확인하겠다는 것은 생각지 못했던 부분이었다.

강호성이 침착하게 대답했다.

"아내는 평소에도 자주 그런 말을 해왔기 때문에 다르게 생각하지 않았습니다. 당장 선거가 코앞이라 너무 정신없기도 했고, 늘 보내던 그런 말인 줄 알고."

"늘 그런 말을요? 혹시 우울증이?"

지신우의 질문에 강호성이 곤란한 듯 바닥으로 시선을 떨어뜨렸다.

"딱히 검사를 받은 적은 없지만 우울증도 있긴 했겠지요. 아내는 말기 암환자였어요."

아아, 하며 지신우가 납득했다. 서동현이 그렇군요, 하며 휴대폰을 끄고 강호성에게 돌려주었다.

"많이 놀라고 당황스러우시겠지만, 한 가지만 더 여쭙겠습니다."

"네."

"조사는 더 해보아야겠지만 정황상 어머님께서는 누군가에게 목을 졸린 것으로 보입니다. 그리고 사모님께서는 투신하신 걸로 보이고요."

"그렇다는 것은, 아내가 어머니를?"

"정확한 건 아니지만 그렇게 보인다는 겁니다. 선생님께서 받은 그 휴대폰 문자메시지도 그렇고요."

"네."

"혹시 그렇게 된 데에는 무슨 연유가 있습니까? 시어머니를 죽이고 자살해야 하는 이유 같은, 혹시 뭔가 아시는 건 없으신지 여쭤보는 겁니다."

강호성의 미간이 찌푸려졌다. 집안의 치부를 남에게 내놓아야 한다는 것에 대한 거리낌이 느껴졌다. 그는 극적으로 보이게끔 창밖을 물끄러미 응시했다가 천천히 입을 열었다.

"어머니는 치매 환자십니다."

지신우가 신음을 흘렸다.

"가끔 제정신으로 돌아오기도 하지만, 정신을 잃으실 때는 제가 보기에도 처참할 정도입니다. 아내에게 욕설을 퍼붓고, 모욕을 주지요. 벽에 똥칠을 해대는 사람보다야 낫지 않겠느냐고 형사님들은 생각할 수 있어도 그 정도는 제가 보기에도 심했어요. 어떤 날은 폭력성향이 심각하게 나타났어요. 처음에는 아주 가끔가다 한 번씩 있는 정도였습니다. 그러나 근래 들어 증상이 악화되었습니다. 하루가 멀다 하고 아내의 머리채를 쥐고 흔들어 대며 모욕을 주었어요."

"시어머니가 죽이고 싶을 만큼 미웠던 걸까요?"

"아뇨. 아내는 어머니를 안타깝게 생각했어요. 어머니의 인생을 동정했어요."

"네? 그렇다면……."

점점 힘들게만 하는 시어머니의 행동을 참지 못해 우발적으로 저지른 사건이라는 선입견이 흔들리는 말이었다. 그것을 빼면 이유가 가늠되지 않았다.

"얼마 전 의사가 아내에게 시한부 선고를 했어요. 3개월을 버티기가 힘들 거라고 했습니다."

이번에는 서동현도 지신우 경장도 입을 다물었다. 침묵을 지키는 것이 차릴 수 있는 최대의 예의였다.

"아내는 자신이 먼저 죽고 난 뒤 어머니와 제가 걱정되었을 겁니다. 어머니가 제 정치 생활에도 도움이 되지 않을 거라고 생각할 수도 있겠고요. 어쩌면 어머니를 동정해서 그럴 수도 있었겠죠."

"그러고 보니 아까도 그런 말씀을 하셨는데…….."

"이런 말씀 드리기는 어렵지만, 제 아버지는 어머니와 결혼 후 지속적으로 여자문제를 일으켰어요. 그럼에도 남편에게 항거 한 번 하지 못하셨습니다. 남편에게 따르고 순종만 하는 것이 내조라고 생각했던 시대였으니까요. 그러던 중 아버지가 일찍 돌아가시고 홀몸으로 저를 키워내셨습니다. 여자 혼자의 몸으로 안 해본 일이 없을 정도였습니다. 그리고 이제 며느리를 보고 좀 편해질 만하니까 치매가 온 겁니다. 아내는 그것을 늘 안타깝게 생각했어요. 간혹 그런 말도 했어요. 자기 몸이 조금만 더 버텨서 어머니보다 딱 하루만 더 살고 싶다고요."

"아아."

지신우가 팔자 눈썹을 하며 그의 말에 응했다. 안타깝다는 표정이 얼굴에 역력히 드러나 있다. 그러나 여전히 서동현의 표정은 딱딱했다. 그는 재킷 안쪽 포켓에서 꺼낸 검은색 낡은 수첩에 몇 가지를 적어 넣고 있었다.

강호성이 물었다.

"그럼 앞으로는 어떻게 되는 건가요?"

"아, 그건."

서동현이 수첩을 접어 포켓에 다시 집어넣으며 고개를 들었다.

"일단 지금 현장 상황으로는 다들 생각하듯이 아내 분께서 어머님을 살해하고 곧장 자살하신 것으로 보입니다. 이럴 경우 가해자가 사망하였으므로 공소권 없음 처리가 되며 수사는 종결됩니다."

"그렇습니까?"

"뭐, 일단 현장 상황만 봐서는 그렇습니다. 그래도 혹시 모르니 당분간 여쭤보거나 부탁드릴 것이 생길 수 있습니다. 마음도 복잡하시고 여러 가지로 바쁘시겠지만 양해와 협조를 부탁드립니다."

언뜻 보면 아주 공손한 말투일 수 있으나 강호성은 조금 거슬렸다. '현장 상황만 봐서는'이라던가 '혹시 모르니' 같은 단어의 사용이 더욱 그러했다.

"네. 알겠습니다."

"그럼 잠시 사모님과 어머님의 소지품 같은 것을 볼 수 있을까요?"

"네? 아, 뭐……. 혹시 뭔가 미심쩍은 것이라도."

웃으며, 서동현이 손을 내저었다.

"그런 건 아닙니다. 그냥 일상적인 수사라고 생각하시면 됩니다. 자살에도 동기가 있을 거 아닙니까. 저희는 그런 것까지 조사를 해야 하거든요."

"아."

그냥 일상적인 것이라는 말에 강호성은 안심했다. 보라고 하면서, 강호성은 왼팔을 긁었다. 여기 저기 긁어서 생긴 흉터가 가득한 팔이었다. 자기도 모르게 긁었는데, 고개를 드는 순간 서동현과 눈이 마주쳤다. 멋쩍게 웃으며 그가 말했다.

"제가 피부가 좀…… 알레르기가 있어서요."

서동현이 고개를 끄덕였다.

"혹시 사모님께서 일기 같은 거 쓰셨습니까?"

유서가 아직 발견되지 않았다고 하니, 일기를 찾은 것이다. 근래 그녀의 심리변화를 알 수도 있을 것이다.

"일기요?"

강호성은 잠시 생각했다.

"글쎄요. 그건 잘 모르겠습니다."

뭔가를 쓰는 것은 본 적이 있지만 그것이 가계부인지, 일기인지 알지 못했다. 그만큼 자신은 너무 바빴다. 집에 들어오지 않는 일이 허다했다. 사실은 무엇을 하는지 궁금하지도, 알려고 한 적도 없었다.

애초에, 아내와는 필요에 의해 엮인 관계였다. 그는 정치를 하는 사람이다. 그 누구보다 대외적 이미지가 중요한 사람이었다. 나이가 어느 정도 찼을 때, 미혼 상태는 스캔들에 쉽게 노출된다. 그러려면 결혼을 해야 했다. 물론 성적 욕구를 바깥에서 해결할 수 없어 빨리 당긴 결혼이기도 했다.

하지만 쉽사리 결정할 수도 없었다. 결혼은 그 당시의 그에게는 이미 정치를 위한 하나의 수단이었다. 대기업 그룹의 딸, 검사 등등이 그의 결혼상대자 물망에 올랐다. 하지만 어머니의 생각은 달랐다.

천애고아, 아무것도 가진 것이 없는, 지방대 출신의 정숙한 여자.

그 조건에 주미란이 완벽하게 부합했다.

어머니의 예상은 적중했다. 그녀와의 결혼은 뒷배경도, 돈도 아닌 오직 사랑 하나만으로 살 수 있는 정직한 남자라는 이미지를 그에게 주었다. 결혼으로 부는 이뤄낼 수 없었지만 부보다 훨씬 더 값진 것을 그에게 안긴 셈이었다. 그로 인해서 그는 시의원 출마 시에도 공천을 쉽게 받았으며, 국민적 호감을 등에 업고 당선도 되었다.

다른 아무것도 하지 않아도 이미 내조를 하고 있다고 볼 수 있는 여자였다. 게다가 입도 무겁고, 가진 것이 없으니 순종적이다. 그의 정치인생에 최적화 되어 있는 여자였다.

"제가 워낙 바빠서 일기를 썼는지까지는 잘 모르겠습니다."

강호성은 문득 불안감을 느꼈다. 일기장 같은 것까지는 모르나 짤막한 단상을 쓰는 다이어리 정도는 있었을 수도 있다. 하지만 이제 와서 어쩔 수 없었다. 아내의 물건을 뒤지면 안 된다고 하기에는 의심받을 공산이 컸다.

그는 형사들에게 둘러보라고 말할 수밖에 없었다. 아무것도 나오지 않기를 바랄 뿐이었다.

2

　강호성 아내의, 그러니까 주미란의 방에서는 별다른 물건이 나
오지 않았다. 대신 가계부 한 권이 나왔다. 다이어리나 일기장 같
은 것은 없었다. 혹시나 싶어 서동현은 가계부를 뒤적여 보았다.
자산규모가 엄청나다고 알려진 정치가의 아내치고 꽤나 꼼꼼하
고 자세하게 기록되어 있는 것이 의외라면 의외였다. 한쪽 면에는
십 원 단위까지 지출 내역이 적혀 있고 옆면에 영수증이 빼곡히
붙어 있었다.
　서동현은 강호성의 동의를 얻어 가계부를 조사를 위해 가져갈
수 있는 수거품 목록에 포함 시켰다. 중요한 것은 아닐지라도 주
미란의 생활을 조금은 엿볼 수 있을 터였다.
　"그럼 오늘은 이만 돌아가겠습니다. 상심이 크실 텐데…… 위
로의 말씀을 드립니다."

"감사합니다."

인사를 건네는 지신우에게 강호성이 허리를 굽혀 인사했다. 서동현은 조용히 그를 관찰했다. 강호성은 극심한 우울감에 젖어 있는 얼굴이었다. 한날한시에 어머니와 아내를 잃은 남자의 지독한 고통, 그 자체가 여실이 얼굴에 드리워져 있었다. 부지불식간에 가족을 잃은 사람들에게서 으레 보이는 표정이다.

그런데, 뭐가 이렇게 마음에 걸리는 것인지 서동현은 알 수가 없었다.

돌아가기 위해 신발을 신었다. 이미 현관밖에 포진해 있던 구경꾼들도 돌아간 상태였다. 밖을 지키고 있던 경찰들로부터 이 주상복합의 부녀회장을 맡고 있다는 중년의 여자 하나가 찾아와 아파트값이 떨어지니 폴리스 라인을 걷고 비공개 수사를 해 줄 것을 요청하다 돌아갔다는 얘기를 들었다. 소란스러우면 안 되니 구경꾼들은 모두 돌아가라고 부녀회장이 난리를 피워준 덕분에 수월했다며, 우스갯소리도 했다.

현관문 앞까지 강호성이 따라 나와 배웅했다. 그때, 안쪽에 있는 방에서 방옥순이 나왔다.

"사장님."

사장님이란 강호성을 부르는 호칭 같았다. 방옥순은 아직 얼굴이 파리했다. 강호성이 그녀를 발견하고는 얼른 안으로 들어가 방옥순의 두 손을 맞쥐었다.

"서산댁, 많이 놀랐지요?"

"사장님."

"그래요. 얼마나 놀랐겠어요. 마음 좀 가라앉았어요? 편히 쉬지 왜 나왔어요."

그 모습을 물끄러미 보는데, 지신우가 그의 옆구리를 쿡, 찔렀다.

"이만 가요."

뭘 그렇게 보고 있냐는 듯한 말투다. 알았어, 하고 대답하고는 조금 더 서서 둘의 모습을 보았다. 그들은 서로의 손을 맞잡고 아픔을 나누고 있다.

엘리베이터의 버튼을 누르고 문이 열릴 때까지 기다렸다. 의아함이 머릿속에서 떠나지를 않았다. 마음에 뭔가 걸려 있다. 묵직한 돌에 가슴을 눌린 것 같기도 했다. 자꾸 이상한 생각이 들었다. 완전히 스스로 납득할 때까지 파헤치지 않으면 가슴을 내리누른 돌을 치울 수 없다는 정신적 경고였다.

"뭘 그렇게 생각하세요?"

엘리베이터를 타고서도 말이 없자 지신우가 먼저 입을 열었다.

"어떻게 생각하나, 이 사건?"

"뭐, 가슴 아픈 사연이긴 하죠. 강호성 씨 말대로 생명이 얼마 남지 않은 며느리가 치매에 걸린 시어머니를 데리고 가다니. 그걸 효부로 봐야 할지 애매해요."

"흐음."

"어쨌든 이번 사건은 유족이 유명인이라 좀 소란스러울 수는 있어도 빨리는 끝나겠네요."

"과연 그럴까?"

"네?"

네? 하고 지신우가 되물은 순간 엘리베이터가 지하 주차장에 멈춰 섰다. 서동현은 벽에 기댔던 몸을 일으켜 엘리베이터에서 내렸다. 지신우가 뒤따라오며 그게 무슨 소리냐고 물어왔다.

서동현은 아랑곳하지 않고 차 있는 곳까지 걸었다. 주머니에서 차 키를 꺼내 지신우에게 던졌다. 지신우가 이크, 하면서도 공중에서 날아든 차 키를 잘 잡아내었다.

"운전해. 신세 지는 주제니까."

"아이고. 서러워라."

지신우가 장난스럽게 대답하며 운전석에 올랐다. 그는 출동한 형사들과 함께 왔기 때문에 개인차량은 가지고 오지 않았다. 뒤늦게 온 서동현과 함께이니 돌아갈 때는 그의 차를 얻어 타기로 한 참이었다.

서동현이 조수석에 올라 문을 닫는 것을 확인한 지신우가 시동을 걸었다. 지하 주차장에 엔진 소리가 경쾌하게 퍼졌다.

"과연 그럴까 라니, 뭔가 이상한 거라도 있으세요?"

도로에 접어들었을 때 지신우가 조심스럽게 물어왔다. 확실하지 않은 것을 웬만하면 발설하지 않는 서동현의 스타일을 알기에 조심스러워 하는 것이다. 서동현은 조수석에 몸을 깊숙이 묻었다.

"장옥란의 시신을 덮고 있는 천 말이야. 강호성은 그걸 걷어 보지도 않았어."

"천이요?"

병사를 제외하곤 자신의 가족이 갑자기 죽었다는 연락에 뛰어간 사람이, 시신을 덮고 있는 천을 걷어보지 않는 경우가 얼마나 될까. 그것은 생각보다도 더 적다. 더군다나 얼굴을 확인하고도 부정하고 믿지 않는 사람이 태반이다. 아무리 들어오는 입구에서 어머니의 사망 소식과 함께 거실에 시신이 있다는 얘기를 들었다고 해도 납득 가는 행동은 아니다. 서동현은 그런 의혹을 말했다.

"그런가요? 뭐, 너무 경황이 없어 안 볼 수도 있지 않을까요? 시신을 보는 것이 두려웠을 수도 있고."

물론 그럴 수도 있다. 하지만 자연스럽지는 않다. 서동현은 말을 덧붙였다.

"내가 목이 졸렸다고 말했을 때, 그 남자 놀라지도 않던데."

허, 하며 지신우가 숨을 멈추는 것을 느꼈다. 눈을 휘둥그렇게 뜨고 있었다.

장옥란이 교살을 당한 것은 현장에 출동한 뒤에야 서동현도 알 수 있었다. 연락을 받고 현장 상황을 본 뒤에야 알 수 있는 사실이었다. 강호성에게도 그의 아내와 어머니가 사망했다는 사실이 통보됐지만, 사망의 방법에 대해서는 전달되지 않은 상태였다.

어떻게 죽었는지 알지도 못하는 상황에서, 교살, 그것도 자신의 아내가 직접 교살을 했다는 것을 처음 안 남자의 표정이 과연 슬프기만 했던 것이 과연 일반적인 반응일까.

"그럼, 선배님은 혹시 강호성이……."

딱!

순간 서동현의 주먹이 정확히 지신우의 머리에 박혔다. 악, 하고 지신우가 비명을 질렀다. 차가 좌우로 크게 요동쳤다.

"내가 선입견 갖고 수사하지 말랬지!"

"아 정말, 그렇다고 운전하는 사람 머리를 때립니까? 폭행죄, 아니 더 나아가서는 살인 미수쥡니다 이거."

"고소해라 고소해! 나 지하철역에 내려주고 얼른 고소하러 들어가라고!"

"어디 가시게요?"

차가 도로변 쪽으로 서서히 붙었다. 멈춰 서자마자 서동현이 조수석에서 내렸다. 운전석에 있던 지신우가 상체를 쭉 내밀고 창을 통해 서동현을 보았다.

"어디 가시는데요?"

"범죄 없는 세상!"

"예?"

"차는 경찰서에 갖다 놔라!"

어리둥절한 지신우를 뒤로 하고 서동현은 거리의 어둠으로 스며들어갔다.

"연락도 없이 불쑥 불쑥 찾아오지 말랬지?"

서동현의 앞에 탁, 소리를 내며 찻잔이 놓였다. 히죽 웃으며 올려다보았다. 그녀는 의사가운이 참 잘 어울렸다. 흰 피부에 검은 뿔테 안경도 멋스러웠다. 마흔여덟의 나이로는 보이지 않았다. 자신에게는 참 과분한 여자였다, 고 서동현은 생각했다.

"매번 불쑥 불쑥 찾아올 때마다 어떻게 계속 병원에 있냐?"

"누구께서 주신 잘난 위자료 가지고는 생활이 안 되니 열심히 살아야지."

"생활비 없어 그러냐? 워커홀릭 주제에."

피, 하며 그녀가 장난스럽게 그를 흘겨보았다. 의사 가운에 붙어 있는 금색 명찰이 반짝였다.

하수아. 그녀는 개원한 지 2년 된 피부과에서 원장이자 닥터로 일하고 있다. 한때는 서동현의 아내였다. 대학시절 소개팅으로 만나 좋은 감정으로 잘 지내왔다. 그녀는 의사가 되기 위해 많은 시간이 필요했고, 동현도 형사가 된 후에는 수많은 잠복수사 때문에 시간을 낼 수 없었다. 서로가 서로에게 100퍼센트가 아니었음에도, 둘은 그것에 불만을 가질 수도 없을 만큼 바빴기에 어찌 보면 서로에게 최적의 상대였다고 생각될 정도였다.

하지만 결혼 생활은 연애 때와는 달랐다. 남일 때가 더 낫다고 생각될 정도로 자신에게만 집중하는 시간들이었다. 쉬는 날이 맞아 함께 집에 있던 날 서로의 존재가 번거롭다고 느낄 때쯤 그들은 더 나빠지기 전에 자연스럽게 갈라서는 편이 맞는다는 결론을 내렸다.

그때가 서른다섯, 아이도 없고 애정보다 우정이 더 큰 관계였다. 갈라서기 적절한 시기였다. 서동현은 이혼 뒤에 재혼은 하지 않았다. 수아도 마찬가지였다.

이혼 뒤에도 그들은 친구로서 좋은 관계를 유지하고 있었다. 서울 생활에 외로울 때면 서동현은 수아를 찾았다. 수아도 비교적 그런 서동현을 잘 받아주었다. 애초에 쿨한 여자였다. 그런 서로의 사이가 멋지게 느껴질 때도 있었다.

"바빴어? 많이 바쁘면 그냥 가고."

"아냐. 나도 좀 쉬어야지. 다음 주에 선배 부탁으로 대학 강의 하나 땜빵해 주기로 했거든."

"잘 나가네."

"당신도 잘 나가잖아. 나간 뒤에 집에는 잘 안 들어가서 문제지."

동현이 피식 웃었다. 그녀와 결혼한 뒤에도 걸핏하면 터지는 사건들 때문에 집에 제대로 들어가지 않는 날이 많았다. 그것은 어쩔 수가 없는 일이었음을 수아도 알고 있었다. 하지만 이따금 그런 생각이 들 때가 있었다.

내가 형사가 아니었다면, 우리의 결혼 생활이 조금 더 행복하지 않았을까.

동현은 창밖을 물끄러미 내다보았다. 맞은편 건물의 네온사인이 번쩍거렸다. 화려한 빛이 어두운 도심에서 반짝였다. 그것이 왠지 서글펐다.

"많이, 힘들었지?"

동현의 말에 차를 마시던 수아가 눈을 둥그렇게 떴다. 그 눈이 곧 둥글게 휘었다. 찻잔을 내려놓는 그녀의 붉은 입술이 미소를 담고 있다.

"어머니 얘기를 하는 거야?"

동현은 고개를 끄덕였다.

"힘들었지. 하루가 멀다 하고 벽에다 바르고, 문대고……. 내가 얘기했었나? 어느 날은 국을 한 냄비 끓여 놓고 나갔다가 왔는데 어디서 나셨는지 연탄 한 덩어리가 떡 하니 들어 있는 거야. 황당해서 보고 있는데 어머니가 아주 수줍게 말씀하시더라고. 우리 며느리 먹으라고 내 쇠고기 한 근 끊어 넣어 놨다. 아무도 주지 말고 너 다 묵으라."

수아가 흉내 내는 어머니의 말투는 아주 리얼했다. 동현은 자기도 모르게 풋 웃었다. 수아도 부드럽게 미소 지었다.

"지금은 웃을 수도 있는데, 그때는 그게 왜 그렇게 지옥 같고 힘들던지."

34

"그래도 어머니 돌아가셨을 때 당신이 가장 많이 울었지. 친척분들이 당신이 친딸 같고 내가 사위 같다고 할 정도였으니까."

"맞아, 그랬지. 그럴 수밖에 없는 거 아니겠어? 내 결혼생활, 당신이랑 산 거 아니잖아. 어머니랑 살았지."

논문을 쓰고, 병원에 나가 일을 하고, 집에 돌아와 어머니가 저지른 일을 처리하고, 어머니를 씻기고, 밥을 먹이고 했던 그 모든 일들을 왜 아내 혼자 겪도록 내버려두었는지 모르겠다. 간혹 아내가 원망의 말이라도 할라 치면, "나도 하고 싶어. 근데 경찰서 사정이 그런 걸 어떻게 해?" 하는 말만 쏟아내었는지 알 수가 없었다. 자신에게 있는 '사정'이 아내에게는 왜 없을 거라 여겼을까. 자신의 어머니를 아내에게 아무렇지 않게 맡겨놓았으면서, 어머니가 돌아가신 뒤 아내가 홀가분해하는 것 같다고, 왜 그런 날선 마음을 가졌을까.

"많이, 미안했어."

당시에는 차마 하지 못 했던 말이다.

서동현의 진심 어린 사과에 수아는 잠깐 당황하는 것 같았으나, 이내 쾌활하게 웃으며 동현의 어깨를 툭툭 쳤다.

"미안하면 위자료나 더 주지."

수아는 그런 사람이었다. 정말 멋진 사람과 살았다고, 동현은 생각했다. 그러면서 문득, 그런 생각이 들었다. 강호성의 아내는 어떤 사람이었을까?

동현은 찻잔을 만지작거리며 입을 열었다. 차마 수아의 얼굴을 보고는 말하기가 어려웠다.

"어머니가 어서 돌아가시길 바랐던 적은 없어?"

강호성 사건을 보며 내내 수아가 떠올랐었다.

의외의 질문이었는지 원장실에 적막감이 흘렀다. 눈을 치켜떠 얼굴을 살피니 그녀는 적잖이 놀란 모양이었다. 하지만 동현의 얼굴을 마주 보곤, 수아는 잠시 생각에 잠겼다. 왜 그런 것을 물어보느냐고 묻지 않았다.

"왜 없었겠어. 정말 나쁘지만 그런 생각, 왜 안 했겠어. 너무 힘들어서, 당신이 어떻게 생각할는지는 모르지만 했지, 그런 생각. 그런데 말이야. 그래도 막 더러운 거 묻은 어머니를 씻겨 놓고 나면 그런 생각이 들더라고. 차라리 나여서 다행이다. 당신 자식 손이 아니라 나여서. 어머니도 여자니까."

강호성의 아내도 그런 심정이었을까, 하는 생각이 들었다.

그때 전화가 울렸다. 동현은 전화를 받았다. 수화기 너머에서 하는 말을 듣고 있다가 "응, 갈게." 했다.

"가야 돼?"

전화를 끊자 수아가 물었다.

"어."

"으이씨. 갑자기 와서 사람 술 필요하게 해놓고 가냐."

동현이 히죽 웃었다.

"그러게 얼른 남자 만나라니까."

"나 구속 안 할 만큼 무지하게 바쁘고, 치매 걸린 시어머니 없고, 돈 많고, 명 짧은 놈 있으면 연락 줘."

"돈 많은 거 빼고는 딱 난데?"

그는 이혼 후 더 바빠졌고, 치매에 걸린 어머니는 돌아가셨고, 늘 강력사건을 맡다 보니 목숨은 내놓고 사는 것이나 다름없었다.

"시끄럽거든, 얼른 가!"

수아의 핀잔에 동현은 낄낄거리며 사무실을 나섰다. 거리로 내려서자 차가운 바람이 불었다. 옷깃을 여미고 택시를 기다렸다. 문득, 수아의 병원을 돌아다보았다. 왠지 수아를 쓸쓸하게 해놓고 가는 것 같아 미안해졌다.

* * *

간만에 깊은 잠이었다. 자신이 생각하기에도 기묘할 정도로 편안했다. 점점 치매가 심해지고 있던 어머니의 발악하는 소리도 없었고, 그걸 말리느라 애원하는 아내의 목소리도 없었다. 강호성은 이불 속에서 기분 좋게 몸을 늘렸다. 머릿속에서 어제의 일이 스쳐 지나갔다.

"후보님, 오늘은 이만 댁으로 돌아가 쉬시는 게 좋겠습니다."

보좌관 정태용이 조심스럽게 말했다. 강호성은 벽시계를 올려다보았다. 이미 밤 11시가 넘어 있었다.

"시간이 이렇게 된 줄도 몰랐네. 미안하네, 나 때문에 매일 이렇게 늦게까지. 아내에게 쫓겨나면 위자료는 내가 대지."

유머러스한 말에 정태용이 슬며시 웃었다. 어서 들어가 보라는 강호성의 재촉에도 정태용은 머뭇거리며 차마 발길을 돌리지 못했다.

"못 이기는 척 집에 가주게. 사실 선거 치르느라 위자료 대줄 돈 같은 거 없거든."

"후보님도 귀가하셔야지요. 내일 일정도 만만치 않습니다. 제가 댁까지 모시겠습니다."

강호성은 한사코 보좌관 정태용의 배려를 거절했다. 내일 연설 자료를 조금 더 꼼꼼히 살펴보아야 했다. 연설문은 대부분 보좌관이 작성하는 편이지만, 강호성이 직접 내용을 살핀다. 부족한 부분은 채우고, 넘치는 부분은 덜어낸다. 연설을 할 때 어디서 힘을 넣고, 어디를 강조해야 하는지 미리 계획해 두어야 했다.

준비를 해두지 않으면, 그의 실수를 물고 늘어지려 준비하고 있는 자들에게 당하고 만다. 한 치의 실수도 용납되지 않고, 실수를 하는 즉시 용서하려 들지 않을 것이다.

그는 영인시 시장 후보에 출마한 상태였다. 지금껏 통계로 봤을 때 영인시는 50대 이상에서 여당을 지지하는 성향이 강했다. 영인시는 인구의 연령이 높은 편이다. 집권당인 국민당의 강호성이 우세할 가능성이 높은 지역이었다. 하지만 변수는 있었다. 마흔넷의 강호성은 시장을 하기에는 꽤 젊은 축에 속했다. 높은 연령의 국민에게서는 아직 강호성은 시기상조라는 여론이 짙었다. 그래서 내일 있을 유세에, 강호성은 더욱 긴장하고 있었다. 이번 시장 선거는 단지 시장이 되느냐 마느냐의 차원이 아니었다. 그는 이 선거를 발판 삼아 대권까지 노리고 있었다.

정태용이 허리를 숙여 인사를 하고 나간 뒤, 강호성은 안경을 벗고 눈두덩을 마사지했다.

새삼스레 사무실 안을 둘러보았다. 선거캠프를 차리고 나서 쉼 없이 달려왔다. 아니, 쉼 없이 달려온 것은 정치판에 발을 내디딘 수십 년 전부터였다. 이제 그 마라톤의 다음 목적지까지 10일 남왔다.

휴대폰이 울린 것은 그가 다시 안경을 집어 들었을 때였다. 발신자는 저장되어 있지 않은 번호였고, 그의 기억에 없는 번호였다. 기자일 가능성도 있지만 인터뷰를 응해올 때는 보통 선거 캠프 사무실이나 보좌관의 휴대폰을 통한다.

"누구십니까?"

대뜸 묻는 것은 그의 버릇이었다.

— 나다.

"어머니. 이 시간에 웬일이십니까, 주무시지 않고?"

그렇게 이야기했을 때 뭔가 이상하다는 것을 느꼈다. 잠시 휴대폰을 귀에서 떼고 전화가 걸려온 번호를 확인했다. 집도 아니고, 아무리 생각해도 모르는 번호였다. 그리고 어머니 장옥란의 목소리도 평소와는 확연히 달랐다. 격앙되어 있는 것을 간신히 억누르는 듯한 느낌이었다. 숨이 조금 거친 것 같기도 하다.

"이 번호는 뭐예요? 무슨 일 있으세요?"

— 옆에, 보좌관이나, 누구 있니?

장옥란의 목소리는 조심스러웠다. 평소답지 않은 느낌이다. 강호성은 미간을 찌푸리며 대답했다.

"아무도 없어요. 무슨 일이신데요?"

— 다행이구나. 그럼 어서 들어와라. 시간이 없다. 아파트 안으로 들어올 때는 꼭 VIP승강기를 이용하고.

전화는 일방적으로 끊어졌다. 이 전화는 어디서 걸어오는지에 대해서는 결국 답을 듣지 못했다. 게다가 왜 옆에 아무도 없는 것이 다행이라고 하시는지도 알 수 없었다. 알 수 없는 불안감이 머리를 스쳐 지나갔다. 시간이 없다는 것은 대체 무슨 뜻인지 감조차 잡을 수 없었다.

강호성은 집으로 향했다. 자신의 차는 이용하지 않았다. 출마 선언을 한 이후로 강호성은 차를 직접 운전하지 않았다. 하다못해 재수 없이 접촉사고라도 나면 트집을 잡히는 게 싫어서였다. 다행히 집과 선거캠프사무실은 걸어서 5분 거리였다. 영인시의 한복판에 위치한 주상복합 아파트가 그의 집이었다.

아파트 단지 안에 들어서 어머니 장옥란의 말대로 VIP승강기에 올랐다. 17층으로 올라가 현관 앞에 섰다. 벨을 누르려다가 혹시 하는 마음에 실린더를 잡았다. 저항 없이 그대로 문이 열렸다. 어머니는 언젠가부터 치매 증상을 보여 왔다. 가끔 이상 행동을 보이는 어머니 때문에 아내는 늘 문단속을 철저히 했고, 서산댁에게도 항상 당부해 왔다. 문이 열려 있다는 것은 아내답지 않은 행동이었다.

집안이 온통 적막으로 잠겨 있었다. 강호성은 실내화로 갈아 신고 거실 안으로 들어섰다. 주변을 둘러보던 그는 거실 중앙에 놓인 소파 밑으로 사람 다리가 튀어나와 있는 것을 보고 흠칫 놀랐다. 강호성은 조심스럽게 다가갔다. 다리, 허벅지, 등으로 시선을 옮기던 그는 쓰러져 있는 것이 누군지 알고는 크게 당황했다.

"여보!"

"만지지 마."

강호성의 뒤에서 갑자기 튀어나온 것은 노기 띤 장옥란의 목소리였다.

강호성은 뒤를 돌아보았다. 하얗게 질린 장옥란의 얼굴이 시야

가득 들어왔다. 강호성은 어머니의 얼굴을 보고 다시 쓰러진 아
내를 보았다. 처음 볼 때는 알지 못했으나 아내는 머리 뒤편에서
피를 흘리고 있었다. 엎어진 상태에서 고개만 틀고 있어 얼굴이
보였다. 강호성은 아내의 코밑으로 떨리는 손을 가져갔다. 희미하
게 숨이 느껴졌다.

살아있어.

그는 자신의 양복 안주머니에서 휴대전화를 꺼냈다. 손이 떨렸
다. 무슨 일이 있었는지에 대해서는 완전히 생각조차 하지 못하고
있었다. 119 버튼을 누르고 통화 버튼을 누르려는데 갑자기 장옥
란이 그의 손목을 움켜쥐었다. 강호성은 놀라 그녀의 얼굴을 응
시했다. 장옥란은 강호성의 눈을 똑바로 보며 고개를 저었다. 그제
야 강호성은 어머니의 다른 손에 피가 묻어 있는 것이 보였다. 시
간이 얼마나 되었는지 묻은 피가 꺼멓게 변색돼 말라붙어 있었다.

"신고를 하고 싶거든, 이거부터 보고 해라."

장옥란은 강호성의 손을 뿌리치듯 놓고 소파로 가 앉았다. 보
조 테이블의 서랍을 열었다. 거기서 꺼낸 서류 봉투를 테이블 위
에 던졌다. 강호성은 서류 봉투를 집어 들었다. 꽤 두툼한 서류가
안에 들어 있었다. 어리둥절한 얼굴로 서류를 꺼냈다.

서류 안에 적힌 내용은 강호성을 경악하게 만들었다. 젊은 나
이로 이 자리에 올라서기까지 그가 정·재계에 얽혀 벌인 모든 비
리들이 소상하게 적혀 있었다. 더군다나 서린 보육원에서의 일까
지 포함되었다. 강호성은 봉투 겉면을 주목했다.

수신처는 대민일보사 정치부 담당기자였다.

"이게……."

강호성의 중얼거림에, 장옥란이 대답하듯 고개를 끄덕였다. 강호성은 어지럼증을 느꼈다. 이런 철저한 준비를 미란이 하고 있는 줄은 상상도 하지 못했다. 어머니의 설명으로 상황 파악은 금세 되었다. 미란이 꾸미는 일을 알고 어머니는 그녀를 설득해 보려 하였을 것이다. 평소 미란의 성격대로라면 반대로 그런 어머니를 설득해 강호성의 자백을 이끌어 내자고 했을 것이다. 말을 듣지 않자, 분노하여 미란의 머리를 가격한 것이다.

하필이면 이때……. 강호성은 머리를 쥐어뜯고 싶은 심정이었다. 곧 선거다. 이런 가정불화가 세상에 알려지는 것은 흑색선전이 만연한 이때에 상대 진영에 떡밥을 던져주는 일이나 다름없다. 게다가 단순한 가정불화가 아니지 않은가. 시어머니의 며느리 폭행. 이것은 범죄다. 변명의 여지가 없다.

"고민할 것 없다."

강호성은 고개를 들었다. 장옥란은 단호한 표정이었다. 그녀는 말없이 주방으로 가 피 묻은 자신의 손을 정성들여 씻고는, 비닐장갑 두 켤레를 가지고 왔다. 그 중 한 켤레를 강호성의 앞에 놓고 한 켤레는 자신이 착용했다. 쓰러져 있는 미란의 주머니를 뒤져 휴대폰을 꺼내 강호성에게 내밀었다.

"문자를 보내. 몸에 병이 들어 더 이상 힘들어 살 수가 없다고. 미안하다고. 당연히 문자는 너에게 보내는 거야. 그리고 나서 이 아이를, 베란다에서 던지는 거야."

자살을 암시하는 유서를 남기라는 것이었다. 컴퓨터로 작성하는 것은 부자연스럽고, 편지를 남기자니 나중에 있을 필적 감정이 걸린다. 말기 암에 걸린 아내가 자살을 결심하고 마지막 인사를 고하는 것으로, 사랑하는 남편에게 문자를 남기는 것은 어색하지 않은 일이다.

결국은, 죽이자는 것이다.

어머니가 이 짧은 사이 거기까지 계획했다는 것에 강호성은 놀라웠다. 하지만 그것도 잠시, 생각에 잠겼던 강호성은 휴대폰을 건네받았다. 내용을 어떻게 적어야 할지 고민하고는 빠르게 찍어 내려갔다. 송신시키자 자신의 휴대폰에서 문자 수신 알림이 울렸다.

"서산댁은요?"

"이 아이와 싸우기 전에 장을 봐오라고 마트에 보냈다. 삼십 분, 아니 이십 분 정도 내로 돌아올 거야."

이십 분, 하고 그 말을 강호성은 외우듯 내뱉었다. 장옥란이 그를 재촉했다.

"자, 멍하니 있을 시간 없어. 숨이 붙어 있을 때 해야 한다. 만일 재수 없이 부검을 했다가 사망보다 저 상처가 먼저인 것이 밝혀지면 일이 모두 틀어져."

장옥란은 미란의 육체를 넘어 베란다로 향했다. 강호성은 그런 뒷모습을 물끄러미 보았다. 평생 저 강인한 등을 의지하고 살았다. 어머니가 놓은 레일 위로 앞만 보고 달렸다. 그렇게 달려서 얻은 자리가 그는 만족스러웠다.

이제 와서 그 레일 위에서 이탈할 수 없다.

강호성은 자리에서 일어섰다. 그의 손에 검은색 줄이 들려 있었다. 강호성은 줄의 한쪽 끝을 다른 한손에 두 번 돌려 감았다.

"어머니."

그의 부름에 베란다로 가던 장옥란이 걸음을 멈추었다. 뒤돌아 보지 않고 그녀는 응? 하고 대답했다.

"범죄는 숨기기 어려울 거예요."

"너와 나만 입 조심하면 돼."

"하지만."

강호성은 장옥란의 등 뒤로 바짝 다가섰다. 그리고 단숨에 줄을 그녀의 목에 감았다. 팽팽히 줄을 당기자 장옥란의 몸이 일거에 경직되는 것이 느껴졌다.

"하지만 어머니는 치매잖아요."

강호성은 더욱 줄을 강력하게 당겼다. 버둥거림이 더욱 격렬해졌다. 하지만 그럴수록 선이 장옥란의 목을 파고들었다. 한참의 버둥거림 끝에 몸이 축 늘어졌다. 강호성은 그제야 손에 힘을 풀었다. 줄이 끊어진 마리오네트처럼 미약한 몸이 바닥에 널브러졌다.

강호성은 손에 감긴 줄을 주머니에 쑤셔 넣었다. 시간이 없었다. 서산댁이 돌아오기 전에 일을 빨리 해치워야 했다. 조급함 이외에는 마음이 아프다는 감정이 전혀 없어서 의아할 정도였다.

장옥란이 그랬던 것처럼, 이번에는 강호성이 그녀의 시신을 넘어 미란에게 갔다. 미란은 아직 정신을 차리지 못한 것 같았다. 그는 몸을 낮추고 미란을 질질 끌어 베란다로 옮겼다. 바깥에서 절대 그의 존재를 보는 사람이 있어서는 안 되었다. 베란다 창을 열고 온 힘을 다해 미란을 세웠다. 난간 아래로 자신의 몸을 숨긴 채 미란을 세우는 것은 상당한 힘이 필요했다. 다리 부분을 한손으로 고정시키고 한 팔을 힘껏 뻗어 미란의 등을 받쳤다. 그녀의

44

몸이 구부정하거나, 목이 외로 꺾인 것은 중요치 않았다. 그의 집은 17층, 일부러 고개를 들어 위를 보는 사람은 없다. 행인들은 떨어진 그녀를 보게 될 뿐이다.

강호성은 숨을 크게 들이쉬었다. 그러고는 그녀의 몸을 살짝 들어 아래로 떨어트렸다. 미란의 몸을 들 때는 꽤 힘을 필요로 했지만 그녀의 몸이 앞으로 기운 다음에는 쉬웠다. 후회할 새도 없이 그녀의 작은 발이 강호성의 손을 떠났다. 혹시라도 발견될까 그는 몸을 납작 엎드렸다.

그 순간, 두려운 생각이 머리를 스쳤다. 어느 집에서 환기를 위해 베란다 창을 열어놨다면. 추락하는 미란이 운 나쁘게도 그런 집 어느 베란다 안으로 떨어져 버린다면, 어쩌면 죽지 않고 살아남는다면, 그것은 행운인가 불행인가. 분명 강호성 자신에게는 불행한 일이 될 터였다. 하지만 역시 주미란에게도 불행이 될 것이다. 살아남는다면 어떻게든 강호성의 손에 죽임을 당할 공포를 한 번 더 겪어야 할 테니까. 절대 살려 두지는 않을 것이다.

그러나 그런 생각은 모두 기우였다. 얼마 지나지 않아 행운의 소리가 들려왔다.

쿵.

끔찍한 소리였다. 이어 행인의 비명소리와 지나가는 차량의 경적 소리가 하늘을 어지럽혔다. 그는 잠시 머리가 멍했다. 몇 시간 전까지만 해도 이번 선거를 향한 열정에 몸이 끓었었는데 어떻게 여기까지 왔는지 이해할 수가 없었다. 꿈을 꾼 것만 같았다. 하지만 지체할 수 없었다. 그는 재빨리 일어나 집을 벗어났다. 그대로 두었다면 대민일보에 보내졌을지도 모르는 자신의 치부가 담긴 서류를 가지고 나오는 것도 잊지 않았다.

처음 왔던 그대로 VIP 승강장을 이용해 건물 밖을 빠져나갔다. 멀리서 구급차 소리와, 웅성이는 소리, 고함소리 같은 것이 어지럽게 뒤섞여 들려왔다. 하지만 VIP 승강장을 이용해 밖으로 나와 주민들의 이동거리를 고려해 임시로 만든 쪽문으로 나가면, 주미란의 시신이 떨어진 현장을 지나치지 않아도 되었다.

어머니가 반드시 VIP 승강장을 이용하라고 한 이유를 선거캠프 사무실로 걸어서 돌아가면서 깨달았다. 바로 CCTV였다. 장옥란은 미란을 아래로 떨어트려 추락사로 위장한 다음, 문자를 유서 삼아 자살로 몰고 가려는 계획을 세웠다. 그런데 그 시간에 강호성이 집에 있었다는 것이 밝혀져서는 안 되었다. VIP 승강장에는 CCTV가 설치되어 있지 않다.

어머니가 준비한 레일을 강호성은 마지막으로 걸은 셈이었다. 다만 그 레일을 어머니와 함께 걷지 않았을 뿐이다.

캠프사무실로 돌아오자마자 강호성은 지친 몸을 의자에 깊숙이 파묻었다. 숨을 헐떡거렸다. 숨도 쉬지 못할 만큼 긴장해서였는지, 아니면 여기까지 급한 걸음으로 걸어왔기 때문에 그런 건지 그는 알 수조차 없었다.

잠시 쉴 사이도 없이 그는 봉투에서 서류들을 꺼내 파쇄기를 작동시켰다. 파쇄기에서 서류들이 모두 갈려 나왔다. 서류의 양이 꽤 되었기 때문에, 시간이 오래 걸렸다. 조급해진 강호성에게는 며칠이나 걸린 것처럼 느껴지는 시간이었다.

모든 것을 마쳤을 때 그제야, 아직도 비닐장갑을 끼고 있었다는 것을 깨달았다. 그는 화장실로 들어가 비닐장갑을 벗었다. 라

이터를 이용해 불을 붙였다. 삽시간에 비닐장갑을 쥐고 있던 엄지
손가락 끝까지 불길이 치솟아 급히 변기에 던져 넣었다. 불은 사
그라지고 비닐장갑은 사라졌다. 거뭇하게 둥둥 떠다니는 재를 물
끄러미 바라보며 강호성은 물을 내렸다.

그 밤, 꽤 많은 것이 강호성의 인생에서 사라졌다.

간밤에, 형사들이 다녀간 뒤, 강호성은 호텔에 가 묵어야 하나
진지하게 고민했다. 어머니가 살해당하고, 아내가 자살한 집에서
멀쩡히 잠을 잘 수 없어 바깥 잠을 잤다, 라는 것이 정상적인 유
가족의 모습이 아닐까 싶어서였다.

하지만 자신의 일거수일투족이 연일 기삿거리인 시점이었다.
아무리 비공개를 요구하고 호텔에 들어간다고 해도 이야기는 어
디서 새어 나올지 알 수 없는 일이었다. 아직은 어머니와 아내의
사망 사실이 자신의 정치 판도에 어떤 영향을 미칠지 결론 내리
지 못했기에, 현재로서는 모든 것을 전부 조심해야 했다.

침대를 벗어나 강호성은 방에 달린 욕실로 들어갔다. 겨울이든
여름이든 상관없이 찬물로 샤워를 하는 것은 강호성의 오랜 습관
이었다. 그렇게 해야 잠에 빠져 있느라 탁해진 뇌가 맑아질 수 있
다고 믿었다.

세차게 내리치는 물줄기 아래에 서서 강호성은 어제 만났던 형
사에 대해 생각했다. 지신우 경장이라는 사람은 그다지 껄끄럽게
생각하지 않아도 될 듯했다. 어제 조사 내내 자신에게 연민의 감
정을 가지고 있다는 걸 느낄 수 있었다. 그의 신경을 거슬리게 하
는 것은 서동현이라고 소개한 형사 팀장이었다.

꾀죄죄한 외양에 무심한 듯한 눈동자가 빛을 발할 때마다 강호성은 자신도 모르게 긴장했다. 하지만 그는 곧 고개를 저었다. 형사들은 아무것도 알아 내지 못할 것이다. 그러니 불안해 할 이유 또한 없다.

더군다나 지금은 그런 것을 신경 쓸 여유가 없었다. 선거까지는 정말 시간이 얼마 남아 있지 않았다. 아무리 여론조사에서 야당인 민자당의 후보를 큰 차로 이겼다고는 하지만 막판까지 안심할 수는 없었다. 언제나 변수가 생기는 것이 이 정치판이 아니었던가.

강호성은 샤워를 마친 후 몸을 닦고 머리카락을 깨끗이 말렸다. 장롱을 열어 편안한 홈웨어로 갈아입었다. 아직 시간은 새벽 4시 30분. 새벽같이 일어나는 습관은 십 년째 지키고 있었다. 잠에 빠져 무의식상태로 시간을 낭비할 수는 없어서였다.

거실은 아직 어둠에 싸여 있었다. 서산댁조차 아직 일어나지 않는 시간이었다. 강호성은 서재로 들어갔다. 컴퓨터를 켜고 인터넷 기사를 검색하기 시작했다.

선거 유세가 시작된 후, 인터넷 검색을 통해 자신에 대한 여론이나 상대 진영의 흑색선전에 대해 확인할 만한 시간이 점점 빠듯해지고 있었다. 그래서 근래 들어서는 새벽 시간을 수집의 시간으로 보내고 있었다.

하지만 오늘은 달랐다. 그는 검색창에 자신의 이름을 입력했다. 선거유세나, 선거판도 분석 등에 관해 기사화되어 있는 것들이 대부분이었다. 다시 정치인, 가족, 살해 세 단어를 띄어쓰기해서 입력했다. 역시 별다른 것은 검색되지 않았다. 파키스탄의 정치인이 기독교 박해 금지를 주장하는 것으로 인해 가족 살해의 위협을 당하고 있다는 글이 검색 되었을 뿐이었다.

아직 기자들은 냄새를 맡지 못했을지라도, 어제 경찰수사 때 구경꾼들이 꽤 있어서 신경이 쓰였던 것이 사실이었다. SNS가 활성화된 지금 퍼져 나가지 않는다고 장담할 수 없는 문제였다.

하지만 이곳은 요새나 다름없는 곳이라는 걸 깜박했다. 정치인, 유명연예인들이 사용하는 이곳 주상복합은 자신의 사생활을 보장받기 위해 남의 사생활을 보장한다. 이런 일이 웬만해서는 새어 나가질 않는다.

대신, 강남의 한 주상복합 아파트에서 투신자살하는 것을 직접 보았다는 사람들의 글이 몇몇 눈에 띄기는 했다. 아내의 시신이 떨어질 때 도로변을 지나다 목격한 행인들인 모양이다.

정치인의 가족이라고는 생각도 못할 터이니 특별히 신경을 쓰지 않았다.

그때 노크 소리가 들렸다.

시간을 확인하니 어느새 새벽 6시였다. 들어오라고 대답하자 약간의 틈을 두고 문이 빼꼼히 열렸다. 서산댁이 우유가 담긴 유리잔을 쟁반에 받쳐 들고 들어왔다. 강호성은 마우스에서 손을 떼고 턱을 괸 채 서산댁을 응시했다. 그의 눈길을 슬슬 피하는 서산댁은 아직도 안색이 좋지 않았다.

서산댁은 아내와 사이가 좋았다. 아내는 친정부모도 없는 사람이었다. 서산댁과는 하루 종일을 붙어 있고, 둘 모두에게는 이 집의 약자라는 공통분모도 있었다. 시어머니와의 사이에서 힘든 일이 있어도 서산댁이 위로해 주니 많이 의지가 된다고 했던 아내의 말이 생각났다.

"충격이, 컸지요. 서산댁?"

두툼하게 부어 오른 눈두덩이 밑으로 다시 촉촉하게 물기가 배는 것을 볼 수 있었다.

"사장님께서 저만 하시겠어요."

서산댁의 목소리는 들릴 듯 말 듯 아주 작았다.

"서산댁도 알겠지만 나는 감상에 젖어 있을 시간이 없어요. 그나저나 서산댁에게 정확히 물어볼 게 있어요."

숙였던 고개를 치켜드는 서산댁의 얼굴 위로 의아함이 스쳤다.

"서산댁은 어떻게 하고 싶어요?"

"네? 뭘……."

"이 집의 일 말이에요."

서산댁이 당황해 하고 있는 것이 여실히 드러났다. 갑자기 그런 것을 물어보는 이유를 알지 못하는 것 같았다. 강호성은 일일이 설명할 필요성은 느끼지 못했다. 어려운 질문도 아니었다.

머뭇거리던 서산댁이 느릿하게 말했다. 이번에도 아주 작은 목소리였다.

"저야, 사장님께서 허락만 하신다면 계속 일하고 싶지요. 대우해 주시는 것도 그렇고……."

그 대답에 강호성이 미소 지었다. 미소를 본 서산댁의 표정도 조금 누그러졌다. 그러나 순간 강호성의 입가에 띤 미소가 싸늘함으로 변모했다.

"계속 있고 싶다면 어떻게 해야 하는지 알 거예요."

"예?"

50

"곧 언론이 떠들썩하겠지요. 내가 나간 뒤에 기자들 몇몇이 서산댁과 접촉을 시도할 수도 있어요. 예상 질문을 말해 볼까요? 강호성 씨와 아내 분의 사이는 어땠습니까? 아무 거라도 좋으니 뭔가 말씀해 주시죠. 강호성 씨는 사고 후 어떻게 지내고 계십니까? 등등." 강호성은 서산댁을 정면으로 응시했다. 서산댁이 앞으로 그러모은 두 손을 맞잡고 꼼지락거렸다.

"당연히, 저는 아무것도 모른다고 대답할 거예요. 사실 알고 있는 것도 없고요."

"아니죠."

강호성이 단호하게 잘랐다.

"아무것도 모른다고 대답하는 것이 아니라, 아예 아무 말도 해서는 안 됩니다. 한 치의 말실수가 큰 꼬투리를 잡는 것이 이 바닥이에요. 내가 잡힐 꼬투리가 있어서가 아닙니다. 일상적인 가족 간의 트러블도 그들은 꼬고 꼬아 스캔들로 만들 것이기 때문이에요. 차라리 아무 말도 하지 않는 것이 나을 때가 있는 법이지요. 내 아내가 그랬듯, 내 어머니가 그랬듯."

말은 하지 않았지만 말을 끝맺음과 동시에 강호성은 서산댁이 이 룰을 어긴다면 아내가 그랬던 것처럼, 어머니가 그랬던 것처럼 가차 없이 죽일 수도 있다고 생각했다.

"애초에 입이 없는 것처럼. 알았죠?"

파랗게 질린 얼굴로 서산댁이 알겠다고 대답했다. 도망치듯 서산댁이 나가고 난 뒤 강호성은 서산댁이 들고 들어왔던 우유를 마셨다. 고소한 향이 목구멍을 타고 넘어갔다.

이번 일은 아마 경찰 측에서 한 치의 의혹도 없이 죽음을 앞둔

51

며느리가 치매에 걸린 시어머니를 안타까워하다 못해 살해한 뒤, 자살한 사건으로 일단락 지을 것이 분명했다. 하지만 강호성은 어머니와 아내의 시신을 국과수에 부검 의뢰하기로 했다. 아무리 자살이 확실하다고 쳐도 유가족으로서 그들의 죽음을 믿지 못하고 의혹 역시 남기지 않도록 애쓰는 모습이 세간에는 안타까움으로 전달될 것이기 때문이었다.

Diary

노크 소리가 들렸다. 황급히 일기장을 덮어 화장대 서랍 깊숙이 넣어두고 문을 열었다. 서산댁이 곤란한 얼굴로 서 있었다.

"사모님, 저……. 잠깐 들어가 보셔야 하겠는데요."

머뭇거리는 서산댁의 얼굴만 보아도 무슨 일인지는 대충 감이 왔다.

"그래요. 곧 가죠."

거실을 가로질러 맞은편에 있는 시어머니의 방으로 향했다. 서산댁이 종종걸음으로 따라왔다. 서산댁은 1년 전 가사도우미로 집에 들어왔다. 까다로운 시어머니와 까다로운 남편은 세 달에 한 번 꼴로 입주 가사도우미를 갈아치웠다. 깔끔해야 하고, 음식 맛이 조미료 없이도 좋아야 하며, 눈치가 빨라서 거치적거리는 일이 없어야 하고, 정숙해야 하고, 집안의 일을 바깥으로 물어 나르지

53

않는 입이 무거운 자.

서산댁은 그 요건을 제법 충족시키는 사람이었다. 덕분에 지난 일 년간, 엄격한 심사를 통과할 입주 가사도우미를 구하기 위해 고군분투하지 않아도 되었다.

"저기, 제가 좀……."

서산댁이 시어머니의 닫힌 방문 앞에서 머뭇거렸다.

"괜찮아요. 어머니 성격 아시잖아요. 제가 해야 해요. 내려가서 일보세요."

"하지만……."

"괜찮아요."

정말로 괜찮은 듯한 말투는 내가 할 수 있는 최고의 연기였다. 그 덤덤한 얼굴에 서산댁이 한발 물러서 1층으로 내려갔다. 서산댁의 걸음 소리가 완전히 사라지자 눈을 감고 깊이 숨을 들이 쉬었다. 그리고 결심한 듯 눈을 뜨고 방문 손잡이를 잡아 쥐었다.

문을 열자 몇 번을 보아도 익숙해지지 않는 광경이 눈앞에 있었다. 시어머니는 바닥에 무릎을 세우고 앉아 이쪽을 노려보았다. 방 안에는 장롱에서 꺼낸 옷들이 아무렇게나 널브러져 발을 디딜 틈도 없었다. 실금을 했는지 지린내가 진동했다.

"여기 있던 집문서 어디 갔냐? 어떤 놈한테 갖다 바쳤냐, 이녀 언!"

시어머니가 치매에 걸렸다는 것을 알게 된 것은 오래되지 않은 일이었다. 처음엔 그저 시간을 혼동하거나, 아침에 있었던 일을 잊어버리는 정도였다. 그러려니 넘어갔던 것이 화근이었다. 기억의 편린을 잃는 것을 넘어서, 엉뚱한 소리를 하기 일쑤였고, 감정의 기복이 심했으며, 원인 없는 패악을 떨었다.

남편과 나, 서산댁이 치매구나, 하고 알았던 것이 석 달 전이었다. 그리고 정확히 일주일 후 시어머니 본인이 자신의 병을 알게 되었다.

충격 속에서도 시어머니는 무너지지 않았다. 남편을 앞세우고, 첫째 아들을 앞세우고 살아남아 남편과 자식 잡아먹은 년의 딱지를 등에 붙이고서도 당당히 남은 자식을 차기 영인시의 시장 후보 자리에 올린 양반이었다. 시어머니는 거실 소파의 상석에 고고히 앉아, 모두의 침묵을 요구했다.

"요란 떨 것 없다. 늙으면 이런 일 저런 일이 다 있는 법이지. 하지만 노인네의 프라이드는 지켜 주길 바란다. 그것이 너희들의 프라이드를 지키는 일이기도 하니까."

그것이 시어머니의 말이었다. 하지만 프라이드를 시어머니 스스로 지키는 것이 힘들 만큼 병세는 빨랐다. 증상이 왔을 때 시어머니는 나를 심하게 적대시했다. 내가 마치 이 집의 첩이라도 되는 것처럼. 언젠가 자신을 내치고 이 집을 차지할 거라는 강박에 시달리는 것 같았다.

집안이 어떤지를 따질 수도 없는 고아에, 전문대를 다녔고, 조그만 사무실 경리로 커피를 타던 나를 시어머니가 지목한 것은 내 배경을 정치적으로 이용할 가치가 있었기 때문이었다. 정치권에 들어선 남편은 학력, 집안, 배경 같은 것을 따지지 않고 오직 사람 하나만 보는 청렴한 사람의 이미지를 나를 통해 굳건히 했다.

집안에서 시어머니는 나를 철저히 이용 상품으로만 대했다. 대부분의 시간을 멸시와 무시를 받아내는 데 써야 했다. '근본도 없는 년'이 하는 짓을 시어머니는 늘 마음에 들어 하지 않았고, 매번 그 불만을 입으로 쏟아냈었다.

그 기세등등하던 양반이 이렇게 된 것이, 그래도 속이 시원하지만은 않았다.

시어머니는 자신이 치매 증상을 보일 때, 어떤 짓을 하더라도 서산댁이 아닌 내가 제지해 주기를 바랐다. 서산댁이 아무리 깔끔하고 입이 무거워 마음에 들어도 어차피 남의 손이다. 두말없이 그 부탁 아닌 부탁을 받아들였다.

"집문서는 무슨 집문서예요, 어머니."

시어머니 앞에 무릎을 굽히고 앉았다. 늙음이란 얼마나 치욕스러운가. 육체는 고사하고 스스로의 정신조차 컨트롤하지 못하는 현실이 바로 늙음을 맞은 시어머니의 것이었다.

나는 바닥에 널브러진 옷가지들을 주워들었다. 그때 시어머니가 뒤를 덮쳤다. 머리채를 부여잡고 온 힘을 다해 잡아 당겼다. 방어할 새도 없이 머리가 뒤로 휙 넘어갔다. 내 비명이 집안을 뒤흔들었다.

"아아악! 어머니! 어머니!"

"이녀언! 이 버러지 같은 녀언!"

시어머니의 힘은 엄청났다. 일흔여섯의 나이라고는 상상도 하지 못했다. 머리채를 쥐고 흔들다가 바닥에 내리꽂았다. 반항도 해보지 못한 채 무방비 상태에서 바닥을 나뒹굴었다. 숨 쉴 틈도 없이 발길질을 해댔다. 난생처음 들어보지도 못한 욕설이 토사물처럼 쏟아졌다. 몸을 둥글게 말고 시간이 지나가기를 기다렸다.

시어머니의 방을 나온 것은 두 시간 뒤였다. 끔찍한 일이었다.

언제 끝날지 알 수조차 없는 싸움. 보이지 않는 끝을 생각할수록 더 고통스러웠다.

나를 때리며 울다 지친 시어머니는 한참의 시간이 지나면 기진해서 조용해져 있었다. 항상 같은 패턴이었다. 데려다가 씻기고, 옷을 갈아입히고, 움직이지 말라고 신신당부하여 티 테이블에 앉힌 다음 어질러진 방을 정리했다. 다 끝내고 나니 그녀는 어느새 티 테이블에 엎드려 잠이 들어 있었다. 바닥에 보료를 깔고 조심스럽게 눕혔다.

한숨을 쉬고 방에서 나오려다 잠이 든 시어머니의 얼굴을 보았다. 시장 통에서 작은 돈을 굴려 일수놀이를 시작할 때부터 철의 여인으로 불렸던 그녀에게서는 볼 수 없었던 표정이었다. 너무나 편안하고 행복해 보이는 얼굴이었다. 내일 아침이면 갈아 입혀진 옷을 보고 자신에게 일어난, 그리고 자신이 한 일을 알게 될 것이다. 하지만 그녀는 아무 말 없이, 아무 일이 없었던 듯 나와 마주할 것이다.

앞으로는 자신이 제정신이 아닌 상태에서 벌인 일을 깨닫기까지, 제정신이 돌아오기까지 더 많은 시일이 걸릴 것이다. 어쩌면 아예 제정신이 돌아오지 못하는 순간이 목전에 도래해 있는지도 몰랐다.

기진한 몸을 끌고 내 방에 딸린 욕실로 들어섰다. 입었던 옷을 모두 빨래통에 던져 넣었다. 땀으로 흠뻑 젖어 있었다. 샤워기 밑에 서서 쏟아지는 물을 고스란히 맞았다. 맞은 등이 따끔거렸다. 머리카락이 한 움큼 바닥으로 떨어졌다.

눈치 빠른 서산댁이 조심스럽게 문을 열고 들어와 말없이 빨래통을 집어 들고 나갔다.

샤워를 마친 후 젖은 머리를 말리기 위해 화장대 앞에 앉았다. 순간 복부에 격통이 밀려들었다. 격통과 함께 온 것은 두려움이었다. 이 고통이 이번엔 얼마나 갈지, 끝이 나기는 하는 건지. 그것은 공포였다. 떨리는 손으로 화장대 서랍을 열었다. 서랍의 맨 앞, 손이 닿기 쉬운 곳에 하얀 약통이 미리 준비되어 있었다. 황급히 약통을 열려는데 몇 번이나 놓칠 뻔했다. 뚜껑을 열고 대충 손바닥에 털어 넣은 후 입에 넣었다. 의사가 지정해 준 복용 허용치로는 고통이 멈출 수 없었다.

물이 없다는 것을, 그제야 깨달았다.

"서산…… 서산댁!"

온몸의 힘을 끌어 모아 비명 같은 소리를 내질렀다. 서산댁이 달려 들어왔다. 이미 몸은 화장대 의자에서 바닥으로 나뒹굴었고 약은 바닥에 흩뿌려졌다. 서산댁은 상황을 파악하고 황급히 주방에서 생수를 가지고 들어왔다. 무릎을 굽히고 앉아 내 머리를 들어 허벅지 위에 올리고 상체를 비스듬히 기대게 해 주었다. 입안에 약이 들어 있는 것을 확인하고는 물을 흘려 넣어 주었다.

통증은 이십 분이 넘게 지속되다가, 약효가 퍼졌을 때쯤 슬그머니 사그라졌다. 샤워 후였음에도 온몸이 땀으로 젖었다. 침대 위에 누워 있는 나를 서산댁이 걱정스럽게 쳐다보았다.

"고마워요. 나 때문에 서산댁이 매번 놀라네요. 혹시 서산댁, 나중에라도 나 때문에 벌떡증 생기면 산재 신청하세요."

웃어 보이려 했지만 미소는 희미하고 기운 없었다. 눈이 저절로 감겼다.

"편히 쉬세요. 필요하면 주치의를······."

"됐어요. 그럴 거 없어요. 의사가 와봐야 진통제밖에 없잖아요."

힘없이 감은 눈 위로 서산댁의 한숨이 느껴졌다.

"괜찮아요. 안 죽어요."

"······쉬어요."

"네."

달칵하는 소리가 들리고 감은 눈꺼풀 위로 어둠이 찾아 들었다. 서산댁이 등을 꺼준 모양이다. 걸음 소리도 들리지 않을 정도로 조심히 서산댁이 나가고 문이 닫혔다.

감은 눈을 들어올렸다. 사위가 적막하다. 천천히 상체를 일으켜 세워 침대 옆의 취침 등을 켰다. 손을 뻗어 화장대 서랍에서 붉은색 다이어리를 꺼냈다.

얼마 남지 않음을 느낀다. 이제는 결심할 때가 되었다.

남편의 배를 가르면 뭐가 나올까.

추악한 욕망, 불결한 어둠, 배신, 교만, 비틀린 욕정. 밭은 숨을 내뱉을 때마다 그것들을 한꺼번에 울컥, 쏟아낼 것이다. 나는 마침내 남편을 죽이기로 결심했다. 어차피 법은, 그를 옭아 맬 수 없다.

3

출근한 강호성을 기다리고 있었던 것은 반갑지 않은 남자였다. 그를 본 강호성의 얼굴이 딱딱하게 굳었다. 서동현이 소파에 앉았던 몸을 일으켰다. 낡은 여름 점퍼 앞섶을 여미며 고개를 숙였다. 예의 바른 모습이었으나 한편으로는 단호한 태도였다. 정태용 보좌관이 곤혹스러운 얼굴로 서동현의 옆에 서 있었다.

아직 강호성이 오지 않았으니 연락처를 남겨놓고 돌아가라고 권했을 것이다. 그럼에도 서동현이 여기 앉아 있다는 것은 보좌관의 만류를 귓등으로 흘린 고집의 증거일 터다. 강호성은 정태용에게 고개를 끄덕였다. 정태용이 한발 뒤로 물러났다.

"어쩐 일이십니까?"

"우선 어제의 일에 대해 심심한 위로의 뜻을 전합니다."

서동현이 다시 한 번 허리를 숙였다. 강호성 역시 목례로 그 인사를 받았다. 슬쩍 정태용 보좌관의 얼굴을 살폈다. 크게 표정의 변화가 없는 걸로 봐서는 자신이 곤란해질 만한 일은 없었던 것 같다.

"그런 일을 겪으신 뒤라, 오늘은 출근을 못하실 거라 생각했습니다."

"정말 그렇게 생각하셨다면 계속 기다리고 계시진 않으셨겠죠."

서동현이 미소로 답을 대신했다.

"자, 앉으시지요."

강호성은 여유 있는 태도로 소파를 가리켰다. 서동현이 자리에 앉았다. 강호성은 중앙에 있는 일인용 소파에 몸을 묻었다.

"몇 가지 여쭤볼 것이 있어서 온 겁니다. 그런데……."

말끝을 흐리는 서동현의 시선이 정태용 보좌관에게 향했다. 그 시선을 따라 돌아본 강호성은 미소를 지었다.

"괜찮습니다. 저에 관해 저보다 더 잘 알아야 하는 친구니까요."

"뭐, 그러시다면."

서동현 고개를 끄덕이며 수첩을 꺼내들었다.

"어젯밤 열한 시부터 경찰의 연락을 받기 직전까지 무엇을 하셨는지 말씀 좀 부탁드립니다."

눈에 띄게 강호성의 얼굴에 불쾌한 기색이 스쳤다. 그 표정을 읽은 서동현이 손을 내저었다.

"불쾌하시다면 죄송합니다. 하지만 그다지 큰 의미는 두지 말아주십시오. 의례적인 조사라고 생각하시면 됩니다."

진술을 받는 것에 대해 강호성이 문제를 삼거나 불쾌해 할까 봐 설명을 하는 듯했다. 하지만 조심스러워 하는 태도는 아니다.

이상한 일이었다. 최대한 조용히 정중하게 끝내라는 상부의 지시가 있었을 터다. 당을 통해, 그런 지시가 들어가도록 이미 조치해 두었다.

"알겠습니다. 최대한 협조하지요."

강호성은 미간을 좁히고 마른 세수를 한 뒤 말을 이었다.

"이미 아시겠지만 저는 차기 영인 시장의 후보로, 지금이 가장 중요한 시기입니다. 당연히 집에 들어가지 못하는 날이 많습니다. 어제도 그랬습니다. 경찰서에서 연락을 받기 전까지 저는 이 사무실에서 선거 연설에 관한 자료를 검토하고 있었습니다."

"그렇다면, 저분도 함께였나요?"

서동현이 정태용 보좌관을 가리켰다.

"그렇습니다. 내내 함께 있다가 보좌관을 먼저 퇴근시켰습니다. 중요한 시기에 저 친구의 체력이 먼저 떨어지면 안 되니까요. 저 친구가 아프면 전략에 큰 구멍이 생깁니다."

"그게 몇 시였습니까?"

"몇 시였는지 아나?"

서동현의 질문을 바로 정태용에게 넘겼다. 정태용은 그들의 말을 듣고 있다가 잠시 생각하는 듯 침묵을 지켰다.

"11시 15분경이었습니다."

대답하는 정태용의 표정이 어쩐지 어두웠다. 이상하다고는 생각했지만 지금은 서동현 쪽이 먼저였다. 강호성은 정태용의 표정에 대해 생각할 겨를도 없이 서동현 쪽으로 온 신경을 집중시켰다.

"그렇군요. 그럼 보좌관님께서 돌아가신 뒤 계속 이곳에 계셨습니까?"

"네."

"혼자셨겠군요?"

그가 사무실에 남아 있었다는 것을 증명해 줄 사람이 있느냐고 묻는 것이었다.

"네 혼자였습니다."

"정리하자면 11시 15분경 정태용 보좌관님이 퇴근하시고 계속 사무실에 계시다가 경찰의 연락을 받고 집으로 오셔서 현장 확인을 하신 거라는 말씀이시지요?"

"네, 그렇습니다."

고개를 끄덕이며 메모를 한 뒤 서동현이 수첩을 덮었다.

"한 가지만 더 묻겠습니다. 사건에 대해 자세한 이야기를 들은 것은 정확히 언제였습니까?"

그의 질문의 뜻을 강호성은 정확히 파악할 수가 없었다.

"무슨 말씀이신지?"

"그러니까, 아내 분께서는 투신 사망하셨고, 어머님께서는 살해를 당하셨다는 것을 언제 들으셨냐는 질문입니다."

강호성은 잠시 서동현의 얼굴을 보다 대답했다.

"처음 전화받았을 때였습니다."

"그렇습니까?"

"네."

그렇군요, 하고 중얼거리며 서동현이 입가에 미소를 폈다. 그걸 보는 강호성의 미간이 구겨졌다. 하지만 사건 당시 강호성이 자신의 어머니가 어떻게 죽었는지 확인하려고 하지 않았다는 점에 의혹을 갖고 있는 서동현의 진의는 상상조차 하지 못하고 있었다.

"바쁘신데 시간을 많이 뺏어서 죄송합니다."

"제 아내와 어머님의 일입니다. 당연합니다. 두 사람의 죽음에 저는 죄책감을 가지고 있습니다. 그러니 한 치의 의혹도 없이 알고 싶고, 알아야 한다고 생각합니다."

"죄책감이라면?"

"가족을 지키지 못했으니까요."

서동현이 돌아간 뒤 강호성은 소파에 깊숙이 몸을 묻고 생각에 잠겼다. 만만한 형사가 아니라는 것쯤은 처음 보았을 때부터 그 꺼림칙함을 통해 느꼈다. 하지만 오늘은 그 꺼림칙함이 더 강해졌다. 서동현이 떠올렸던 입가의 그 미소. 그건 대체 무엇이었을까.

"후보님."

감았던 눈을 떠올렸다. 정태용 보좌관이 그의 옆을 지키고 있었다. 강호성은 자조적인 웃음을 흘렸다. 지금 다른 곳에 정신 팔겨를이 없다. 이제 선거까지 9일밖에 남지 않았다.

"미안하군. 우선 오늘의 일정을 조금만 뒤로 미뤄주게. TV 대담이나 인터뷰는 미루지 말고."

"그보다, 말씀해 주셨으면 하는 게 있습니다."

강호성은 시간을 재조정하기 위해 집어 들던 수첩을 다시 내려놓았다. 그러고는 정태용 보좌관을 올려다보았다. 딱딱한 표정이었다.

"뭔가?"

"어제."

'어제'라는 단어가 정태용의 입에서 뱉어지는 순간, 강호성의

64

움직임이 멎었다.

"어제, 제가 돌아간 뒤, 후보님은 사무실에 계속 계셨다고 진술했지만 사실은 자리를 비우시지 않으셨습니까?"

큰 충격이 강호성의 머리를 쳤다. 심장이 멎은 것처럼 깊숙한 곳으로 떨어졌다. 얼굴에 핏기가 가시는 것을 스스로도 느낄 수 있었다. 강호성이 아무 대답도 하지 못하는 사이 정태용이 다시 입을 열었다.

"댁에, 다녀오셨습니까?"

* * *

강호성의 사무실을 나온 뒤 서동현은 곧장 경찰서로 복귀했다. 경찰서는 조용했다. 출입기자들의 움직임은 별다른 것이 없었다. 간밤의 당직 형사들을 붙잡고 뭔가 기삿거리가 될 만한 것이 없는지를 캐묻고 있었다. 당연히 그들은 강호성 사건은 듣지 못했다. 투신 사건이 있었다는 것은 목격자가 있으니 알 수도 있으나 그 가족이 강호성이라는 것은 함구하라는 지시가 떨어졌다.

하지만 그 비밀이 언제까지 지켜질지는 알 수 없었다. 언제 터질지 알 수 없는 사건 앞에서 오늘은 마치 태풍의 눈처럼 고요했다.

서동현은 자신의 자리로 돌아가자마자 강호성의 집에서 수거해 온 주미란의 가계부를 꺼냈다.

강호성은 은막의 재력가로 알려진 인물이었다. 정치인 재산 순위 18위로 국회공보에 공개된 재산은 차기 대권주자로 거론될 정도의 유명세치고는 대단치 않은 것이라는 평까지 있었다.

하지만 타계한 그의 아버지는 현재 JK그룹의 전신인 주국건설의 창업자이고, 그의 어머니 또한 지하세계의 은행총재라 불리던 사채계의 큰손이었으니, 알려지지 않은 재산은 천문학적인 금액일 거라는 소문이 있었다.

그런 집안의 외며느리가 이런 가계부라니. 그 사실만으로도 서동현은 놀랐다. 파 한 단, 계란 한 줄, 보험료 얼마, 전기료 얼마까지 상세히 적힌 가계부였다. 남들이 보면 남편의 쥐꼬리 월급을 쪼개고 쪼개 생활하는 평범한 주부로 알았을 정도였다.

주미란의 물건 중에 일기장 같은 것은 나오지 않았지만, 혹시 가계부에라도 뭔가를 메모하지 않았을까 싶어 넘겨보던 서동현은, 가계부에서 보이는 뭔가 다른 점에 주목했다.

"선배. 국과수 김 박사님 오셨어요."

"아, 그래?"

서동현은 가계부에서 눈을 떼지 않은 채 지신우에게 대답했다. 뭘 그렇게 열심히 보나 궁금했던지 지신우 경장이 그의 어깨 너머를 흘끔거렸다.

"가계부 아니에요?"

"어, 맞아. 강호성 후보의 아내가 적던 거."

그 대답에 지신우가 감탄하는 소리를 냈다.

"이야. 가계부는 그저 서민 아줌마들이나 적는 건 줄 알았더니. 신선한 충격인데요? 근데 뭔가 이상한 거라도 있어요?"

"응. 한 달에 한 번 정도, 그렇다고 해서 주기적인 건 아니지만, 과자를 대량으로 구입했어."

지신우가 그 소리에 핏, 하고 웃었다.

"과자를 좋아했나 보죠, 뭐."

"오십만 원어치씩 샀는데?"

"히익."

지신우가 가계부의 영수증을 뒤적였다. 뭔가 생각이 났는지 서동현을 보았다.

"그런 거 아닐까요? 왜 정치인 마누라들이 외조 한다고 봉사 다니잖아요. 그럴 때마다 사간 것 아닐까요? 고아원이나 뭐…… 양로원이 될 수도 있고요."

서동현이 고개를 끄덕거렸다. 일리 있는 얘기였다. 나이 어린 아이가 있는 집도 아니고, 친정도 없는 강호성의 아내 주미란이 주기적으로 과자를 구매해 왔다면 어딘가에 지원해 줬다는 얘기였다.

"혹시 주미란이 지속적으로 방문해 오던 단체가 있는지 알아봐 줄 수 있어? 내가 생각할 때는 양로원보다는 고아원 쪽일 거야."

"왜요? 노인들도 단 걸 좋아하시니까 사갔을 수도 있잖아요."

"영수증에 적힌 목록을 봐."

대형 마트의 기계로 뽑혀진 영수증이라 과자의 이름까지 전부 적혀 있다.

"딱딱한 과자가 많아. 노인들은 먹기 불편한 종류들이야."

"아아. 그건 생각을 못했네요. 역시 팀장님은 연세 있으신 어머니를 모신……."

말을 하다 말고 지신우는 헙, 하고 입을 다물었다. 그의 어머니는 돌아가신 이후에도 내내 서동현의 상처였다는 것을 그제야 떠올렸으리라. 마지막까지 함께 해 드릴 수 없어 동현이 얼마나 마음고생을 심하게 했는지 알기에 말을 꺼낸 것 자체가 미안했을 것이다. 서동현은 아무렇지 않은 척 자리에서 일어섰다.

"아무튼 알아봐 줘."

"혹시."

지신우가 따라 일어섰다.

"주미란이 장옥란을 살해 후 자살한 것 이외에 다른 범죄의 개입 가능성을 생각하고 계신 거예요?"

"알 수 없지. 알 수 없는 것들을 밝혀내는 게 우리 임무고. 밝혀 낼 때까지는 아는 다리도 두드려봐 줘야 하는 거 아니겠어? 그리고 한 가지 더."

지신우를 향해 검지를 펼쳐보였다.

"사건 당일 11시부터 12시까지 강호성 사무실부터 제이럴 타운으로 오는 길을 비추는 CCTV 전부를 확보 부탁해."

"11시부터요? 그때는 강호성이 사무실에 있다고 했던 때잖아요. 왜요? 뭐 있어요?"

"아직 정확한 거 아냐. 일단 확보만 해봐. 국과수 김 박사님 오셨다고 했지?"

"네. 휴게실에 계세요."

"다녀올 테니까 알아봐줘. 괜히 알아본답시고 강호성 후보한테 직접 전화 걸어 묻지 말고. 긁어 부스럼 된다."

"제가 뭐 일이 년차 형사에요? 별걱정을 다하셔."

지신우의 핀잔에 서동현은 쿡쿡 웃으며 사무실을 나섰다.

휴게실은 3층의 중앙에 위치하고 있었다. 말이 좋아 휴게실이지 스테인리스 재질의 원형 테이블 몇 개를 가져다 두고 음료수 자판기를 세워둔 것이 전부인 공간이었다.

휴게실에 도착하니 창문 쪽에 바짝 붙은 테이블에 국과수 김 박사가 앉아 있었다. 100킬로에 육박하는 거구는 매번 볼 때마다 익숙해지지가 않았다. 연신 주머니에서 손수건을 꺼내 얼굴을 닦았다. 목 끝까지 채운 셔츠의 단추가 아슬아슬해 보였다. 여름은 그에게 분명 지옥이리라.

"오셨습니까?"

서동현이 다가가 아는 체를 했다. 테이블에 올려둔 서류에 시선을 박고 있던 김 박사가 동현을 향해 고개를 돌리고는 반색하며 악수를 건넸다. 하지만 일어서지는 않았다. 원체 엉덩이가 무거운 사람이었다. 서동현은 그 손을 맞잡고 악수를 한 뒤 김 박사의 맞은편에 앉았다.

"어떻게 오셨어요?"

주미란과 장옥란의 시신은 두 구 모두 국과수에 정밀 감식을 의뢰했다. 말기 암으로 이미 죽을 날을 받아 놓고 있는 주미란이 치매에 걸린 장옥란의 뒤를 걱정해 스스로 살해하고 자살한 사건. 누가 봐도 명백한 상황이었다. 현장에 있던 사람은 둘이었고 둘 모두 사망하였으니 이견을 제시하는 사람은 없었다. 그럼에도 정밀 감식을 의뢰한 것은 수사 종결을 위한 형식적인 수순이었다. 하지만 서동현은 다른 사람들과는 다른 방향의 마음가짐으로 사건을 의뢰했다.

'이 사건엔 뭔가 있다.'

"그냥 문서로 통보하려다가 뭔가 좀 찜찜해서."

그 말에 서동현의 눈이 반짝였다. 목이 탔다.

"아, 그럼 혹시 음료수라도."

"시답잖은 소리 하지 마. 바쁘니까 용건만 간단히 하자고. 왜 이래, 선수끼리."

이야기를 어서 듣고 싶은 서동현의 마음을 읽은 김 박사가 핀잔을 주고는 가방에서 서류를 꺼냈다. 시신 두 구의 정밀 감식 보고서였다. 보고서에는 사진이 첨부되어 있었는데, 김 박사는 보고서 내용을 넘기고 사진을 들이밀었다.

처음 보여준 것은 주미란의 시신이었다. 17층에서 추락하였으니 시신의 상태는 그야말로 처참했다. 안면이 함몰되었고, 온몸의 뼈들은 성한 곳을 찾기가 힘들 정도로 산산조각이 났다. 장기는 파열되었다. 이런 사진을 보지 않아도 당시 사건 현장에 있던 목격자 중 심약한 여성 한 명이 혼절했다는 얘기만 보아도 시체의 처참한 상태는 이미 예견되었다.

서동현은 미간을 살짝 찌푸렸다. 그것뿐이었다. 신참내기 형사들이 이것을 보았다면 끔찍하다며 유난들을 떨었을 것이다. 이미 30년 남짓 형사로서 살아온 서동현 입장에서는 이 시신이 분명 처참하긴 하지만 특별하지는 않았다. 기나 긴 형사 생활 속에 얻은 것은 강한 비위뿐이었다.

서동현은 침착하게 보고서를 읽었다. 하나라도 빼놓지 않기 위해 문장의 나열들을 손가락으로 그어 가며 읽었다. 보고서 위를 훑던 그의 손가락이 멈추었다.

"후두부 파열."

순간 김 박사의 눈이 빛났다.

주미란은 추락 당시 지면에 엎드린 자세로 떨어졌기 때문에 갈비뼈의 손상과 장기의 파열 이외에도 심각한 안면 파열이 있었다. 그런데 후두부에도 파열이 있다. 지면에 닿기 전에 생긴 상처라고 생각할 수도 있다.

"흉터의 모양이 어떤가요?"

사람의 상처는 그 모양에 따라 어떤 사물에 의한 상처인지 알 수 있다. 둔기에 의한 상처, 도끼 같은 날카로운 흉기에 의한 상처, 계단에서 떨어져 모서리에 부딪힌 상처 등등 모두 다르다. 망치라 하더라도 망치의 모양이나 그 넓이까지 유추해 볼 수 있었다.

"정확한 건 아니지만, 육안으로 봤을 때는 뭔가에 찍힌 것 같아. 각도로 봤을 때는 예각은 아니고, 직각에 가까울 것 같아."

서동현은 고개를 끄덕였다. 추락 당시 직각의 뭔가에 찍힌 거라면 아마 건물의 어딘가일 가능성이 있다. 아무리 자살이라 하더라도 사람은 추락 때 본능적으로 몸을 비틀고 팔을 휘젓기 때문에 한 바퀴 이상 회전하게 되는 경우도 있다. 하물며 17층이다. 안면부터 고스란히 떨어졌다고 생각하는 쪽이 오히려 억지스러웠다. 떨어지면서 다른 세대의 창이나 테라스 바닥 쪽에 머리를 박았을 경우도 있다.

"같은 동에 있는 다른 세대들의 창 쪽에 주미란의 혈흔이 있는지 조사해 봐야겠네요."

"그러든가. 자, 그럼 이걸."

두 번째로 그가 보여준 사진은 장옥란의 것으로 총 열여덟 장으로 구성되어 있었다. 교살흔, 목 뒤에서 교차된 끈의 흔적, 발견 당시 누워 있었던 자리. 서동현의 시선을 끈 것은 장옥란의 손 사진과 허벅지 사진이었다.

서동현의 시선이 그 두 장의 사진 위에서 멈춘 것을 확인한 김 박사가 말했다.

"자네도 역시 알아채는군."

서동현이 고개를 들고 김 박사를 보았다. 당혹스러운 빛을 감추지 못했다.

"박사님 이건……."

"그래. 뭔가 확실히 이상해."

"목에 끈 자국 말고는 다른 게 없는 게 이상하다 했지."

그랬다. 확실히 장옥란은 타인에 의해 교살당한 것이 확실했다. 그것은 육안으로 봐도 알 수 있었다. 목 뒤에서 교차된 자국이 그러했고, 상처 자국이 살해에 사용된 끈의 예상 넓이보다 넓었다. 교살을 당할 때는 고통에 몸부림을 치게 되어 강하게 압박된 끈이 움직이기 때문에 상처 자국이 넓다. 여기까지는 이상할 게 없었다.

하지만 문제는 다음이다.

교살을 당할 때, 피해자는 방어를 하려는 본능이 있다. 일반적으로 그것은 압박하는 끈을 자기 목에서 떼어내려는 것인데, 보통 이때 목에 자신의 손으로 상처를 낸다.

하지만 장옥란의 시신에 있는 목 상처는 교살흔 말고는 없었다. 그런데 목에는 남아 있지 않은 상처가 그녀의 허벅지에 있다는 것은 어떻게 설명해야 할지 서동현은 혼란스러웠다.

그랬다. 장옥란의 허벅지에는 상처가 숱했다. 깊이 팬 상처도 있었고, 긁힌 정도 수준의 것도 있었다. 상처의 모양으로 보았을 때 손톱으로 낸 상처라고 생각하는 것이 맞을 것 같았다. 손 사진을 보니 손톱에 빨갛게 피가 굳어 있었다.

"이건 본인이 낸 상처라는 건가요?"

"일단 상처로 보면 그래. 하지만 범인에게도 상처를 냈을지 모르니 손톱에 있던 피에 다른 사람의 유전자가 있는지 감식 보내 놨어. 며칠 걸리겠지만."

"왜 허벅지를 쥐어뜯었을까요?"

"글쎄. 나도 그게 좀 이상해. 나도 이상해서 말하기는 했지만 어쨌든 살해는 살해니까. 그게 중요할까?"

서동현은 뭐라고 대답해야 할지 알 수 없었다. 김 박사의 말대로 살해는 살해기 때문에 살해 당시 피해자가 고통을 느껴 어디를 쥐어뜯었든, 중요하지는 않을 것 같았다. 하지만 가슴 언저리에 뭔가 찜찜한 것이 맺혀 있었다.

아까의 주미란의 시신에 있던 후두부의 상처가 뒤늦게 마음에 걸렸다.

서동현은 보고서를 물끄러미 들여다보며 중얼거렸다.

"어쩐지, 무서운 생각이 드네요."

김 박사는 별다른 답변을 하지 않았다. 입을 닫은 채 서 있는 그를 서동현이 올려다보았다.

"어떻게 생각하세요?"

김 박사가 웃으며 대답했다.

"국과수는 생각하는 사람들이 아니야. 있는 그대로의 사실을 증명하는 집단이지. 알잖는가. 그 이외의 것은 자네들의 역할이라는 걸."

"부럽네요."

한숨 섞인 웃음을 지으며 서동현이 대답했다.

죽은 장옥란의 손톱에서 검출된 피는 장옥란 본인 이외의 것은 검출되지 않았다고 연락을 받은 것은 그로부터 이틀 뒤의 일이었다.

* * *

"지금, 뭐라고 했지?"

애써 평정을 유지하려 했으나, 자신의 목소리가 떨리고 있음을 강호성은 느꼈다. 책상 아래쪽에서 바지를 움켜쥐었다. 쉽사리 진정되지는 않다. 덜컥 내려앉은 심장은 제 상태로 돌아올 줄 몰랐고, 미소를 지어 보이려 했으나 그것은 딱딱하게 굳어 있다는 것을 스스로도 알 수 있었다.

"후보님께서 어제, 자리를 한동안 비우셨다는 것을 알고 있다고 말씀드렸습니다."

강호성은 얼굴이 파랗게 질리는 것을 느꼈다.

정태용 보좌관의 설명에 따르면, 어제 그는 강호성을 혼자 놔두고 퇴근하였다가, 사무실에 지갑을 놓고 왔다는 것을 깨달았다. 그래서 다시 사무실로 올라가던 길에, 빠른 걸음으로 건물 현관을 벗어나는 강호성을 본 것이다. 방금 전까지 할 일이 있어서 더 있다 가겠다고 해놓고 곧장 퇴근을 하는 건가 싶어 의아했지만, 갑자기 피로가 몰려와서 그럴 수도 있겠다고 그때는 생각했다고 한다.

그리고 사고 소식을 들은 것이다.

경찰에게 강호성이 정태용이 퇴근한 이후에 내내 사무실에 있다가 경찰에게서 연락받은 자정 즈음에 집으로 향했다고 진술했다는 이야기를 들었다. 정태용은 뭔가 잘못되었다는 것을 그때 알아차렸다고 했다. 원체 눈치가 빠른 사람이다.

강호성은 온몸에 한기가 들었다.

"후보님."

정태용이 나직한 목소리로 그를 불렀다.

"말해."

강호성은 침착하게 정태용을 응시했다. 피하지 않고 정태용이 그 시선을 맞받았다. 정태용은 섣불리 입을 열지 않았다. 똑바로 강호성을 직시하며 잠시의 침묵을 지켰다. 그 시선에서 강호성은 왠지 정태용을 믿게 되는 마음이 들었다.

"제가 후보님을 뵌 지 15년입니다."

강호성이 국민당에 입당할 당시부터였다. 정태용은 강호성의 정치적 멘토였던 최보경 의원으로부터 소개받은 사람이었다. 당시, 나이는 젊지만 냉철한 판단과 빠른 두뇌회전으로 많은 정치 신인들을 국회의원자리에 올린, 그야말로 선거 선수였다. 능력과 두뇌만으로 따지면 그가 직접 정치를 해도 충분한 사람이었다. 정태용에게는 은막의 정치인이라는 닉네임이 붙어 있었다.

그를 만난 이후, 강호성은 서른여섯의 나이로 국민당의 비례대표에 당선되어 정치생활을 시작했고, 이후 지역구 의원을 역임했다. 국민당 경선에 당선되어 영인 시장 선거에 출마했고, 현재 당선으로 가장 유력시 되는 후보였다. 당선만 된다면 영인시의 역사상 최연소 나이의 시장이 된다.

그런 강호성의 뒤에 정태용이 있었던 것이다.

강호성이 침묵을 지키고 있자, 정태용이 다시 입을 열었다.

"그동안 저는 후보님을 위해 모든 것을 다 했습니다."

"모를 리가 없지."

"그 모든 것에는, 세상에 알려져서는 안 될 것들도 있다는 것도 아십니까?"

"……알아."

"세상에 알려져서는 안 될 일을 할 때에, 후보님의 손이 아닌 제가 하였습니다. 바로 이 손으로."

정태용이 자신의 손을 들어 보였다.

"그렇다는 것은 저는 제 목숨을 후보님께 걸었다는 이야기입니다."

그의 말이 무엇을 의미하는지 강호성은 알고 있었다. 정태용은 스스로 정치에 뛰어들어도 부족하지 않은 사람이었지만, 그에게는 가장 큰 흠이 있었다. 바로 정태용의 조부의 존재였다. 정태용의 조부는 6·25 당시 월북하였다. 그 일로 정태용 부친은 연좌제의 틀에 갇혀 버렸다. 이미 연좌제라는 것은 폐지되었지만, 사람들의 인식은 여전했다. 결과적으로 외형상의 틀은 사라졌을지라도, 사회 활동은 수월하지 못하였다. 정태용이 정치를 한다면 분명 상대 진영 흑색선전의 가장 좋은 먹잇감이 될 것이다.

월북자의 손자가 대한민국을 이끄는 것을 용납할 국민이 있겠는가.

그가 내린 답이 바로 현재였다. 은막의 정치인은 그렇게 탄생한 것이다.

"후보님께서 잘못되시는 것은 후보님 혼자만의 일이 아니라는 말씀입니다."

강호성은 어떤 말도 쉽사리 꺼내지 않았다. 하지만 감각으로 이 상황이 어떤 상황인지를 느끼고 있었다. 그는 회심의 미소를 지었다. 자신이 범죄 발생 시각에 집으로 간 사실만으로도 그의 정치생명은 끝장날 정도로 위태로웠다. 그리고 자신의 등에 천하의 둘도 없는 반인륜적 패륜아 딱지가 붙게 된다.

하지만 그의 뒤에는 정태용 보좌관이 있다. 그는 일이 그렇게 되도록 내버려 두지 않을 것이다. 강호성이라는 이름 석 자가 바로 그의 미래이니까.

"저에게 모든 것을 말씀해 주십시오."

강호성은 그의 눈을 응시했다. 어디까지 이 사람을 믿어도 될 것인가. 하지만 지금은 다른 대안이 없다.

썩은 동아줄이라도 잡을 수밖에 없다면, 그리해야 하지 않겠는가.

"예상하고 있는 그게 맞아. 사건에 내가, 연루되었어."

예상했던 일일 테지만, 그래도 충격이 컸던지 정태용이 눈을 깊게 감고 숨을 들이켜는 것이 보였다. 하지만 정태용은 곧 눈을 힘 있게 치켜떴다.

"하지만 둘 다 내가 그런 것은 아냐. 그리고 내가 그 시간에 사무실에 계속 있었다는 것을 자네가 흔들리지 않고 증언만 해 준다면 결코 나에게 혐의가 돌아올 수는 없을 거야."

"하지만 안심할 수는 없습니다. 그 서동현이라는 형사, 만만히 볼 인물은 아닌 것 같습니다."

정태용의 말에 일순 강호성은 서동현 형사를 머릿속에 떠올렸다. 왠지 불쾌한 기분이 들었다.

"하지만 그렇다 해도 그 사람은 아무것도 잡아내지는 못할 거야. 내 예상대로 사건은 시한부 며느리가 혼자 남겨질 치매 시어머니가 안타까워 살해하고 자살한 사건으로 종결될 거야."

"하지만 만의 하나라는 것은 결코 무시할 수 없는 것이니까요."

말을 한 뒤, 정태용은 강호성이 했던 말 중 한 단어가 새삼 마음에 걸렸다.

"치매……셨습니까?"

강호성은 정태용 보좌관에게 모든 것을 털어놓았다. 어머니가 치매에 걸렸었다는 사실, 그리고 그날 밤 있었던 모든 일들을 말했다. 정태용을 어디까지 믿어야 할지는 확신이 서지 않았지만 그들이 지금 한배를 탄 것임에는 틀림없었다. 이미 십 수 년을 강호성의 뒤에 있던 남자다. 이제와 그를 버린다면 정태용 역시 정치판에서는 설 자리를 잃게 된다. 절대로 배신할 수 없는 관계란, 일이 터졌을 때 발을 뺄 사이도 없이 함께 죽을 수밖에 없는, 치부를 나눠 가진 사이를 말하는 것이리라.

"곧 언론에 사건이 퍼질 것입니다. 경찰청 수뇌부에 함구 요청하겠습니다. 혹시 이미 냄새를 맡은 언론사가 있다면 보도 유예 요청을 하겠습니다."

"정태용 보좌관. 나와 그렇게나 오랜 시간 함께 했으면서 나를 그렇게나 모르다니. 내가 자네의 능력을 그간 너무 높이 평가해

왔던 모양이야."

강호성이 피식 웃었다. 그 웃음에 정태용이 당황한 기색을 비쳤다.

"죄송합니다."

영문을 모르는 듯했으나 그는 당황한 기색을 감추지 못하고 허리를 푹 숙였다. 강호성은 소파에 몸을 깊숙이 묻었다.

"내가 문학계의 거장들과도 친분을 이어온다는 것을 알고 있지?"

"……알고 있습니다."

강호성의 인맥은 두 부류로 나뉜다. 정치에 필요한 사람과 필요치 않은 사람. 필요치 않은 사람은 가차 없이 잘라낸다. 문학계의 거목들과 인맥을 이어오고 있는 이유는 바로 그들의 영향력과 자신의 이미지 때문이었다.

문학계의 거장들과 친분을 이어온다는 지식인의 이미지는, 그간 국회 안에서 벌어지던 많은 몸싸움들과 망치질에 등 돌린 민심을 자신에게 끌어들일 수 있는 좋은 수단이 되었다. 2011년 서울시장 보궐선거 당시, 여권과 야권은 젊은 층의 투표가 선거의 판도에 얼마나 큰 영향을 미치는지 두 눈으로 똑똑히 보았다. 이 나라를 대표하는 문학계의 거장들을 마음속 멘토로 삼은 대학생들을 의식한, 다분히 정치적인 인맥관리였다.

"그 중에 한 소설가가 이런 말을 한 적이 있지. 소설가란 제 부모의 장례식에서도 소재를 찾고 줄거리를 만들 수 있어야 한다고. 나는 정치인들도 마찬가지라고 생각해. 사사로운 정치인의 가정사나, 아내의 서글픈 죽음도 정치에 필요하다면 이용할 수 있어야

지. 설령 그것이 제 부모의 죽음이라 하더라도 말이야."

강호성은 눈을 치켜뜨고 정태용을 응시했다. 정태용이 잠시 침묵을 지키고 있었다. 강호성은 눈을 깊이 감고 소파에 몸을 묻었다. 자신이 의도한 바를 향해 정태용이 쫓아오길 기다리는 것이다. 감은 두 눈 속에서 그는 시계의 초침을 들었다. 초침이 단 8번쯤 들려왔을 때 정태용이 입을 열었다.

"보도 유예 신청은 하지 않겠습니다."

강호성이 감았던 두 눈을 떴다.

"이 사건이 경찰청 출입기자들에게 흘러 들어갈 수 있도록 조치를 취하겠습니다. 기자들이 요청해 오는 인터뷰는 일단 모두 거절하겠습니다. 그럴수록 그들은 궁금증에 들끓을 테고, 온갖 추측성 기사들을 보도할 것입니다. 세상이 점점 관심을 기울이고, 기자들이 들끓을 때쯤, 기자회견을 준비하겠습니다."

강호성의 입가에 호가 그려지며 미소가 떠올랐다. 차가우면서도 비정한 미소였다.

"기자회견에 입고 나갈 양복은 조금 추레한 것이 좋겠군. 명품 양복은 준비하지 말게. 다림질이 전혀 안 되어 있는 것으로. 넥타이는 매지 않겠네. 셔츠 단추 하나쯤은 풀어 놓는 것이 좋겠고, 흰색 셔츠보다는 약간 낡은 느낌을 주는 것이 좋겠군. 머리에는 젤 같은 것은 바르지 않고."

강호성은 이 일이 호재로 작용할 거라 예측했다. 그리고 그 예측이 빗나가기란 쉽지 않을 거라고 확신했다.

그런 생각을 하다 아주 잠시, 그는 자신의 어머니 장옥란을 떠올렸다. 남편을 먼저 떠나보내고 홀몸으로 강호성을 키워내셨다.

경찰에 진술했던 대로 어머니는 그를 키우기 위해 안 해본 일이 없을 정도였다. 강호성은 어머니의 희망이었고, 마지막 남은 동아줄이었다. 아들을 성공 시키는 것만이 인생 최대의 목표인 분이었다.

문득 손바닥을 들여다보았다. 어머니의 목을 졸라맨 줄 위로 그녀의 버둥거림이 여실히 전해져 왔었는데 손바닥에 아직 그 느낌이 남아 있는 것 같았다. 자신의 자식이 인생의 마지막 동아줄이었던 여자는 결국 그 동아줄에 목이 매달리고 말았다.

하지만 이상하게도 죄책감은 느껴지지 않았다. 집에 돌아가면 아내가 없고, 치매 걸린 어머니의 울부짖음이 없다는 것이 부자연스럽게 느껴지기는 했어도 그 이상의 감정은 없었다. 아마 어머니는 그를 원망하지는 않을 것이다. 인생의 목표가 아들의 성공 아니었던가. 그 성공으로 가는 길의 제물이었다면, 소임을 다 한 기쁨이 더 크지 않겠는가.

그때 전화벨이 울려 강호성은 생각을 멈추고 고개를 들었다. 벨소리는 정태용의 것이었다. 정태용은 휴대폰을 열어 발신인을 확인하고는 강호성을 한 번 보았다. 강호성은 고개를 갸웃했다. 정태용은 휴대폰을 열며 문 근처 구석으로 가 전화를 받았다. 하지만 나가지는 않았다. 자신은 강호성을 벼랑 끝으로 몰 사람이 아니라는 결백을 증명하고자 하는 것처럼 보였다.

"네. 그렇습니까? ……전화 드리죠."

정태용의 전화는 아주 간단하게 끝났다. 발신인이 누구인지 알 수는 없으나 저쪽에서 하는 말을 듣고 대답만 한 것이 고작이었다. 전화를 끊고 돌아서는 정태용의 얼굴에 난감함이 묻어 있었다.

"사실은, 비밀리에 경찰청의 수사 진행 상황을 확인했습니다."

"……그래서?"

정태용이 잠시 숨을 들이쉬었다. 마치 자신이 죄라도 지은 것처럼 어두운 얼굴로 대답하였다.

"수사 결과 보고서가 상부에 올라가지 않은 것으로 보입니다."

그 말에 강호성은 서동현을 떠올렸다. 나직한 한숨과 함께 조소를 흘렸다. 깍지를 낀 손을 책상 위에 올렸다. 어이가 없다는 듯 다시 피식 웃으며, 깍지를 풀고 마른 세수를 하였다. 얼굴을 쓸어내리던 손이 내려감과 동시에 강호성의 얼굴이 싸늘하게 변했다.

"그렇다는 건?"

"아직 결과를 확정 지을 만한 상태가 아니라는 즉, 담당 형사가 이 사건에 대해 뭔가 더 조사를 하려는 것이라고 추측됩니다."

강호성은 화가 치밀어 오른다는 듯 의자를 박차고 일어섰다. 그러고는 몸을 돌려 창을 마주하고 섰다. 창밖에는 건물이 빼곡했다. 자신은 고작 이런 건물 틈새에 끼어 있기 위해 그런 삶을 살았던 것이 아니었다. 이 빌딩 숲 위의, 주인이 될 것이 아니었다면 어머니의 숨을 뺏는 일도 감수하지 않았을 것이다. 이 세상에 단 하나밖에 없는 그 자리에 올라서기 위해 살아왔던 인생이, 고작 그따위 추레한 형사에게 발목 잡힐 거라면 애초에 시작도 하지 않았을 것이다.

시간이 흘렀다. 사무실에는 채각거리는 소리만 가득했다. 정태용은 말을 건네 오지도 사무실을 나가지도 않은 채 미동도 없이 그 자리에 서 있었다. 강호성 역시 창밖을 바라보며 침묵을 지켰다. 구름이 이동했다. 해가 잠깐 가려져 창을 보고 있는 강호성의 얼굴에 일순 그늘이 내려앉았다.

한참만에 강호성이 입을 열었다.

"정태용 보좌관."

"네, 후보님."

"정치가 뭐라고 생각하지?"

갑작스런 질문에 당황했는지 정태용은 얼른 답을 말하지 못했다. 그는 생각 끝에 조심스럽게 입을 열었다.

"국민의 맨 앞에 서서 나랏일을 하는 것이라고 생각합니다."

그 대답에 강호성이 파안대소했다. 그는 정태용을 돌아보며 어이없다는 표정을 감추지 않았다.

"자네에게 아직도 그런 순진함이 있다니 놀라워. 그런 원초적인 대답을 하다니."

강호성이 웃음을 그쳤다.

"정치란 말이야. 전화를 거는 데 쓰는 단 몇백 몇십 원의 통화료도 허투루 쓰지 않는 것, 그것이 바로 정치야."

강호성은 주저 없이 수화기를 들었다. 수신인은 민두식 경찰청장이었다.

4

서동현은 강호성의 아파트 앞에 섰다. 고개를 꺾고 위를 올려다보았다. 아파트가 하늘을 찌를 듯 위용을 자랑하며 그를 내려다보고 있었다. 위압감이 절로 느껴지는 곳이었다. 이곳에서 누군가는 살해를 당했고, 누군가는 힘없이 추락했다. 마치 격에 맞지 않는 사람이 방출당하듯.

그런 사건이 있었는지조차 알지 못할 정도로 아파트 안은 평소와 다름이 없었다. 입주민들의 동요를 안정시키기 위해 관리소장의 명의로 된 공지문이 붙었다고 들었는데 지금은 그것조차 없었다. 아직 사건이 일어난 지 얼마 되지도 않은데다, 사망자들의 가족이 차기 시장 후보인 강호성이라는 것만으로 언론의 보도는 철저히 차단되고 있었다. 곧 두 여인의 죽음은, 몇몇 사람들의 기억에서 조차 묻혀갈 것이다. 그런 죽음이 있었던 자체조차 잊힐 것이다.

서동현은 지신우를 대동하고 아파트 관리사무소로 들어갔다. 여직원 하나가 턱을 괴고 앉아 컴퓨터 마우스의 볼을 득득 긁어 내리고 있었다. 인기척에 고개를 들고 일어서던 여직원의 기계적인 미소가 사라졌다. 사건 이튿날, 지신우가 관리소를 찾아간 적이 있었으니, 지신우의 얼굴을 알아보고 또 형사가 왔구나 하고 알았을 것이다.

"경찰입니다."

지신우가 신분증을 꺼내 보이며 말했다.

"예, 저……."

무슨 일로 왔냐는 듯 관리사무소 여직원이 떨떠름한 표정으로 말끝을 흐렸다. 지신우는 주머니 안에서 공문 한 장을 꺼내 그녀에게 내밀었다.

내용은 단지 내부의 전체적인 조사를 할 것이고 사건 당일 CCTV 영상 제공에 협조해 달라는 경찰청장 직인이 찍힌 공문이었다. 아파트 관리사무소는 수백 세대의 안전과 개인정보를 담당하고 있으므로, 제대로 된 공문을 가지고 오지 않으면 어떤 것에도 협조해 주지 않는다.

지신우는 강력사건을 많이 접해보지 못해 현장에서는 가끔 놓치는 것이 많고 미숙할지 모르나, 이런 행정적인 면에서 만큼은 확인과 준비가 철저했다. 경찰청 내에서 현장에서 노련하고 사무적인 면에서는 취약한 서동현과 아주 잘 맞는 조합이라는 평을 받고 있다.

여직원은 공문을 확인하고는 굳은 얼굴로 전화기를 들었다.

"소장님, 잠시 사무실로 오셔야 할 것 같은데요. 네. ……지난 번 일로 형사님께서 오셨습니다."

잠시 뒤 사무실로 들어온 관리소장은 정장을 깔끔하게 입고 있었다. 전형적인 공무원 스타일로 보였다. 공무원이 되기를 꿈꾸다가 관리소장직으로 왔나 싶은 생각이 들었다. 흑발을 무스로 깔끔하게 뒤로 넘긴, 풍채가 좋은 남자였다. 사무실로 들어와 두 사람과 각각 악수를 나누고, 테이블 위에 아무것도 없는 것을 보고는 여직원에게 커피를 부탁했다.

"잠시 시청에 다녀올 일이 있어 외출하였었는데, 오래 기다리셨습니다."

"아닙니다. 저희가 연락을 하지 않고 왔는데요, 뭘."

지신우가 부드럽게 대답했다. 서동현은 입을 다문 채 앉아 있었다. 사건의 조사를 위해 참고인들을 만날 때는 항상 지신우와 대동한다. 원체 선해 보이는 인상과 친절한 말투의 소유자인 지신우는 상대방을 편안하게 해 준다.

잠시 이런저런 이야기를 주고받는 사이 여직원이 들어와 그들의 앞에 커피 잔을 내려놓고 나갔다.

"그런데 오늘은 무슨 일로?"

"네. 당시 사고가 났던 동에 대한 전체적인 확인을 좀 해야 할 것 같습니다. 다른 세대들의 창이나 베란다 부분들의 확인이 특히 필요하거든요."

주미란의 시신에 있던 상처 때문이었다. 추락 당시 어딘가에 부딪히지 않은 이상 그렇게 날카로운 상처가 날 수가 없었다. 어딘가에 부딪혔다면 혈흔 같은 것이 남아 있을 것이다.

하지만 어렴풋이 서동현은 아무것도 찾을 수 없을 거라고 생각하고 있었다.

"그날의 단지 내 CCTV 영상도 필요합니다. 승강기 내부 것도 포함해서요."

"CCTV 영상은 확보해 드릴 수 있습니다. 하지만……."

관리소장이 곤혹스러운 표정을 지었다. 그 표정의 의미를 서동현은 금세 알아차리고 설명했다.

"세대를 직접 방문할 것은 아닙니다. 옥상 쪽에서 줄을 타고 내려와 아파트 동의 외벽과 창틀 베란다 같은 곳을 수색할 것입니다. 혹시 입주민의 문의가 있으면 통상적인 점검이라고 안내하시면 되지 않겠습니까?"

그제야 관리소장의 얼굴에 맺힌 그늘이 사라졌다. 알겠다고 하며, 관리소장이 안내 방송을 미리 하겠다고 사무실을 나갔다. 지신우가 서동현을 보며 엄지손가락을 추켜세웠다.

안내 방송이 나간 30분 뒤, 옥상에 나무 패널이 달린 밧줄을 내려트렸다. 건물 외벽 도색을 하는 사람들이 하는 것처럼 나무 패널에 앉아 줄을 밑으로 내리며 확인할 예정이었다. 이 작업에는 국과수 김 박사가 추천한 조사관이 투입되었다.

허리에 찬 벨트에 고리를 걸어 옥상과 연결하여 안전을 확보한 그는 천천히 아래쪽으로 내려갔다. 위에 선 사람과 한 조가 되어 서로 신호를 주고받으며 좌우로 움직여 건물 벽 전체를 확인했다.

이 작업을 내려다보고 있던 서동현이 지신우에게 말했다.

"아무것도 안 나올 거야."

"예?"

지신우가 황당해 하며 인상을 찡그렸다.

"안 나올 걸 알면서 이 고생은 왜 합니까?"

서동현은 고개를 돌렸다.

"안 나오는 것을 확인하기 위해서지."

그의 대답에 지신우는 무슨 뜻인지 얼른 이해하지 못하는 것 같았다.

"그 상처가 추락 당시 생긴 것이 아니라, 추락 직전 생긴 것이 라는 것을 확인하기 위해서야."

지신우의 눈이 둥그렇게 커졌다. 잠시 숨을 멈춘 것 같았다. 그 가 무슨 생각을 하는지 알게 된 것 같았다.

그 상처는 사람을 사망까지 이르게 할 만한 상처는 아니었다. 하지만 적어도 실신까지는 몰고 갈 수 있는 상처라는 것이 김 박 사의 소견이었다. 만약 그것이 추락 직전 생긴 상처라면 주미란을 실신케 하여 자살로 위장하기 위해 아래로 추락시킨 것이라고밖 에 생각할 수 없었다.

만약 그것이 사실이라면 이 상태로 사건이 종결되어서는 안 된다.

"CCTV 영상을 복사해서 와. 그리고 강호성이 살고 있는 동의 도면도."

"선배는요?"

지신우의 물음에 서동현은 굳은 얼굴로 대답했다.

"서장님을 만나 봐야겠지."

상황으로 봐서는 분명 주미란이 장옥란을 살해하고 자살한 것 으로 보인다. 하지만 안개 속에 가려진 뭔가가 보이는 듯했다. 사건을 파고들기 위해 이 사건이 수면 위로 드러나는 것은 불가피하다.

지신우는 고개를 끄덕였다.

"뭐?"

경찰서의 주차장에 차를 세운 서동현은 시동을 끄고 차에서 내리다 휴대폰이 울리고 있다는 것을 뒤늦게 깨달았다. 발신 전화번호는 형사 팀 사무실이었다. 그렇잖아도 지금 사무실로 들어가고 있다며, 전화를 받기 무섭게 말하던 서동현은 의외의 말에 입을 다물었다.

전화를 걸어온 것은 신참형사인 양태범으로, 경찰서장이 팀장님을 찾고 있다는 이야기였다.

잠복을 나간 것은 아니니 오늘 중에 복귀하는 대로 서장실로 불러올리라는 명령이었다고 했다.

"알겠다. 지금 바로 올라갈게."

전화를 끊는 서동현은 찜찜한 표정이었다. 어차피 서장을 찾아가려 하긴 했지만, 그쪽에서 먼저 부르는 것이 결코 운이 좋다고만 생각할 수는 없었다. 불안한 기분이 들었지만 서동현은 애써 그것을 떨쳐 내며 서장실로 향했다.

서장실은 경찰서의 제일 꼭대기 층인 5층에 자리 잡고 있었다. 늘 느끼는 것이지만 5층 복도는 진입할 때부터 형사 팀이 있는 1층과는 분위기가 확연히 달랐다. 같은 건물이고, 벽에 칠해진 페인트 색깔까지 똑같지만…… 무엇보다 이곳은 적막하다. 복도의 오른쪽 벽면으로는 국내 무명화가들의 그림이 걸려 있고, 복도의 왼편 바닥에 화분도 듬성듬성 놓여 있었다. 절대 서장이 직접 관리하지는 않을 화분들이 누군가의 배려 속에 풍성하고 아름답게 관리되고 있었다. 형사 팀이 있는 1층 복도에는 이런 물건들을 놓지 않는다. 흉기가 될 수도 있기 때문이다.

문 앞에 서서 서동현은 옷매무새를 확인한 뒤, 노크를 했다. 약간의 틈을 두었다가 안에서 대답이 들려왔다. 서장의 목소리는 낮고, 무겁다. 그 질감이 오늘따라 좀 더 강하게 느껴졌다.

서장은 책상에 앉아 결재 서류를 훑어보고 있었다. 서동현이 들어서자 확인하고 있던 서류에 사인을 마친 뒤 고개를 들었다.

서동현이 경례를 한 뒤 서장의 책상 앞에 다가섰다.

"부르셨습니까?"

"음."

서장은 만년필의 뚜껑을 닫으며 말을 골랐다.

"제이럴 타운 사건 말이야."

서장의 말에 서동현은 순간적으로 몸이 긴장하는 것을 느꼈다. 주차장에서 느꼈던 불안한 감각이 현실로 찾아왔다는 직감이 들었다.

서장은 서동현의 눈을 피하며 애꿎은 서류들을 뒤척였다. 그러고는 고개도 들지 않고 말했다.

"그만 종결시켜."

"네?"

"못 들었어? 종결시키라고."

"그게 무슨 말씀이십니까? 이번 사건은 단순히······."

"야, 서 팀장."

그제야 서장이 고개를 들었다. 눈빛이 사나웠다.

"지금이 어느 때야? 선거가 코앞이야. 정확하게 증거도 없는 상황에서 질질 끌며 수사 벌이면 어떻게 될 거 같아? 당장 여당에서 들고 일어날걸?"

"증거, 없지 않습니다."

서동현은 주눅 들지 않고 품 안에 있는 서류 한 장을 빼내 들었다. 국과수 김 박사로부터 받은 주미란의 시신 사진 사본이었다. 머리 쪽에 상처가 찍혀 있고, 아래쪽에 소견이 적혀 있었다. 이것만으로도 사건의 수사가 지속될 것이라는 자신감이 있었다.

"이 상처는 절대 추락 당시 생긴 것이 아닙니다. 추락 당시에 생겼다면 혈흔이나 머리카락 등, 추락 장소 이외의 곳에 남아 있어야 합니다. 그런데 조사한 바, 그런 것은 발견되지 않았습니다."

서장은 서동현이 내민 서류를 시선으로 훑었다. 그러고는 깍지 낀 손을 책상 위에 올렸다.

"고작 그 정도가 무슨 증거야? 그 아파트 사람들, 영인시에서도 난다 긴다 하는 정·재계 고위층 사람들이 많이 산다는 거 알지? 그 사람들이 어떤 사람들이야? 귀찮은 일에 휘말리는 것을 가장 싫어하는 사람들이잖아. 자기 집 창틀에 피가 묻어 있어도 귀찮아질까 봐 아무렇지도 않게 닦아내도 이상할 일이 아니라고!"

서동현은 답답했다.

"그래서 그것을 확인하기 위해 앞으로 탐문조사를 해야 하는 것 아닙니까."

경찰서장이 책상을 내리쳤다. 쾅, 소리가 공기를 흔들었다.

"지금 선거 시기야! 내가 몇 번을 말해야 하나. 시기상으로 좋지 않다는 걸 왜 몰라! 제대로 된 증거가 없으면 쑤시지도 말란 말이야!"

"이건 분명 타살입니다. 주미란, 장옥란 두 사람 모두 다요!"

서동현은 흥분하지 않으려 애쓰며 설명을 이었다.

강호성이 아무런 사전 지식도 없이 들어와, 어머니의 시신을 살피지도 않았음에도 살해당했다는 말에 슬픔 이외의 감정을 보이지 않았던 점과 아내인 주미란으로부터 자살을 암시하는 문자를 받았음에도 주미란에게 전화 한 번 걸지 않았던 점을 말하였다.

하지만 설명을 듣는 내내 서장의 표정에는 변화가 없었다.

"지금 말한 것 중 증거가 어디 있어? 다 망상일 뿐이야. 애매한 것으로 표적수사를 했다가 문책받고 싶어서 이래?"

자신도 모르게 서동현은 아랫입술을 깨물었다. 어쩐지 돌덩이를 대하는 것 같았다. 경찰서장도 한때는 일개 형사였던 시절이 있었을 것이다. 지금보다도 더 한참 전 어느 때인가에는 정의를 생각하는 마음으로 들끓었던 치기 어린 시절도 있었을 것이다. 그런데 무엇이 그를 몸 사리는 경찰로 만들었는가. 세월의 힘이라는 것이 이런 것인가 싶어 서동현은 화가 났다.

그는 이번 사건에 가장 크게 마음에 걸려 하는 점이 있다. 하지만 그것은 아직 지신우 경장에게도 말하지 않았다. 이번 사건에 가장 결정적인 단서가 될 수도 있었기 때문이었다. 진범이 제3자의 입장으로서 이 사건의 주변에 있다면 절대 그의 귀에 들어가서는 안 되는 일이었다.

하지만 그 카드를 검증하기도 전에 사건이 종결되려고 한다. 절대 그럴 수는 없었다. 서동현은 주먹을 꼭 쥐었다.

"현장에는 있어야 할 것이 없었습니다."

"뭐?"

되묻는 서장을 서동현은 똑바로 응시했다.

"바로 장옥란을 교살한 끈입니다."

동요하지 않는 듯 보였지만 서장의 어깨가 흠칫 떨리는 것을 서동현은 분명 보았다.

"치매에 걸린 시어머니를 교살하고 자살하는 사람이, 교살한 도구를 굳이 없앨 이유가 없지요. 분명 그것은 누군가 없앴거나, 아니면 장옥란을 교살한 다른 인물이 있다는 겁니다."

아주 찰나의 순간, 서장실의 공기가 얼어붙었다. 서장은 숨을 쉬고 있지 않는 것처럼 보일 정도였다. 서장은 눈을 깊게 감았다. 서동현은 아무 말도 하지 않은 채 서장의 고민이 끝나기를 기다렸고 기대했다. 이내 서장이 눈을 떠올렸다. 무거운 추가 달린 듯, 아주 느린 움직임이었다.

"그것도 증거는 아니야."

"서장님!"

"서동현. 지금 즉시 제이럴 타운 사건 수사 종결시켜. 이건 명령이야."

서동현은 서장실의 문을 박차고 나왔다. 더 길게 말해봐야 소용없다. 진범이 자백하지 않는 한 서장은 서동현의 모든 말을 잘라낼 것이다.

'그것은 증거가 될 수 없다.'는 단 한마디의 말로.

쾅! 하고 닫히는 문이 그의 꽉 쥔 주먹처럼 진동하였다. 등 뒤로 서장의 고함이 들려왔지만 돌아보지 않았다.

복도로 나오자 기다리고 있던 지신우가 그에게로 빠르게 다가왔다. 어설픈 위로 따위는 듣고 싶지 않아 서동현은 입을 꾹 다물었다. 하지만 지신우는 한가롭게 위로 따위나 하려던 것이 아니었다.

"강호성 사건이 언론에 퍼졌습니다!"

* * *

그 시각, 강호성은 자택에 있었다. 소파에 몸을 묻고 깍지 낀 손을 배 위에 올려놓은 자세로 편안히 눈을 감고 있었다. 착용하고 있는 헤드폰에서 웅장한 심포니가 흘러나왔다. 정면 베란다 창의 커튼이 활짝 젖혀져 있었다. 도심의 숲이 그의 눈앞에서 펼쳐졌다. 심포니가 정점으로 빠르게 치달았다. 그럴수록 도심의 숲이 그를 덮치는 것 같았다. 그는 고개를 젖히고 그 감각을 받아들였다.

귓가에 흐르는 박자를 따라 손가락이 움직였다. 창밖 어딘가의 건물 위에 세워진 깃발이 작은 바람에 나부꼈다. 손가락이 빠르게 움직였다. 멀리 보이는 대로의 차들이 빠르게 흘러갔다.

그는 지휘자였다. 이 세상을 흔들고, 이 세상을 흐르게 하는 힘. 그것을 바로 자신이 가지고 있었다. 영인 시장 선거는 그 힘을 발휘할 전초전일 뿐이었다. 포디움에 올라설 날이 머지 않았다. 일개 형사 팀장 따위에게 바짓가랑이를 붙잡혀 낭비할 시간 따위는 애초에 없었다.

그가 하는 모든 것이 바로 정치였다. 전화 한 통, 하나의 움직임, 작게 내쉬는 한숨 하나하나까지도.

귓가에서 음악이 잦아들었다. 그는 조용히 눈을 뜨고 리모컨의 버튼을 눌러 오디오를 종료시켰다. 헤드폰을 테이블에 내려놓으며 벽에 걸린 시계를 확인했다.

"현재 상황은?"

그의 나직한 물음에 옆에 서 있던 정태용 보좌관이 한걸음 앞으로 나섰다.

"주요 포털 3개사의 모든 메인뉴스가 속보 타이틀로 보도되었고, 해당 포털사의 인기 검색어 1위가 후보님의 존함이며 4위까지가 모두 후보님과 관련된 검색어입니다. 공중파 방송 3개사가 현재 예정된 방송을 진행하며 자막으로 속보를 전하고 있지만, 오후 4시 기점으로 뉴스특보를 방송할 예정입니다. 인터넷 기사는 국내 주요 신문사를 비롯하여 모든 신문사들이 타전하고 있으며 현재는 총 527개가 업데이트 되었고 빠른 속도로 증가하고 있습니다."

"네티즌 반응은?"

"정계의 주요인사라 하더라도 정확한 조사를 해야 할 것이라는 쪽과 뒤늦게 알려진 데 대해 의혹을 제기하는 내용들이 주를 이루고 있습니다."

말은 하지 않았지만 정태용은 애써 순화시켜 말하고 있었다. 댓글에 쏟아질 치기 어린 시선들을 강호성이 모를 리 없다. 정치 스타인 강호성이 사건의 당사자인데다 시장 선거를 앞둔 시점이라 어떤 말들이 쏟아질지 이미 예상하고 있는 바였다.

하지만 그것을 부추기는 것은 자극적인 인터넷 기사의 제목이었다.

정치계 스타 어머니, 뒷바라지만 하다 결국
경악! 정치인 K씨의 비극
정치인 K씨, 그날 밤에 대체 무슨 일이.

언론은 불을 붙이고 여론은 들끓는다.

뻔한 수순이었다. 강호성은 손목을 들어 시간을 확인했다. 아직 조금 일렀다. 언론은 화력을 더욱 증가시켜야 하고 여론은 더욱더 들끓어 자신에게 비난의 화살을 쏟아 부어야 한다. 한 명의 인간을 밑바닥까지 끌어내리는 지경이 된 뒤에 맞을 반전은, 그래야만 더욱 강력한 힘을 발휘한다.

그때의 기사들이 강호성의 눈앞에서 뻔히 그려졌다.

정치인의 가슴 아픈 가정사에 얽힌 사건. 마녀사냥 논란
네티즌 자성해야

하나의 거대한 코미디 판이다.

"네 시간 더 기다려. 정확히 네 시간 후 반응이 극에 치달았을 때 긴급 기자회견을 하겠다. 그때까지는 아무런 입장도 내놓지 않는다. 기자회견 예정 시간부터 정확히 삼십 분 전 기자들에게 통보해. 이 강호성이가 중대발표를 하겠다고 말이야. 거취 문제를 정확히 발표할 거라고도 흘리고."

"발표문, 준비하겠습니다."

기자회견의 내용이 어떤 것이 될지는 이미 명확하게 나와 있다. 하지만 그 내용들은 정태용의 손을 거쳐 더 극적이고, 더 효과적인 말로 만들어질 것이다. 그리고 미리 손을 뻗어놓은 기자들에게 유리한 쪽의 기사를 내도록 조치할 생각이었다.

강호성은 창밖으로 시선을 던졌다. 하늘의 구름이 건물 사이로 슬쩍 이동했다. 그늘이 그의 발 위를 물들였다. 그는 기자회견의 내용을 떠올리며 서늘한 미소를 지었다.

"재밌게 되겠군."

현란한 셔터 소리가 영인시에 위치해 있는 국민당 당사를 메웠다. 그 빛의 홍수 사이로 강호성이 입장했다. 셔터 소리는 더 거세졌고, 미리 마련되어 있던 기자석의 기자들은 찍은 사진을 데스크로 빠르게 전송하기 시작했다. 그의 기자회견을 생중계하지 않더라도 국민들은 인터넷 검색을 통해 거의 실시간으로 전해들을 터였다.

강호성은 참혹한 얼굴로 마이크 앞에 섰다. 평소의 스케줄이었다면 간단한 메이크업을 받았겠지만, 오늘은 그럴 필요가 없었다. 약간 어두운 빛깔의 본연의 피부색이 오늘따라 유용했다. 피부색 하나까지도 정치에 사용될 수 있는 자신이 마음에 들었다. 검은색 정장에 흰 셔츠를 입었다. 셔츠는 일부러 단추를 두 개 풀었다. 셔츠의 깃은 불균형적으로 아래로 늘어져 그의 현재 참혹한 심정을 대변해 주고 있었다. 모든 것이 계획된 그대로였다.

"우선 선거를 앞둔 시기에, 영인시의 시장 후보인 저의 공약을 점검하고 확인하셔야 할 영인 시민과 국민 여러분께 이런 개인적인 가정사로 크게 심려를 끼쳐 마음깊이 사죄의 말씀 드립니다."

마이크에서 살짝 물러서 그는 90도 각도로 허리를 굽혔다. 그의 머리 위에서 셔터 세례가 파도처럼 터졌다. 기자들은 긴장하고 있었다. 선거를 코앞에 두고 이런 사건은 전례 없던 일이었다. 그래서 어느 선까지 보도하고 어느 선까지 추측기사를 내보내도 되는지, 상부에서도 혼란스러워하고 있었다. 누구 하나만 터뜨리면 다 같이 폭발할 시기였다. 그런 시기에 열린 기자회견이었다. 당연히 발표 전문을 그대로 보도 하겠지만 이후 어디까지 언론의 자유를 허락받게 될지도 알 수 없는 일이었다.

상대는 여당의 간판, 정치 스타 강호성이었다.

"존경하는 국민 여러분, 저는 오늘 이번 영인시의 시장 후보가 아닌 한 여자의 못난 남편이자, 가족을 지키지 못한 못난 자식으로서 비참한 심정으로 이 자리에 섰습니다."

기자들의 타이핑 소리가 빨라졌다.

"이미 기사로 접하신 바와 같이, 제게 닥친 불행은 모두 사실입니다."

그 한마디로 인해 장내에 소란이 일었으나 그 소란은 오래가지 않았다. 지금 이 순간은 모두 강호성의 입 하나만을 주목하고 있었다.

"제 어머니는 최근 치매라는 병을 앓고 계셨습니다. 시간이 갈수록 심해지는 증상에 한 인간으로서 혹은 한 명의 여자로서 제 어머니는 감당하기 힘든 시간을 보냈고, 어머니를 보살피던 제 아내 역시 여러분이 이미 알고 계시듯 말기 암으로 투병 중이었습니다. 아내는 투병 중에도 어머니를……."

떨리던 목소리가 감정이 북받치는 듯 돌연 갈라져 나왔다. 강호성은 손수건으로 입을 가리고 숨을 몰아쉬었다. 눈물을 애써 참는 비운의 정치 스타를 찍기 위해 플래시 세례가 수없이 터졌다.

"후보님."

보좌관 정태용이 앞으로 나와 강호성을 부축해 잠시 의자에 앉혔다. 그 사이 국민당 대변인이 마이크 앞으로 나왔다.

"죄송합니다. 잠시 후보님께서 진정을 하셔야 할 것 같습니다. 제가 설명을 대신 하겠습니다."

대변인은 장옥란이 앓고 있던 치매의 증상과, 증상의 진행 속도에 관해 자세히 설명했다. 뒤이어 주미란이 앓고 있던 말기 암 역시 더 이상 화학적인 치료조차 할 수 없는 상태였음을 설명했다.

자료가 필요하다면 제공하겠다고 당당하게 말했다. 모두 사실에 입각한 자료들이니 거리낄 것이 없다. 미리 정태용으로부터 전달받은 자료였다.

대변인의 설명이 끝나자 강호성이 다시 앞으로 나섰다. 힘없는 걸음으로 나와 준비한 내용을 읽었다.

아내는 정치인의 아내로서 최고의 내조를 해 주었던 고마운 여자였다. 어머니는 혼자의 몸으로 외아들을 성공하게 하기까지 누구도 상상하기 어려울 만큼 고생스러운 시간을 보냈다. 하지만 몹쓸병이 두 사람을 갉아 먹었다. 치매 증상이 점점 심해질 때마다 그런 어머니를 두고 가야 하는 아내의 고민은 깊어진 듯하다.

그런 설명을 하며 강호성의 목소리는 세 번 흔들렸고, 두 번쯤 눈물을 찍어냈다.

"아내의 희망은 단 하나였습니다. 어머니보다 단 하루만, 딱 하루만 더 살았으면 좋겠다. 하지만 아내는 자신의 생명이 얼마 남지 않았다는 것을 예감하고, 어머니를 위해, 그런 잘못된 결정을······."

미리 계산되어진 각본에 의해, 강호성은 거기서 숨을 몰아쉬며 다시 한 번 눈가를 닦았다. 플래시가 더 강렬하게 터졌다. 극적으로 보이기 위해 숨을 크게 들이쉬며 눈물을 참는 시늉을 했다.

"존경하는 국민 여러분, 저는 영인시민을 위해, 대한민국을 위해, 제 모든 것을 바쳐 여러분의 행복을 지키고, 여러분이 열망하는 도시, 누구도 불행하지 않은 도시, 더 나아가서는 세계에서 우뚝 선 대한민국을 만드는 것이 저의 정치적 소명이라고 믿고 살아왔습니다. 저는 이번 선거를 통해 그런 소명을 이루어 내고, 존경하는 영인시민 여러분의 믿음직한 일꾼으로 영인시를 지킬 수 있는 울타리가 되고자 하였습니다. 하지만 그 모든 것이 저의 치기 어린 희망에 그치지 않았다는 것을 뼈저리게 느끼고 있습니다. 제 아내와 어머니조차 지키지 못한 못난 남자인 제가 어떻게 시민 여러분을 지키겠으며, 제 가정조차 지키지 못한 제가 어떻게 영인시를 지키겠습니까?"

강호성은 숨을 몰아쉬었다. 눈이 충혈 되는 것이 느껴졌다. 좋은 타이밍이다. 눈물이 흘러내려 준다면 더할 나위 없이 고맙겠지만, 거기까지 하지 않아도 됨을 강호성은 아주 잘 알고 있었다.

기자들은 당황하고 있었다. 빠르게 타이핑을 하면서도 기자회견의 내용이 이렇게까지 갈 것이라고는 예상치 못했다. 강호성의 마지막 말이 그가 어떤 결정을 하고 있는지를 내비치고 있었기 때문에 기자들은 이미 그의 결정을 예감하고 있었으며, 그래서 더 당황한 것이다.

"존경하는 국민 여러분. 저는 이번 18대 지방선거 영인 시장 후보직을 사퇴하기로 결정하였습니다. 다른 후보님들께서 선의의 경쟁을 통해 이번 선거가 공명정대하게 이루어져 영인시를 더욱 강성한 도시로 키워주시기를 진심으로 바라겠습니다. 저는 가정조차 지키지 못한 약한 남자로서 일개 강호성으로 돌아가 큰 반성을 하며 살겠습니다. 그간 성원해 주신 시민 여러분께, 이 자리를 빌려 깊은 사죄와 감사의 말씀을 올립니다."

처음 그랬던 것처럼 강호성은 단상에서 조금 비켜서서 앞으로 나왔다. 기자들은 차마 질문조차 쏟아낼 수가 없었다. 그들이 예상했었던 것은 항변과 의혹 가득한 해명뿐인 기자회견이었다. 플래시만 터지는 기자회견장을 둘러보며 강호성은 옷매무새를 가다듬었다. 그리고 허리를 깊숙이 숙였다.

그로부터 8시간 뒤, 강호성의 시간은 크게 요동치고 있었다. 대한 노인회, 여성회, 인권위를 포함해 협회라는 이름이 붙은 곳들은 저마다의 성명을 발표하고 강호성의 후보 사퇴는 철회해야 한다고 주장했다.

치매에 걸려, 사는 게 사는 것이 아닌 어머니를, 이미 생의 끝을 앞둔 며느리가 죽음의 길로 같이 들어선 이 사건은, 병 앞에서는 신이 아닌 이상 누구도 어찌할 수 없는 비참한 현실이었을 뿐, 그 누구도 책망하여서는 안 된다고 하는 것이 지배적인 여론이었다.

인터넷 댓글 역시 강호성에게 우호적이었고, 1분에 삼사십 개씩 쏟아지는 관련 기사는 제목만 다르고 전부 같은 내용들이었지만, 강호성을 비난하는 문구는 단 한 글자도 없었다. 네티즌들은 강호성의 가족에게 21세기형 눈물겨운 효심이라는 타이틀까지 붙였다.

그리고 화살은 영인 경찰서장 앞으로 돌아갔다. 이런 중요한 시점에 사건을 빨리 종결짓지 않고 지지부진 끌어댄 것은 혹시 상대 진영에서 손을 뻗은 것이 아니냐는 루머까지 나돌았다.

기어이 영인 경찰서장은 직접 브리핑을 열어 사건의 조사 내용에 대해 공개하고, 이미 내사종결 되었음을 발표하였다.

국회 앞, 국민당 당사 앞, 강호성의 자택, 강호성이 선거캠프로 사용하던 건물 앞에는 각종 시민단체가 피켓을 들고 시위하였으며, 기어이 1인 시위까지 생겨났다. 모두 강호성의 후보직 사퇴 철회를 요구하고 있었다.

국내 주요 신문사는 사설을 통해 이 사건은 한 가정의 비극일 뿐, 시장 선거에 출마한 후보로서의 자질 문제가 아니므로, 국민을 위해 선거 캠프로 돌아와 정당한 선거 레이스에 참여해야 한다고 주장했다.

트위터, 페이스북, 각종 블로그에는 강호성에 관한 글들로 넘쳐났고, 커뮤니티 게시판에는 강호성의 이번 결정에 관해 네티즌들이 토론을 벌이는 진풍경도 빚어졌다.

강호성이 기자회견을 한 지 정확히 12시간 만에, 그는 선의의 피해자가 되어 있었다.

그 시각, 강호성은 그 모든 것들을 보고 받으며 승리의 미소를 짓고 있었다. 그는 커튼을 살짝 젖혀 아직도 시위를 벌이는 사람들을 보며 말했다.

"언제고, 불씨 하나면 돼."

Diary

"누군지 알려고 하지는 마세요. 제가 제보하려고 하는 내용은 정확한 사실이니까. 분명 강호성의 무릎을 꺾을 만한 내용이에요. 보도하겠다는 약속도 확실히 해 주실 수 있나요?"

가사도우미인 서산댁도 집에 없다는 것을 알고 있었지만, 목소리가 나도 모르게 점점 은밀해졌다. 왠지 모르게 집안을 둘러보게 된다. 어딘가에 몰래 카메라라도 숨겨져 있을 것 같다는 과도한 기분이 든다. 벽에 묻어 있는 얼룩 하나, 장식품인 도자기 인형의 눈알 하나도 달리 보였다. 어깨를 움츠렸다. 휴대폰을 귀에 대고 상대방의 목소리가 들려오길 기다리며 앞에 놓여 있는 대민일보 박계류 기자의 명함을 응시했다.

— 우선 제보가 어떤 내용인지 이메일로 보내주세요. 확인하겠습니다.

"그건 곤란해요. 그럴 내용이 아니에요."

이메일로 보냈다가, 그 엄청난 내용들에 지레 겁먹고 물러설지도 모른다. 어쩌면 강호성 쪽으로 흘러들어갈지도 모른다. 인터넷 뉴스를 통해 박계류에 대해 나름대로 조사했고, 그가 권력 앞에서도 흔들리지 않는 강직한 사람이라는 평판이 대부분이었지만 사람 일은 모르는 것이다. 직접 만나보고 아니다 싶으면 서류를 넘겨서는 안 된다. 자신을 드러내는 일 역시 박계류에 대한 확신이 설 때까지는 보류해야 했다.

— 제보자가 누구인지 확인도 안 한 채로 섣불리 보도할 수 없습니다. 보도 약속도 마찬가지로 할 수 없고요.

"……저를 못 믿겠다는 거죠?"

— 처음 통화하는 분을 대번에 믿는 것이 오히려 더 이상하지 않나요? 게다가 상대가 지금 정치권에서 가장 핫한 인물인 강호성이라……. 반대 세력이 끼어들어 있는 제보가 아니라고 속단할 수도 없고요. 제 직업상 의심 많은 것 정도는 믿어주시고. 아무튼 일단 어떤 내용인지는 들어봐야 하겠는데. 만나 뵙는 게 낫겠죠? 편한 시간으로 정하십시오.

나는 황급히 고개를 저었다. 전화기 너머에서 그런 몸짓을 볼 수 있는 것도 아니지만 당황스런 마음이 앞서 나왔다.

"만나는 건 아직 조심스러워요."

— ……

"야, 약속도 해 주지 않는 분께 섣불리 이 중요한 사안을 털어놓기도 좀……. 조금 더 생각해 보고 다시 연락드릴게요."

기자의 말대로 느닷없이 전화한 사람의 말을 무조건 믿으라는 것이 무리임을 알고 있다. 정치기자들 사이에서 유명한 진보기자이니 야당인 강호성의 치부에 대한 제보라면 무조건 관심을 보일 거라는 것은 얕은 생각이었다. 서둘러 휴대폰을 끊으려고 했다. 하지만 그 순간 전화기 너머에서 들려온 목소리가 나를 멈춰 세웠다.

— 아직 결심을 못 한 건 아닌가요, **사모님?**

잘못을 들키기라도 한 것처럼 황급히 휴대폰의 종료 버튼을 눌렀다. 만지면 큰일 날 것처럼 휴대폰을 화장대 위에 던지듯 내려놓았다.

박계류가 '사모님'이라고 불렀다. 혹시 눈치를 챈 것은 아닐까? 박계류가 눈치를 챌 만한 일이 있었을까? 그가 눈치를 챌 정도라면 혹시 이미 남편도 알고 있는 건 아닐까? 수많은 생각들이 머리를 뒤흔들어 놓았다. 불안감에 심장이 뛰었다. 죄를 지은 사람은 강호성인데, 그 죄를 밝히려는 내가 그 무게를 견디고 있다.

아직 결심을 못 한 건 아닌가요?

화장대에서 일어나 바닥에 무릎을 대고 앉았다. 상체를 거의 바닥에 붙이듯 밀착시켰다. 침대 아래쪽으로 팔을 뻗었다. 간신히 손가락 끝에 종이의 투박한 질감이 닿았다. 손가락 끝으로 잡아당겼다. 묵직한 무게감이 느껴졌다. 숨겨두었던 누런색 서류 봉투를 꺼냈다. 서류 봉투 한 장에 가까스로 들어갈 만큼 안에 들어 있는 서류는 꽤나 두툼했다. 이 서류를 받는다면 박계류가 더 이상 제보에 대한 신빙성을 의심할 수는 없을 것이다. 강호성이 해온 모든 행태들을 그동안 가장 가까운 곳에서 보아온 자신이 수집한 자료니까.

이 봉투에 넣을 한 권을 위해 그간 많은 것들과 싸워야 했다. 남편에 대한 증오, 인간적인 실망, 그리고 그 대척점에 서 있는 두려운 감정들.

서류 봉투는 그간 나의 번민만큼이나 낡아 있었다. 나의 결정이, 그리고 내가 하는 행동이 맞는지 스스로도 믿지 못해 고민하는 나날을 거듭해 왔다. 서류 봉투에 적어 둔 수신인 주소를 손으로 천천히 훑어보았다.

대민일보.

정말 이거면 되는 걸까. 이걸로 모든 것이 끝나는 걸까. 모든 것을, 끝내도 되는 걸까.

사랑한 적은 없다. 살기 위해 그 남자를 선택했다. 바닥의 인생이 치 떨리게 싫어졌을 때였다. 더 편하게 살고 싶어졌을 때였다. 하루 벌이에 목을 매달지 않아도 된다는 생각에 한 선택이었다.

강호성과의 만남은 운명이 장난친 우연이었다. 대학 선배 언니 대신 하루 아르바이트쯤으로 생각하고 중년 여성들의 다도 모임에 도우미로 나갔다. 거기서 시어머니를 만났다. 언제부터 그녀의 눈빛이 자신에게 닿았는지는 알지 못했다. 며칠 뒤 집으로 돌아가는 길에서 시어머니인 장옥란의 차가 기다리고 있었다.

그녀의 제의는 놀라운 것이었다. 자신의 아들과의 결혼. 상대방은 이제 막 정치세계에 입문하기 시작한 새내기였지만, 어머니의 재력은 무시하지 못할 달콤함이었다. 어째서 나에게 그런 제의를 하는지, 나는 그저 보잘것없는 사람이라고 설명하는 내 앞에서 장옥란은 웃고 있었다. 그녀는 이미 모든 것을 알고 있다고 했다.

태어날 때부터 부모가 없었다는 것. 고아원에서 어린 시절을 보냈다는 것. 10살이 넘어서까지도 모든 가정의 아이들이 자신처럼 식판에 밥을 먹는 줄 알았다는 것까지도.

달콤한 제안을 받아들였고, 부족함 없는 결혼 준비 과정은 실로 달콤했다. 신데렐라라도 된 줄 알았다. 하지만 결혼 후 서서히, 내가 왜 이 집에 선택되었는지 알 것 같았다.

강호성과 처음 한 침대를 쓰던 밤. 그는 처녀였던 나를 전혀 배려하지 않았다. 오롯이 자신의 욕심만을 채웠다. 그에게 나는 아무것도 아닌 여자였다. 그래도 그에게는 내가 필요했다. 내 배경은 그의 정치 인생에 좋은 꼬리표를 달았다.

내 슬픈 과거사를 자신의 정치 발판으로 사용되는 것을 알면서도 딱히 미움은 생기지 않았다. 나는 그의 재력을 이용했고 그는 나를 이용하고 있는 것뿐이었다. 내 배경을 팔아 현재의 안정을 꾀하는 것. 강호성만이 아니라 내게도 이 결혼은 거래였다.

그것으로 인한 원망은 없다. 하지만 점점 나는 너무 많은 것을 알아버렸다. 강호성이 인간으로서 넘지 말아야 할 선까지 넘나드는 것을 깨달아 버렸다. 멈춰 세우고 싶었지만 나는 강호성의 인생에서 먼지보다도 못했다. 거기다 몸에 병까지 들었고 목숨은 절벽 끝에 걸려 있다. 그래서 한 결심이었다.

하지만 지금에 와서 흔들리고 있다. 정은 없지만 가끔은 그의 인생을 동정하기도 했다. 거래에 응한 이상, 그들이 쌓아올린 성을 무너뜨릴 자격이 나에게는 없는 것 같았다.

정신을 퍼뜩 차렸다. 고민하고 있는 사이 바깥에서 현관문이 열리는 기계음이 들려왔다. 황급히 서류 봉투를 침대 밑으로 던져 넣었다.

일어나 바깥으로 나가려는 찰나 문이 열렸다.

"뭘 그렇게 놀라?"

당황한 나를 강호성이 이상하다는 듯 보았다.

"아뇨. 나가려는데 문이 열려서요."

흥, 하고 강호성은 관심 없다는 듯 양복 상의를 벗었다. 자연스럽게 내가 받았다. 강호성은 피곤하다며 욕실로 곧장 들어가겠다고 했다. 네, 대답하면서 상의 주머니에 손을 넣었다. 세탁을 맡기려면 주머니를 비워야 하니, 습관적으로 한 행동이었다. 주머니 안에 뭔가 들어 있었다. 무심결에 꺼내보았다. 붕대였다.

화장실로 들어가던 강호성이 걸음을 멈추고 이쪽을 쳐다보았다. 그의 얼굴을 쳐다보려고 고개를 드는 동안, 턱이 덜덜 떨려왔다.

"서린 보육원에…… 다녀오셨어요?"

대답 대신 강호성이 피식, 웃었다.

강호성은 곧장 욕실로 들어갔다. 잠시 후 샤워기에서 쏟아지는 물줄기 소리가 들려왔다. 무릎이 덜덜 떨려왔다. 이 붕대를 무슨 일에, 누구에게 썼는지 알고 있다. 그는 잠자리를 할 때, 상대의 손을 결박시킨 상태에서 하는 것을 좋아했다. 너부러지듯 바닥에 주저앉았다.

붕대 위로 눈물 방울이 떨어져 내렸다.

그들의 배경으로 쓰이고자 했지만 이런 일까지 묵과하겠다고 한 적은 없다. 이런 일까지 공범이 되고자 한 적은 없다.

나는 침대 밑에서 다시 서류 봉투를 꺼냈다. 대민일보의 주소를 응시했다. 그 밑에 박계류의 이름을 적어 넣었다. 덕분에 굳은 결심이 섰다. 이 서류는 곧 박계류의 손에 들어갈 것이다.

어떻게든 바로 잡아야 한다. 모든 것을 그리 할 수는 없어도 단 한 가지라도. 그게 되지 않는다면 강호성을 괴물로 만든 그의 배경을, 그의 날개를 꺾어야 한다. 시간이 없다.

나는, 곧 죽는다.

5

"앞으로 어떻게 하실 겁니까?"

지신우의 말에도 서동현은 TV에서 눈을 떼지 않았다. 하루 종일 강호성에 관한 뉴스가 보도되고 있었다. 정규방송을 할 때는 자막을 통해 긴급 속보식으로 보도되었다. 지금은 경찰서장이 브리핑을 여는 모습이 수십 번째 리플레이 되고 있었다. 서동현은 당장 TV를 부술 듯 이를 악물고 화면을 노려보고 있다.

"팀장님."

지신우가 재차 부른 뒤에야 서동현은 리모컨을 들어 TV를 껐다. 그러고는 지신우에게로 시선을 돌렸다. 그의 눈빛에는 어떤 결의가 담겨 있었다. 지신우는 조금 긴장했다. 영인 경찰서 강력사건 최다 실적의 서동현 형사가 이런 눈빛을 보일 때는 확고한 결심이 섰다는 얘기였다.

"난 이 사건 종결한 적 없다."

그 말 한마디면 충분했다. 지신우도 처음에는 반신반의했다. 하지만 일이 진행되는 과정과 서동현이 가진 강호성에 대한 의혹에 대해서 들은 후에는, 사건의 진범과 강호성이 뭔가 관계가 있든 없든, 분명 강호성은 뭔가를 숨기고 있다는 확신을 갖게 되었다. 그런 과정에서 경찰서장이 급하게 내사 종결을 지시하고, 뒤이어 강호성이 사퇴 선언을 했다. 그 내용은 너무나 극적이고 드라마틱해서 많은 사람들이 그의 편에 서서 옹호했다. 마치 벌여놓은 판 위에서 짜인 극본대로 움직이는 듯한 행태에 지신우의 의혹도 더 짙어졌다.

지신우의 얼굴에 웃음이 번졌다. 서동현의 뜻과 함께 하겠다는 결의였다. 서동현도 아주 잠깐 씨익 웃어보였다. 그러고는 예의 굳은 얼굴로 돌아왔다.

"저렇게 나오면 나올수록 숨기고 싶은 게 있다는 뜻이지."

"그래도 사퇴 카드는 예상 외였어요."

"여우 같은 새끼야. 사퇴 번복 성명을 내기까지 이틀 정도 걸리겠지. 내기를 걸어도 좋아."

지신우는 씁쓸하게 웃었다.

"팀장님께서 강호성을 만나시던 그날 밤, 경찰서장이 강호성의 보좌관으로부터 전화를 받았다는 얘기가 있어요."

서동현은 정태용 보좌관의 얼굴을 떠올렸다. 딱딱하면서도 차갑게 웃는 얼굴. 속내를 알 수 없는 인물이었다. 강호성 역시 그 친근한 웃음 뒤에 숨겨둔 괴물이 있는 사람이었지만 어떤 면에서 볼 때는 정태용 쪽이 더 대하기 어려운 인물이었다.

강호성의 힘이 경찰서장에게까지 직접적으로 뻗쳤을 거라는 예상은 이미 했기 때문에 크게 놀라지는 않았다. 경찰로서의 위신이나 책임 같은 것은 한낱 휴지보다도 못하게 시궁창에 처박아 버리는 그 놀라운 결단력이 씁쓸할 뿐이었다.

서동현은 목소리를 낮추고 말했다.

"하지만 일이 어찌되었든 간에 이미 이 사건은 윗선에서 종결시켰어. 앞으로 자료를 수집한다든가, 조사를 할 때 제약이 따를 거야."

"그래도 다행히 이건 건졌잖아요."

지신우가 바닥에 있던 갈색 종이상자를 발로 툭툭 쳤다. 제이럴 타운에서 가지고 온 사건 당일의 CCTV 영상들과 아파트 건물 도면 복사본이었다. 다행히 내사 종결 지시가 떨어지기 전에 아파트 측에 요청해서 수거해 올 수 있었다. 어찌 보면 간발의 차였다.

서동현은 허리를 굽혀 상자를 집어 들려고 했다. 그러나 곧 손을 떼었다. 형사 2팀의 문이 열리며 팀원 몇 명이 사무실로 돌아왔기 때문이었다. 서동현과 지신우는 눈을 마주쳤다. 별다른 말없이 지신우가 제자리로 돌아갔다. 서동현도 발로 박스를 밀어 책상 밑으로 집어넣고는 서류를 정리하는 척 파일을 뒤적였다.

조심해야 했다. 이 일이 새어나간다면 일이 복잡해지기 때문이다. 이미 강호성의 어두운 힘이 상부에 뻗친 이상, 같은 팀원들에게도 비밀로 해야 했다.

지금 믿을 것은 지신우밖에는 없다.

저녁 시간을 틈타 서동현은 지신우와 함께 밖으로 나왔다. 은월동의 아리랑 치기 사건의 잠복을 하겠다는 핑계를 대었다. 은

월동 퍽치기 사건은 새벽 3시의 야심한 시각에 취객의 뒤통수를 야구 배트로 치고, 금품을 뺏으려 시도했던 사건이었는데, 지나가 던 순찰차가 야구배트를 들고 취객을 노리는 범인을 발견, 추적했 으나 놓친 사건이었다. 미수에 그쳐 피해자도 없고 CCTV도 없는 지역이었기에 증거를 찾을 수도 없었다. 이후 같은 지역에서 연쇄 적으로 사건이 일어나지도 않아 그저 흐지부지될 사건이었다. 해 결하지 못해도 당연하게 받아들일 만한 사건이니 핑계 대기에 적 절한 사건이었다.

서동현은 그대로 차를 몰아 자신의 집으로 향했다. 마음 편히 사건 이야기를 할 수 있는 곳은 그곳밖에는 없었다. 그렇다고 시 커먼 남자 둘이 카페에 앉아 사건자료를 훑어보며 머리를 맞댈 수는 없는 노릇이다.

조수석에 앉은 지신우는 말이 없었다. 서동현은 운전을 하며 흘끗 그의 옆 얼굴을 보았다. 고집스럽게 다문 입술이 강인해 보 였다. 말이 좋아 국민의 지팡이고, 경찰의 의무감이지 실제로 형 사 생활을 하다보면 타협하게 되는 일이 한두 가지가 아니다.

형사들에게도 어떻게든 지켜야 하는 가족이 있고, 월급을 가져 가야 사는 가정이 있다. 경찰로서의 책임과 의무라는 말이 빛 좋 은 개살구, 치기 어린 투정이 되는 날이 반드시 온다.

그런 면에서 지신우는 '그럼에도 불구하고'라는 말이 붙는 형 사였다. 이번 일은 다른 녀석 같았으면 도망치고 싶을 만한 일이 었다. 상대는 강호성이었다. 여차하면 자신은 물론이고 더 큰 것 을 잃게 될 수도 있다.

어느새 날이 어두워지고 있었다. 도로는 거미줄처럼 얽혀 사람들을 차에 실어 집으로 돌려보내고 있었다. 이 시간에도 세상은 평화로워 보였다. 마치 아무 일도 없는 듯했다. 제 어머니나 혹은 아내를 죽였을지도 모르는 남자가 이 세상의 꼭대기에 서기 위해 몸을 웅크리고 어둠 속에 있다는 것을 저 평온한 일상은 모르는 듯했다.

서동현은 생각을 접고 운전에 집중했다. 하지만 몇 분 가지 않아 머릿속이 다시 흐트러졌다. 그는 눈을 들어 룸미러를 통해 뒷좌석을 확인했다. 갈색 종이 상자가 뒷좌석에 올려져 있었다.

저 안에 엉킨 실타래를 풀 수 있는 뭔가가 있을 거라고 확신할 수는 없었다. 이미 공식적인 수사 방법은 다 막힌 상태였고, 증거를 수집할 수 있는 방법도 거의 없었다. 바꿔 말하면 저 작은 상자 안에 들어 있는 것이 전부일지도 모른다는 말이었다. 저 상자가 하늘에서 떨어뜨려 준 동아줄일 수도 있었지만 썩은 동아줄일 가능성도 배제할 수 없다는, 불안한 기분이 들었다.

삼십 분 뒤 서동현의 차는 낡은 연립단지 안으로 들어섰다. 단지 안의 가로등이 희미하게 불을 밝히고 있었다. 주차장은 이미 꽉 들어찼다. 조금 돌아보다가 시뻘겋게 녹이 슨 의류수거함 옆 하나 남은 주차공간에 차를 밀어 넣었다.

지신우를 데리고 집으로 올라갔다. 동료를 집으로 데리고 온 것은 처음이구나, 하는 생각이 문득 들었다.

칠이 벗겨진 현관문에 열쇠를 밀어 넣었다. 철컥, 소리와 함께 실린더를 잡아 돌려 문을 열었다. 안에 있던 냉기가 훅 몰아쳤다. 여름이니 추위 같은 냉기는 아니었다. 허전함의 냉기였다. 아내와 헤어진 뒤 항상 느끼는 서늘한 공기가 오늘따라 해진 양말을 비집고 나온 발가락처럼 부끄러웠다.

들어서며 왼쪽 벽에 있는 스위치를 켰다. 거실에 불이 환하게 들어왔다. 자주 집에 들어오지 않으니, 등을 켤 일도 없는 덕분에 등은 오래 전에 교체한 것이지만 아직 새것의 성능을 자랑하고 있다.

"들어와."

"네."

지신우가 내부를 둘러보며 신발을 벗었다. 그 모습을 보는 서동현의 미간이 찌푸려졌다.

"입은 좀 닫지?"

뒷머리를 긁적이며 지신우는 히죽 웃어 보였다. 예상치 못한 살풍경한 집안의 모습에 놀라 자기도 모르게 입을 벌렸다. 집안에는 사람의 흔적만 없는 것이 아니었다. 식탁도, 소파도, TV도, 흔한 장식장 하나 없는 거실이었다.

아내와 헤어지고, 함께 쓰던 가구들은 모두 폐기 처분했다. 밖에서는 외로울 시간도 없어, 심지어 아내와 만나도 쿨한척 할 수 있지만, 집에 혼자 돌아와 아내를 떠올리면 외로움이 극심해져 아내를 찾을 것 같았기 때문이었다.

아내는 그에게 돌아오면, 불행할 사람이었다.

"혼자 사는 놈 집에 이것저것 많아 뭐해. 잠깐 기다려. 상을 펼게."

베란다로 나가 벽에 기대 세워놓았던 직사각형의 나무상을 가지고 왔다. 상에 붙은 네 개의 다리를 펴서 거실 한가운데에 펼쳐 놓았다. 이것 역시 자주 쓰는 물건이 아닌지라 먼지가 가득하다.

"자, 회의를 시작해 볼까."

서동현은 상자를 열어 안에 있던 것을 꺼내었다. 지신우는 노트북을 꺼냈다.

"CCTV는 아파트 정문 출입구, 후문 출입구, 지하 1주차장, 지하 2주차장, 각동 출입구, 승강장, 각 승강기에 설치되어 있었습니다."

영상을 복사해 온 CD가 들어 있는 흰색 케이스에 각 장소가 적혀 있었다. 지신우는 CD를 노트북에 넣고 플레이시켰다. 영상을 담아와 사무실에서 확인하려 했다가 갑자기 내사 종결이라는 폭탄이 터지는 바람에 이제야 영상을 확인할 수 있었다. 서동현은 사건 발생 전후 1시간 범위를 위주로 영상을 자세히 분석하라고 지시한 뒤, 집중해 있는 지신우의 옆에서 아파트의 도면을 펼쳤다.

건축도면을 그릴 수 있을 정도의 기술은 없지만, 고등학교 시절 간단하게 도면에 들어가는 기호를 배운 덕분에 대충은 알 수 있었다. 출입문이나 미닫이 형태의 섀시를 구분할 수 있는 정도였다. 세대 내부의 도면은 넘기고 건축물에 대한 도면을 펼쳤다.

역시 부자촌의 주상복합이라 그런지 꽤 잘 지어진 아파트였다. 입주민들이 무료로 사용할 수 있는 문화 및 운동시설들까지 갖추고 있었다. 지금으로부터 17년 전에 지어진 아파트치고는 최고급이 아니었을까 싶었다.

한동안 서동현의 집 거실에는 달칵거리는 마우스 소리와 도면을 넘기는 바스락 소리만이 부유했다. 바깥은 이미 암흑에 잠겨 있었다.

도면의 사본을 넘기던 서동현의 손이 멎었다. 이상한 분위기를 감지했는지 지신우가 화면에서 눈을 떼고 고개를 들었다. 사람들만 왔다 갔다 하는 단조로운 CCTV를 하나도 건너뛰지 않고 보려니 피곤했던지 눈이 빨갛게 충혈되어 있었다.

"왜요? 뭐가 이상한 게 있어요?"

지신우가 물었지만 서동현은 아랑곳하지 않고 지신우가 가지고 온 갈색 상자를 뒤졌다. CD케이스들에 적힌 장소를 다시 한번 확인했다.

아파트 정문 출입구, 후문 출입구, 지하 1주차장, 지하 2주차장, 각동 출입구, 승강장, 각동의 엘리베이터.

"여긴 왜 없지?"

뭔가에 홀린 듯 서동현이 중얼거렸다. 지신우는 어리둥절하게 그를 보았다. 마른침을 삼키는 그의 목덜미와 경직된 손가락이 가리키는 곳으로 시선이 차례로 옮겨갔다.

서동현이 보고 있는 것은 B동의 설계도였다. B동은 동 출입구의 정면에 승강기 두 대가 붙어 있다. 그런데 그것 말고도 승강기 표식이 한 군데 더 있었다. B동의 우측 맨 끝에 작게 그려진 표식. 그건 분명히 승강기였다.

"이건…… 뭐지?"

지신우와 서동현이 마주 보았다.

"분명 저는 제이럴 타운에 설치 되어 있는 모든 CCTV 영상을 모두 제공받았어요. 아파트 관리소 벽면에 붙어 있는 단지 현황의 CCTV 설치 대수까지 확인했고요. 빠진 건 있을 수 없어요. 그렇다는 건……."

118

"카메라가 설치되어 있지 않은 승강기가 한 대 더, 있다는 거지."

"그게 가능한가요?"

"모르지. 하지만 일단 도면상으로는 그렇잖아. 너도 보고 있듯."

서동현은 고민에 빠졌다. 당장에라도 아파트 관리소에 전화를 걸어 사실 확인을 하고 싶었다. 하지만 이미 경찰에서 내사 종결을 한 사실이 대대적으로 보도되었다. 이제와 관리소에 그 사실 확인을 한다면 분명 관리소에서 의혹을 품을 것이고, 영인 경찰서에 전화를 걸게 될 것이다. 그렇게 되면, 일은 분명 재미없는 방향으로 흐른다.

아파트로 찾아가 직접 도면상의 승강기가 있는지 확인할까 하는 생각도 들었다. 하지만 제이럴 타운은 동 입구부터 함부로 출입하기가 어렵다. 관리사무소에서 직접 발행한 출입카드가 있거나 아파트 내부에서 인터폰을 통해 문을 열어주어야 한다. 두 방법 모두 서동현과 지신우가 사용하기에는 어려운 방법이다.

갑자기 입이 썼다. 서동현은 벌떡 일어나 정수기에서 찬물을 받아 벌컥 벌컥 들이켰다. 새삼 부아가 치밀어 올랐다. 경찰서장이 그 따위 짓만 벌이지 않았어도 수사를 제대로 해볼 수도 있었다. 컵을 탁, 소리 나게 내려놓으며 아랫입술을 질끈 깨물었다.

서동현은 거실로 고개를 돌렸다. 웬일인지 지신우가 조용했다. 평소였다면 자신보다 훨씬 더 펄펄 뛰며 답답해했을 터였다. 그런데 지금은 무슨 생각인지 노트북 화면을 들여다보며 키보드를 타각 타각 치고 있었다.

슬쩍 보니 CCTV 영상을 확인하고 있는 것 같지는 않았다.

"뭐해?"

"잠시만요."

지신우가 중얼거리듯 대답했다. 의아해진 서동현은 지신우의 옆으로가 다시 앉았다. 고개를 길게 빼 화면을 들여다보니 뭔가 검색을 하고 있는 것 같았다.

잠시 몇 개의 화면을 열어놓고 이것저것 확인하던 지신우가 고개를 들었다.

"아파트의 CCTV 설치가 의무화된 것은 2010년 11월에 법 개정을 통한 거였어요."

"뭐?"

서동현은 혼란에 빠졌다. 그 말이 뜻하는 바가 머릿속에서 뒤엉켰다.

"국토해양부에서 성범죄나 각종 안전 범죄 예방을 근거로 모든 아파트의 승강기 내 CCTV 설치를 의무화시켰어요. 그게 2010년 11월부터긴 하지만, 대상은 법 개정 이후 준공하는 신규아파트였고, 기존의 아파트는 의무화에서 제외되었어요. 기존의 아파트에 CCTV 설치가 의무화된 곳은 주차대수 30대 이상의 지하주차장뿐이었고요. 기존 아파트들은 입주자 대표회의 구성원의 과반수 찬성을 얻은 경우, CCTV를 설치할 수 있고요."

"설치할 수 있지만, 안 해도 상관은 없다?"

지신우는 고개를 끄덕였다.

사건 당시 강호성은 자신은 경찰서에서 전화를 받기 전에는 집에 가지 않았다고 하며 'CCTV를 확인하면 되겠지만'이라고 말했다. 하지만 CCTV가 달려 있지 않은 승강기가 있다면 강호성이 집

120

에 가지 않았다는 것을 증명하기는 모호해진다.

100퍼센트 갔다고 할 수도 없지만, 100퍼센트 가지 않았다고 할 수도 없다.

"제이럴 타운은 국내 굴지의 기업가, 정치인들, 은막의 큰손들이 사는 초호화 아파트예요. 그렇다는 것은 다른 사람들의 눈에 안 보여야 하는 방문객들도 있을 거고요. 예를 들어 의문의 사과박스를 들고 올라가는 방문객이나, 그곳에 살지 않는 여자 연예인이 정치인의 집으로 올라가는 모습이라든가. 적이 침 흘릴 만한 증거를 남기지 않을 수 있는 통로가 필요했겠죠."

그 말에 서동현이 동의하듯 고개를 끄덕였다. 안전을 위해 대부분의 승강기에 CCTV를 달았지만, 안위를 위해 예외를 두었다. 암묵적 동의를 받고 하나의 통로는 남겨 두었다는 것이다.

"불법의 온상지를 합법적으로 만들었다?"

서동현은 어이없다는 듯 웃었다.

* * *

시장 후보 사퇴 철회 성명을 발표한 것은 사퇴 성명을 낸 지 꼭 이틀만의 일이었다. 이미 정해진 수순이었으나, 모든 것이 예상한 대로 흘러가니 강호성은 오히려 우스웠다. 인간이라는 존재가 이렇게 그의 의도대로 움직이다니. 거대한 인형놀이를 하는 기분이었다.

강호성 후보, 사퇴 철회!

강호성의 영인 시장을 향한 레이스 계속되다!

각 시민단체, 사퇴 철회에 박수.

강호성은 책상 위에 늘어져 있는 각 신문들의 1면 기사를 보며 차갑게 웃었다. 창밖 거리에 며칠 동안 서 있던 1인 시위자들과 시민단체들은 피켓을 내려놓고 그의 출근길에 박수를 보내왔다. 각 언론사에서 그 장면을 사진으로 찍어 쉴 새 없이 인터넷기사를 통해 보도했다.

한국 갤럽 조사연구소가 강호성의 사건이 보도된 후부터 현재까지 그의 지지율을 조사한 결과, 강호성의 지지율은 대폭 폭등하여 현재 48%에 육박하고 있었다. 야당의 유력후보의 지지율 22.5%를 크게 따돌린 수치였다.

호재였다.

그의 아내 주미란은 강호성의 비리와 불법행위들을 폭로해 그를 정치권에서 영원히 묻으려고 하였다. 하지만 그 행동은 결국 강호성을 더욱 왕좌에 가깝게 했다. 그러면서도 정작 자신은 세상에서 가장 처참한 죽음을 맞이하게 되었다. 이로써 강호성을 위협하는 카드는 사라졌다. 주미란의 죽음조차 그에게 호재가 되었으니 아이로니컬한 일이다.

"후보님."

그를 부르는 익숙한 목소리에 강호성은 생각에서 벗어나 고개를 들었다. 그제야 자신이 웃고 있다는 것을 깨달았다.

"이제 후보 사퇴 철회 성명을 발표하였으니, 내일 오후를 기점으로 조심스럽게 선거 활동을 이어나가셔도 좋을 것 같습니다."

"그렇군."

강호성도 생각하고 있던 바였다. 상대 진영에서도 활동에 박차를 가할 것이다. 이번 사건의 추이를 지켜보며 그들은 강호성을 비난해야 할지, 아니면 응원한다고 해야 할지를 눈치 보고 있었다. 국민이 들끓어 강호성을 옹호하는 것은 그들 입장에서는 좋지만은 않았을 것이다. 여론이 아니었다면 강호성을 흑색선전의 희생양으로 삼았을 테지만, 지금 같은 분위기에서는 그 수를 쓰지 않는 것이 좋다고 판단한 듯했다.

"사퇴 철회 성명 후 첫 일정은 여기가 좋은 것 같은데 어떻게 생각하십니까?"

정태용이 파일을 내밀었다. 파일을 열자, 깔끔하게 정리된 몇 장의 보고서가 나왔다. 그것을 본 강호성의 미간이 구겨졌다.

"너무 신파가 아닌가 싶은데."

정태용이 정한 일정은 영인시에서 운영하고 있는 시립요양원이었다. 보고서에 의하면 시에서 운영하고 있는 만큼 저소득층이나 독거노인들이 많이 입소해 있는데 그중의 많은 수가 치매환자라고 되어 있었다.

어떤 의도인지 알만했다.

"바지에 똥 싸고 오줌 싸고, 그걸 좋다고 뭉개고 앉는 이런 미친 노인네들을 모아놓고, 이 강호성이가 허리를 굽혀라? 거기다 눈물 몇 방울이면 효과 죽이겠구만. 게다가 난 치매환자 스토리에 강점도 있고."

강호성이 비죽 웃었다. 그런 곳을 일정으로 정한 정태용에 대한 거부감이 아니었다. 오히려 정태용에게 감탄하고 있다.

"공중파 방송 3사가 모두 동행할 겁니다. 기자들도 그렇고요. 후보님께서 만나 독려해야 하는 요양원 환자들은 이미 정해놓았습니다. 혹시 모르는 상대 진영의 언쟁에 대비해서 요양원에 묵고 있는 진짜 환자들입니다. 후보님께서 차에서 내리시면 그 사람들이 요양원 마당에 있을 겁니다. 후보님은 마당에 들어서서 허리를 굽히시고 정중히 인사를 하시면 됩니다. 아마 환자 중 한 명이 앞으로 나와 그런 후보님을 포옹하실 겁니다. 그럼 후보님께서는 돌아가신 부모님이 생각난다고 자연스럽게, 중얼거리듯 말하시면 됩니다."

"진짜 환자인가?"

"그렇습니다."

"잘했군. 이왕이면 얼마 안 남은 사람으로 하지."

그것은 살날이 얼마 안 남은 사람으로 준비해 놓으라는 이야기였다. 남의 목숨 따위는 그에게 조금도 중요한 것이 아니었다. 소름끼칠 만큼 차갑고 업무적인 어조였다.

"알겠습니다."

강호성은 업무를 시작했다. 그러나 그의 집중은 오래가지 못하였다. 책상 위에 있는 전화에서 수신음이 들려왔기 때문이다. 전화기는 내선으로 사무실 밖의 비서와 연결되어 있었다. 정태용이 수화기를 들었다. 그를 올려다보는 강호성은 불길한 기분을 느꼈다.

아니나 다를까. 정태용의 얼굴이 굳고, 곧 '알겠다.'고 대답을 한 뒤 전화를 끊었다. 왜 그러는지 묻기도 전에 정태용은 '잠시.' 라는 말만 남기고 사무실을 나갔다. 닫힌 문을 보면서 강호성은 턱을 괴었다. 의아하긴 했지만 이내 고개를 젓고 키보드에 손을 올렸다. 사건이 터진 후 첫 연설이 있을 예정이므로 연설문의 방향을 수정해야 했다. 비서실로부터 걸려온 전화가 어떤 내용인지 궁금하기도 했지만 정태용은 또 다른 '자신'이었다. 강호성이 알아야 할 일이라면 알려줄 것이고, 그렇지 않다면 알아서 처리할 것이다. 지금까지 그래왔듯.

집중을 하려는데 문이 벌컥 열렸다. 고개를 드니 시커먼 남자가 불쑥 안으로 들어왔다. 노크도 없이 밀고 들어온 예의 없는 남자는 서동현 형사였다. 그의 얼굴을 다시 보게 될 줄 예상치 못했던 강호성의 이마에 짜증스러운 주름이 잡혔다. 서동현의 뒤로 정태용이 따라 들어왔다. 곤혹스러워하는 얼굴이었다.

어쩔 줄 몰라 하는 정태용을 향해 강호성은 손을 들어보였다. 정태용이 주춤하며 뒤로 물러섰다. 물러서는 정태용의 움직임을 캐치한 서동현이 스윽 돌아보고는 그에게 잡히느라 구겨진 옷을 툭툭 쳤다. 강호성은 정태용을 향해 손을 들어 일단 나가 있으라는 제스처를 보였다. 정태용이 주저하다 이내 허리를 숙여 인사를 하고는 문을 닫고 나갔다.

"사무실에 계시는 줄 몰랐나 봅니다. 보좌관님께서."

서동현 형사가 비웃고 있었다. 강호성은 흔들리지 않고 평정을 유지했다.

"지금은 굉장히 바쁜 시기니 아마 제 보좌관이 방문 이유를 먼저 듣고자 했나 봅니다. 그나저나 사건은 이미 종결된 것으로 아는데요?"

그 말에 서동현이 픽 웃었다. 강호성의 얼굴이 찡그려졌다.

"종결됐죠. 조금만 더 들어가면 시커먼 석탄을 잔뜩 캘 수 있었는데, 광산 문을 닫아 버리더라고요. 그것도 딱 전화 한 통으로요."

서동현 형사는 이번 수사를 확대시키지 않기 위해 경찰서장을 압박한 사실을 이미 눈치 채고 있었다. 알아도 상관 없었다. 알아봐야 눈앞의 이 형사는 할 수 있는 일이 아무것도 없을 것이다. 하지만 한 가지는 확신할 수 있었다. 이 형사는 이번 수사를 끝낼 마음이 없다. 그리고 자신의 연관성을 이미 눈치 채고 있다. 강호성이 말했다.

"광산을 캐면 얻을 건 많지만, 진폐증이 와서 단명할 수도 있지요."

사무실에 적막이 내려앉았다. 하지만 그 적막 아래로 이글거리는 불꽃이 서로의 시선을 타고 소리 없이 흐르고 있었다.

자신을 노려보는 서동현의 시선을 보며 강호성은 이 형사를 뿌리까지 밟아놓지 않으면, 나중에 곤란해질 날이 올 거라고 예감했다. 여유로운 태도로 강호성이 말했다.

"이미 닫힌 광산 앞에서 열라고 시위하실 거면 경찰서장실에 뛰어드셔야지 여기는 무슨 일로?"

서동현이 푸핫, 웃음을 터뜨렸다.

"제가 왜 경찰서장실에 들어갑니까? 안 그래도 수사할 게 너무 끓어 넘쳐서 죽겠는데. 이쯤해서 끝내라고 하면 저야 고맙죠. 형사의 사명요? 그런 게 어디 있어요? 그런 건 다 고리짝 적 생각이죠. 지금은 다 같은 월급쟁인데요."

그는 주섬주섬 가지고 온 가방을 열었다. 안에서 몇 가지 물건들이 나왔다. 그 중에는 강호성의 아내, 주미란의 가계부도 있었다. 마지막으로 서류 한 장도 함께 꺼냈다.

"사건 종결이 됐으니 수거한 물건은 돌려드려야죠. 인수받으셨다는 서명은 여기다 하시면 됩니다."

서동현이 마지막으로 꺼낸 종이에 우측 하단을 가리켜 보였다.

"이런 걸 형사 팀장이 직접 가져다주나요? 보통은 경찰서에 와서 인수받아 가라고 연락하지 않습니까?"

강호성의 말에 서동현이 허허 웃었다.

"보통이 아니신 분의 사건을 보통으로 처리할 수야 없죠. 후보님 같은 유명인사가 괜히 서에 들락거리시면 저희도 좋지 않고요."

서동현의 그런 웃음이 불쾌했다. 명쾌한 웃음이 아니었다. 그 웃음 뒤에 무언가를 감추고 있다는 것을 강호성은 느끼고 있었다. 서동현 역시 그러함을 애써 감출 생각은 없어 보였다. 그래서 더 불쾌했다. 강호성은 펜을 꺼내 서동현이 내민 종이에 서명을 했다. 질 좋은 만년필이 종이 위에서 춤추며 내는 소리가 경쾌했다.

"이제 끝난 겁니까?"

강호성이 종이를 되돌려 주며 물었다. 서동현은 종이를 받아 들고 서명을 살펴보고는 어깨를 으쓱했다. 착착 접어 점퍼의 속주머니에 집어넣으며 이상하다는 듯 강호성을 쳐다보았다.

"직접 끝내신 분이 더 잘 아시지 않습니까?"

그 말에는 가시가 박혀 있었다. 끝난 것이 아니라 강호성이 직접 끝냈다, 라는 것이다. 강호성은 대답 없이 차갑게 웃을 뿐이었다. 그런 그를 서동현이 물끄러미 쳐다보았다.

"기자회견 봤습니다. 아주 감동적이더군요."

그는 강호성의 속을 긁기 위해 작정하고 온 듯했다. 강호성은 싱긋 웃었다. 하지만 머릿속으로는 당장 영인 경찰서장을 호출하고 싶었다. 이따위 자식과 독대하며 감정 싸움할 시간이 자신에게는 없었다.

물론 지금 당장 이 자리에서 그를 쫓아내 버릴 수도 있었다. 면전에서 경찰서장에게 전화를 걸어 항의를 할 수도 있다. 그렇게 되면 감봉 처분 정도로 끝나지 않을 것이다. 하지만 강호성은 그렇게 하지 않았다. 이런 타입은 잘못 건드리면 골치가 더 아픈 법이었다. 숨긴 것이 있는 사람만 감추려고 하는 법이다. 그 냄새를 맡으면 이 중년의 형사는 더욱 끈질기게 그를 귀찮게 할 게 분명했다. 여차하면 가장 중요한 상황에 발목을 잡을지도 모른다. 정치 선배들이 우스갯소리로 말한 '선거기간에는 개도 안 때린다.'는 말이 이런 순간을 위해 있던 모양이었다.

"뭐, 아무튼 복귀 축하합니다."

"별 말씀을."

"저는 우리나라에 있는지도 몰랐던 연합회가 참 많더군요. 내참."

서동현이 고개를 설레설레 내저었다. 시장 후보 포기 선언을 하였을 때 강호성의 복귀를 촉구하던 시민단체들을 말하는 것이었다. 강호성은 서동현이 어디까지 하는지 보자는 심정으로 깍지 낀 손을 배 위에 올리고 소파에 편히 기대어 앉았다.

"자발적으로 저의 억울함에 대신 항거해 주셨죠. 감사할 따름입니다."

그 말을 들은 서동현이 한쪽 입술만 끌어올려 웃었다.

"그렇죠? *자발적*으로."

강호성은 동요하지 않았다.

"네."

"다행이네요. 아무튼 저는 방문 목적은 달성했으니 이만 가보겠습니다."

서명받은 서류를 집어넣은 가슴께를 툭툭 쳐 보이며 서동현이 일어섰다. 강호성이 앉은 채로 대답했다.

"살펴 가십시오."

들어올 때와 마찬가지로 서동현은 여유작작한 태도로 문을 향해 걸어갔다. 문을 열기 위해 실린더를 잡았다가 뭔가 생각났다는 듯 돌아섰다.

"그런데 말입니다. 아주 우연히 알게 된 사실인데요, 영인 초록회, 영인 사랑회, 치매환자 아끼기 영인 운동본부 등등 몇몇 연합회들이 단체관광을 떠났더군요. 두 곳은 앞으로 떠날 예정이고. 세 곳은 여행은 안 갔는데 연합회 사무소 리모델링을 한다 하고요. 그런 생소한 이름의 단체에도 뭔가 후원금이 들어와서 돈이 좀 도는가 봅니다."

서동현이 말한 연합회들은 모두 이번 강호성의 사퇴 철회 지지 의사를 표명하고 단체행동을 보인 연합회들이었다. 강호성의 얼굴이 굳었다. 그는 눈을 치켜뜨며 서동현을 노려보았다. 서동현 역시 입술은 웃고 있었지만 눈빛만은 차가웠다. 아주 잠깐, 무거운 침묵이 감돌았다.

"그렇군요."

"이상하지 않으세요? 갑자기 가난했던 연합회가 관광을 떠나고 무슨 돈이 생겼는지 리모델링까지 하고."

"서민을 대변하는 연합회에 후원금이 많이 들어온다는 것은 다행인 일이지요."

"그 '다행'이 약속이나 한 듯 모두에게 말이죠?"

"대단한 우연의 일치긴 하군요."

그 말에 서동현이 하, 하고 웃었다. 하지만 곧 웃음을 거두고 말했다. 마치 확인 사살이라도 하는듯한 말투였다.

"그렇죠? 우연의 일치?"

강호성은 대답하지 않았다. 서동현 역시 어차피 대답을 기다리지는 않았는지 곧장 문을 열고 나갔다. 잠깐의 시간을 두고 정태용이 사무실 안으로 들어왔다.

포커페이스를 유지하던 강호성의 표정이 어느새 무너져 있었다. 그는 주먹 쥔 손을 파르르 떨고 있었다.

"어디서 감히. 한낱 형사 새끼가."

그는 분노에 떨던 서슬 퍼런 시선을 정태용에게로 옮겼다.

"저 새끼에 대해 좀 알아봐."

그 한마디에는 많은 것이 포함되어 있었다. 지시를 받지 않아도 정태용은 알고 있다. 서동현의 지나온 행적, 가족사항, 경찰서 내의 위치, 현재 사건에 대해 어떤 패를 쥐고 있는 건지, 그 패가 강호성에게 어떤 타격을 미칠지, 또한 서동현을 궁지에 몰아넣을 방법이 무엇인지.

"확인하겠습니다."

정태용이 허리를 굽혀 고개를 숙였다.

6

강호성의 사무실을 나온 서동현은 차에 올라타 시동을 걸었다. 이 곳에 온 것은 비단 물품 전달을 위한 것만은 아니었다. 현재, 주미란, 장옥란의 사망사건과 관련하여 강호성이 어떤 식으로든 개입한 바가 있다는 것은 자신의 직감에 가까운 것들뿐, 정확한 근거는 없었다. 어떻게든 물증을 잡아야 했다.

모르는 척 수면 아래서 조사만 하다가는 풀어야 할 사건에 엉킨 줄 끄트머리도 잡기 전에 지쳐 떨어질 수도 있고, 기약도 없다. 이럴 때는 차라리 이쪽에서 뭔가의 카드를 쥐고 있다는 것을 어필한다, 라는 것이 서동현의 생각이었다.

숨겨야 할 것이 있는 자는, 그것을 숨기기 위해 어떤 짓이든 한다.

이제는 강호성이 '어떤 짓'을 하는지를 기다려야 했다.

서동현은 자신의 집으로 차를 몰았다. 오늘 비번인 지신우가 이미 도착해 있을 터였다. 강호성의 사무실에 들어가기 직전 서동현은 지신우로부터 문자메시지를 받았다. 강호성 사건과 관련해 한 가지 더 확인한 사실이 있다고 했다. 강호성의 사무실 앞인지라 통화를 할 수가 없었다. 통화 내용을 누군가 들을지도 몰랐다. 얼굴을 보고 이야기하자는 문자를 보냈고, 만날 장소를 고민하는 지신우에게 자신의 집으로 가 있으라, 재차 문자를 보냈다.

집에 도착한 서동현은 주차를 하면서 지신우가 가지고 온 새로운 사실이 무엇일지 기대가 되었다. 지신우는 강력 사건의 현장 경험은 많지 않으나 성격이 차분한 것이 장점이었다. 남들이 눈치채지 못하고 지나가는 어떤 사실을 캐치할 때가 많은 것은 그런 성격 덕이었다. 경찰서 내에서 서동현이 지신우만큼 믿는 사람은 없었다. 특히나 이번 사건은 더 했다.

서동현은 자신의 집 초인종을 눌렀다. 안에서 들려오는 인기척에 지신우가 문 앞으로 걸어오는 것을 알 수 있었다. 자신의 집 초인종을 누르고 문이 열릴 때까지 기다리는 느낌이 생소했다.

— 누구세요?

"나."

대답과 동시에 철컥, 하는 소리와 함께 문이 열렸다. 지신우가 히죽 웃으며 서 있었다. 서동현이 안으로 들어서며 문을 닫았다.

"주객전도네요."

히죽거리며 지신우가 농담을 걸어왔지만 서동현은 웃지 않았다. 지금 그의 관심사는 오로지 지신우가 가지고 온 새로운 사실이었다. 빠르게 거실로 들어가 눈으로 테이블을 훑었다. 전화기

오른쪽에 몇 가지의 서류들이 가지런히 놓여 있었다.

"뭔데? 할말이."

시선을 여전히 서류뭉치에 두고 서동현이 물었다. 지신우가 다가와 그 서류뭉치들을 들어 건넸다. 서동현은 그것을 받아 들었지만, 들춰보지 않고 일단 설명을 요구하는 듯 지신우의 얼굴을 보았다.

"말씀하셨던 가계부의 영수증들 말이에요. 유난히 과자 같은 것을 주기적으로 다량 구입한 것."

고개를 끄덕이며 서동현은 서류를 펼쳤다. 첫 장에는 가계부 영수증의 복사본들이었다. 강호성에게 가계부를 돌려주어야 했으니, 지신우가 먼저 복사를 해둔 모양이었다. 따로 지시하지 않아도 알아서 척척 해내는 것, 그것이 바로 서동현이 지신우와 팀을 이루고 싶어 했던 이유 중 하나였다.

영수증 복사본들을 넘기자 인터넷 기사 출력본이 있었다.

"서린 보육원?"

지신우가 대답 대신 고개를 끄덕거렸다. 서동현은 눈으로 기사를 훑었다. 두 달 전 보도된 것으로 강호성이 수년 전부터 한 보육원을 지속적으로 지원해 왔다는 기사였다.

"과자를 사서 서린 보육원에 남편을 따라 봉사를 다녔다는 거야?"

김이 좀 새는 기분이었다. 정치인의 아내가 선거에 출마할 남편의 호감도를 위해 수년 전부터 함께 봉사를 다녔다, 라는 것은 특별할 것이 없어 보였다. 다만, 가계부에 그 사용 내역이 적혀 있다면 생활비로 사용했다는 것인데, 그 사실이 좀 특이하게 느껴질

뿐이었다. 기사의 내용이나 기사에 붙은 사진에는 주미란이 찍혀 있지 않다는 것도 마음에 걸리기는 했다.

"그런데 좀 미심쩍은 게 있긴 있어요. 사건과 관련이 있는지는 모르겠지만."

"뭔데?"

급하게 되물은 뒤, 지신우의 곤혹스러운 미소를 보고 서동현은 그제야 자신이 아직도 서 있다는 것을 깨달았다. 급히 소파에 앉자 지신우도 그 맞은편에 앉았다.

"이 기사가 나온 것은 두 달 전쯤, 방문일이 3월 4일이에요."

지신우가 서동현의 손에 들려 있던 서류를 건네받아 몇 장을 넘겼다. 영수증 사본 중 한 장을 짚었다.

"그런데 그 즈음에 과자를 산 것은 3월 5일. 강호성이 서린 보육원에 다녀온 다음 날이에요."

"혹시 강호성과는 별개로 주미란은 과자를 다른 곳에 사용한 것 아냐?"

별것도 아닌 것을 너무 신경 쓴 건 아닌가, 하는 생각이 들었다.

"사실은 선배가 오기 전에 강호성의 집에서 입주 가사도우미로 있는 방옥순과 통화를 해봤어요."

"뭐?"

서동현의 목소리가 높게 튀어 올랐다. 지금 상황이 어떠한가. 수사 종료가 되었어야 할 타이밍이었다. 하지만 노골적으로 가사도우미에게 뭔가를 캐내려 했다는 것이 알려지면 난리가 날 터였다.

"어쩔 수 없어요. 강호성을 제외하고는 사실 확인을 해 줄 가

134

장 가까운 인물이니까."

지신우가 그렇게 말했지만 서동현의 구겨진 이마는 펴질 줄 몰랐다. 하지만 이미 벌어진 일이었다. '수사 종료 명령을 지신우에게 깜박하고 뒤늦게 전달했다.'라고 얼토당토 없는 변명을 해야 할 수밖에는 없었다.

"방옥순과 통화할 때 저는 주미란이 과자 산 날과 강호성이 서린 보육원에 간 날이 하루 다르다는 것에 관련해서는 말하지 않았어요. 그냥 주미란의 가계부를 보니 대량의 과자를 산 날이 꽤 되던데, 그것을 왜 샀었는지, 혹시 어딘가에 봉사를 다녔는지 물었어요."

방옥순의 답변은 이미 예상한 바와 같았다. 수년 전부터 주미란이 서린 보육원에 봉사를 다녔고, 갈 때마다 간식거리를 사갔다는 말이었다.

"아까 말씀드렸던 대로 이 일이 사건과 관련 있는지는 알 수 없어요."

"하지만 우리가 찾아야 할 것은 사건만이 아니라 더 광범위한 것일지도 몰라."

서동현의 말뜻을 잘 헤아리지 못하겠다는 듯 지신우가 눈을 크게 떴다.

"나는 분명 주미란과 장옥란, 적어도 둘 중 하나의 목숨은 강호성이 자신의 손으로 끊었다고 생각하고 있어. 어쩌면 둘 모두일지도 모르지."

지신우의 생각도 같았는지 그의 표정에는 별다른 변화가 없었다.

"하지만 지금은 강호성의 인생 그 어느 때보다 중요한 선거기간이야. 후보로 출마한 강호성에게는 지금 옷깃을 흔드는 작은 바람도 조심해야 할 때라고. 아무리 평소에 강호성이 나쁜 놈이었다 하더라도, 왜 하필 지금이여야만 했을까. 왜 하필 두 사람은 지금, 이때 죽임을 당해야 했을까."

지신우는 자신도 모르게 한기를 느꼈다.

"분명, 그럴 수밖에 없었던 이유가 있었을 거야. 그걸 풀지 못하면 이 사건은 영영 풀 수 없어."

서린 보육원은 경기도 양평의 구석진 곳에 자리 잡고 있었다. 들어가는 입구 양쪽으로 플라타너스 나무들이 녹음을 짙게 내리깔았다. 그 길을 따라 들어가면 정면으로 서린 보육원의 정문이 나왔다. 칠이 벗겨져 흉물스러워진 낡은 철문 위로 서린 보육원이라는 글자가 아치형으로 붙어 있었다.

서린 보육원의 규모는 작았다. 어느 기업에서 사회복지차원으로 만든 사립보육원으로 시작하였으나, 그 기업의 부도로 인해 위기에 처했을 때, 국가에서 지원하느냐, 기존 보육원으로 통폐합시키느냐의 기로에서 적지 않은 지원금을 약속한 것이 푸른창 건설이었다고 지신우가 조사해 온 보고서에 적혀 있었다. 푸른창 건설은 강호성의 어머니 장옥란이 회장직을 역임하고, 퇴임한 후에도 최대주주로서 군림하던 회사였다.

보육원의 지원 역시 실질적으로는 강호성의 정치적 도덕성을 마련해 주기 위한 방도였으리라.

서동현은 보육원으로 들어섰다. 운동장은 텅 비어 있었다. 적어도 아이들 한둘은 나와서 놀고 있을 거라 예상했지만, 단 한 명도 보이지 않았다. 음산하기 이를 데 없었다. 뭔가 자체적 프로그램을 만들어 아이들을 교육하는 시간일지도 모른다는 생각이 들었지만 그렇다고 보기에는 꺼림칙한 삭막함이었다.

서린 보육원의 건물은 총 세 개 층으로 이루어져 있었다. 수용된 아이들이 많지 않아 공간도 부족하지 않다고 들었다. 세면실과 취침실, 식당과 휴게시설이 갖추어져 있다고 보고서에는 적혀 있었다. 모두 보육원에서 시청에 신고한 내역이었다. 하지만 그것들이 전부 사실상 사용되고 적절하게 운영되고 있는지는 미지수였다.

좁은 운동장을 가로질러 건물의 1층으로 들어갔다. 오른쪽 끝으로 사무실이 있었다. 원장실이라고 적힌 팻말 한구석이 녹슬어 있었다. 노크를 하고 문을 열었다. 책상에 앉아 컴퓨터의 화면을 응시하고 있던 여자가 서동현을 쳐다보며 자리에서 일어섰다.

"전화 드린 서동현 부장입니다."

"보육원장 태현유입니다. 시청 복지과라고 하셨죠?"

여자가 미소를 보냈다. 서동현도 미소로 응수했으나 그의 심장 근처는 긴장하고 있었다. 이미 경찰서 윗선에서 수사종결 지시가 내려온 마당에 형사의 신분으로는 방문의 명목이 없었다. 더군다나 방문했다는 사실이 알려져서도 안 된다. 고민 끝에 시청을 팔았다.

"네. 바쁘시겠지만 협조 바랍니다."

"바쁠 건 없지만……."

여자의 말허리를 자르며 서동현이 말을 건넸다.

"번거로우시죠? 시청의 일이 다 그렇지요. 시설 점검이라는 게 사실 의례적인 것이긴 합니다만 그래도 최소한의 확인 차원에서요."

"이해는 합니다."

"사실 그렇게 꼼꼼히 확인할 것도 없지 않겠습니까? 누가 후원하는 곳인데, 감히 의심도 하지 않습니다."

그의 너스레에 보육원장 태현유는 어깨를 으쓱했다. 그녀의 입장에서는 현재 차기 영인 시장으로 가장 유력시되는 강호성의 존재가 자랑스러운 모양이었다.

"일단 시설을 좀 둘러볼까요?"

"그러시죠."

원장의 뒤를 따라 서동현은 건물 내부를 둘러보았다. 1층에는 조리실과 화장실, 그리고 사무실을 겸하는 원장실과 실습실이라는 곳이 전부였다. 실습실이라는 곳에서는 무얼 하냐고 물으니 아이들이 성장해 일정 나이가 되면 독립을 해야 되기에 독립 전에 기술 등을 가르치는 곳이라고 했다. 실습실에는 불이 들어와 있지 않았다. 문에 달린 창으로 들여다보니 별다른 기자재들이 보이지 않는다. 최근 들어 사용한 것 같지는 않았다.

2층에는 휴게시설과 아이들이 식사를 하는 공간, 교실이 있었다. 봉사단체에서 나와 어린아이들의 수업을 맡아준다고 했다.

3층은 모두 침실로 구성되어 있었다. 어디 갔나 했던 아이들이 모두 침실에 틀어박혀 있었다. 원장의 말로는 낮잠 시간이라고 했다. 잠을 자는 아이들도 있었지만 침실 안에 들어가 있는 이층 침대 두 개 사이의 바닥에 앉아 그림을 그리거나 손장난들을 하고 있었다.

서동현은 복도를 천천히 걸으며 주위를 둘러보았다. 그의 시선을 끄는 것이 있었다. 복도 끝 왼쪽 천정에 검은색 카메라였다.

"CCTV가 있군요. 작동되는 겁니까?"

"물론이죠. 아이들의 안전을 위해 할 수 있는 최소한의 조치니까요. 아이들의 침실은 사생활 보호를 하는 차원에서 설치하지 않지만요."

여차하면, CCTV를 요청해 볼 수도 있겠다는 생각이 들었다.

"뭐, 더 볼 것은 없네요. 관리도 잘 이루어지는 것 같고요."

입에 발린 소리를 하자 원장이 함박미소를 지었다.

"그럼 내려가실까요?"

그때였다. 침실이 늘어서있는 복도 중간의 침실에서 커다란 소리가 났다. 이어서 아이들의 우악스런 비명과 고함이 들려왔다. 듣자하니 남자 아이들 둘이 싸움이 붙은 모양이었다. 순간 원장의 인상이 찡그러지며 아랫입술을 꾹 깨물었다.

"저 나이 때 아이들은 자주 저런다니까요. 잠시만요."

"그럼 저는 원장실에 내려가 있겠습니다."

"그러세요."

급한 걸음으로 원장이 소리 난 방으로 들어섰다. 서동현은 1층으로 내려가 원장실로 들어갔다. 이곳에 온다고 해서 당장 뭔가를 얻어낼 거라는 생각은 없었다.

원장이 내려오면 인사만 하고 대충 돌아가려고 생각하며, 별다른 뜻 없이 사무실을 둘러보던 서동현의 머리에 갑자기 어떤 생각하나가 스쳤다.

'방문 일지!'

이런 곳은 대부분 방명록이 있다. 그것을 찾는 것은 어렵지 않았다. 원장 책상 위의 책꽂이에 꽂혀 있었다. 서동현은 복도를 향해 목을 길게 뺐다. 아직 위에서 울음소리가 들리고 있다. 간헐적으로 원장의 새된 고함도 잇따른다.

그는 다시 책상 앞으로 급하게 다가섰다. 아직 원장이 위에 있다. 하지만 시간이 많지 않다. 자세히 살필 시간은 없었다. 그는 서둘러 휴대폰을 꺼내 방명록을 찍었다 찰칵, 하는 소리가 날 때마다 등의 신경줄이 곤두섰다. 한 장당 삼십 명의 방문객 이름이 들어가는 양식을 사용하고 있었다. 방문객이 많지 않았기에 사진을 찍을 것은 열 장밖에 되지 않았다.

휴우, 한숨을 내쉬며 고개를 드는 순간 서동현은 흠칫했다. 열린 문틈 사이로 어린 사내아이가 그를 보고 있었기 때문이다. 많아야 열 살 정도 되어 보이는 아이였다. 크고 동그란 눈이 반짝이고 있었지만, 어딘가 모르게 기운이 없고 피부도 창백했다. 두려움이 가득한 눈이었다.

"저, 너는……."

순간 위에서 또각거리는 소리가 들렸다. 서동현은 급하게 휴대폰을 점퍼 안주머니에 쑤셔 넣었다. 아주 찰나의 틈을 두고 원장이 모습을 드러내었다.

사내아이는 어느새 모습을 감춘 뒤였다.

* * *

　정태용 보좌관이 조사해 온 자료들은 서동현 형사의 거의 모든 것이라고 해도 과언이 아니었다. 태어난 곳, 부모는 어떤 사람이었는지, 어떤 학교를 나와 어떤 식으로 형사가 되었는지, 그의 급여 액수부터 시작하여 현재 서동현이 무엇을 손에 쥐고 무엇을 파고 있는지에 관한 것들이었다.

　"내가 시킨 일이긴 하지만 말이야."

　"말씀하십시오, 후보님."

　정태용의 굳은 목소리에 강호성은 피식, 자조적으로 웃었다.

　"이 쥐새끼들이나 신경 쓸 때인가 싶어서 말이지."

　"죄송합니다."

　"아냐 아냐, 자네가 죄송할 일은 아니고."

　강호성은 손을 휘휘 내저어 보였다. 손에 들린 자료들을 휙휙 넘겼다. 그렇지만 곧 볼 필요도 없다는 듯 책상 옆으로 휙 던져 놓았다.

　시시한 놈이었다. 시시하게 살다, 시시하게 형사 생활을 유지하고 있는 자였다. 아내와는 이혼을 했고, 혼자서 먹고, 혼자서 자고, 혼자서 일하는 흔하디흔한 인간들. 서동현에 관해 조사해 온 내용들을 보니 어느 곳 하나 상투적이지 않은 곳이 없어 졸리기까지 했다.

　"일단 오늘 스케줄을 소화하지."

　강호성이 자리에서 일어섰다. 정태용이 황급히 책상 옆에 있던 옷걸이에서 강호성의 외투를 집어 들었다. 뒤로 돌아있는 강호성이 외투를 편하게 입을 수 있도록 도우면서 정태용이 말했다.

"오늘은 은포동 중앙시장을 방문하실 예정입니다. 영세 상인들을 독려하시는 차원입니다. 대화를 나누시며 시장이 되신 이후의 영세 상인들을 위해 만드실 공약을 어필하시면 됩니다."

"중앙시장? 거기는 상인 수도 그렇게 많지 않잖나? 물론 이 지역이 노년층의 표가 많지만, 너무 그쪽으로만 타깃을 잡으면 너무 속이 보인다고. 다양하게 구성해 봐."

정태용은 손에 들고 있던 태블릿 PC를 꺼내 일정표를 확인한 뒤 수정했다.

"다음은 제선 여대 방문 일정을 잡아 보도록 하겠습니다."

"사람 참. 너무 즉각 반응이라 내가 미안하군."

"아닙니다. 어차피 방문해야 할 곳이었습니다. 이번 시장 후보 중 유일한 여성인 신영숙 후보 캠프에서 공력을 들이는 곳이 여자대학들입니다. 어려운 코스로 예상되기는 하지만 충분히 가능성 있습니다."

그들은 중앙시장으로 향했다. 들어가는 입구부터 묘한 비린내가 코를 찔렀다. 중앙시장은 총 3개의 입구로 이루어져 있었는데, 오른쪽 맨 끝 입구의 좁다란 통로를 따라 생고기나 돼지머리, 특수부위를 팔고 있었다. 냄새는 거기서부터 기인한 듯 보였다. 바닥이 붉은 물에 젖어 있었다.

차에서 내린 강호성은 우측 통로를 물끄러미 보았다. 그리고 중앙통로 쪽으로 고개를 돌렸다. 중앙통로 쪽에 이미 기자들이 포진해 있었다. 기자들은 강호성이 차에서 내리는 장면부터 플래시를 터뜨렸다. 방송국에서도 리포팅을 해가며 열심히 촬영을 시작했다.

중앙통로 쪽은 의류나 액세서리, 잡화와 그릇가게들이 운영되고 있었다. 이미 강호성이 방문할 가게, 강호성이 대화 나눌 사람들이 준비되어 있었다. 사실 그런 것은 이미 취재를 나온 기자들도 알고 있었다. 국민만 모르고, 선수들끼리는 모두 알고 있는 짜고 치는 고스톱 판이었다. 존경하는 듯한 얼굴로 그를 쳐다보며 인터뷰를 할 터이지만 기자들의 속내는 그를 비웃고 있음을 모르지 않았다.

이쯤이 신선한 충격 하나쯤 던져줄 좋은 타이밍이었다.

강호성은 돌연 발을 돌려 우측 통로로 향했다. 가까이 다가설수록 동물의 피에서 나는 비릿한 냄새가 코를 찌르고 있었다. 하지만 개의치 않았다. 적어도 겉으로 보기에는 그렇게 보여야 했다.

기자들의 사이에서 일대 소란이 벌어졌다. 그들은 황급히 강호성의 뒤를 따랐다. 약속되지 않은 행보에 당황하고 있었지만, 반면 흥분하고 있기도 했다.

우측 통로로 진입한 강호성은 내심 정태용 보좌관에게 감탄했다. 그는 당황하고 있지도 않았다. 아무것도 묻지 않았다. 강호성이 그렇게 하는 속내, 목적, 뜻한 바를 순식간에 모두 파악하고 있었다.

뒤에서 큰 소리가 들렸다. 어느새 기자들이 모두 강호성의 바로 뒤까지 와 있었다. 강호성은 어리둥절해 있는 상인들을 향해 다가섰다.

그는 피 묻은 고무장갑을 끼고 있는 상인과 맨손으로 악수를 나누었다.

누런 이를 드러내며 히죽 웃는 여자의 요청대로 사진을 찍어 주었다.

부모님과 아내의 죽음에 위로를 건네는 이들에게 허리를 굽혀 인사했다.

뒤늦게 소식을 듣고 달려온 중앙시장 상인연합회장에게 재래시 장을 반드시 살리겠다고 약속했다.

낡고 더러운 면장갑을 끼고 쓱쓱 썰어주는 순대를 시장 통에 앉아 맛있게 먹었다.

박수를 치는 사람들을 향해 손을 흔들어 보였다.

중앙시장에서 보낸 것은 40분가량 되었다. 예정보다 훨씬 긴 시간이었다. 강호성이 차로 돌아오자 기자들의 열기는 대단했다. 그는 스스로도 만족했다.

약간의 피로함이 몰려왔다. 좌석에 파묻히듯 몸을 기대었다. 기자들과 이야기를 나누느라 한 발짝 늦은 정태용이 그의 옆자리 에 앉았고 뒤이어 운전기사가 올라탔다.

차가 출발했다. 떠나는 차의 뒷모습까지 기자들이 사진을 찍고 있었다. 강호성은 어느 정도 그들과 멀어진 이후 눈을 떴다.

그는 누런 이의 여자와 사진을 찍어주며 만들어 내었던 가식적 인 웃음을 얼굴에서 지웠다.

자신을 위로하던 이들에게 굽혀 인사하던 허리를 꼿꼿이 세 웠다.

이미 폐쇄 직전이 될 만큼 망해가는 중앙시장 상인연합회장에 게 재래시장을 반드시 살리겠다고 한 약속은 하느님이 와도 대책 을 만들지 못할 것임을 그는 이미 잘 알고 있었다. 가난한 사람이 더욱 가난해 질지라도 부자는 더욱 부자가 될 필요가 있었다.

시장 통에 앉아 먹은 순대 때문에 속이 역겨웠다.

자신을 향해 박수 치는 사람들이 경멸스러웠다.

사람들과 악수했던 손을 물티슈로 닦았다. 불쾌한 감정이 얼굴에 역력히 드러났다.

강호성이 탄 차는 도망이라도 치듯 빠르게 영인시 중심가로 스며들었다.

강호성에게는 하루의 일과 중 절대 빼지 않는 일이 있었다. 그것은 바로 상대 후보 진영의 행보였다. 강호성이 그러하듯, 상대 진영의 후보 역시 다양한 행보를 이어가고 있었다. 그의 행보와, 그에 따른 여파나 여론의 반응 등을 체크하여 기민하게 반응해야 하는 것 역시 강호성이 할 일이었고, 강호성의 캠프에서 해야 할 일이었다.

그는 태블릿 PC를 꺼내어 인터넷에 접속했다. 강호성도 그러하지만, 상대 진영의 행보 역시 거의 실시간으로 인터넷 기사들이 쏟아지고 있었다.

"저쪽은 오늘 최전방 부대에 위문 방문을 하였습니다."

정태용은 이미 확인을 한 듯했다. 강호성은 고개를 끄덕이며 각 기사들에 달린 네티즌들의 반응을 살폈다. 어차피 기사에 달린 호의적인 댓글 중 일부분은 각 당의 사람들일 가능성이 높았다. 강호성의 캠프에서도 하고 있는 일이다. 어차피 선거란, 짜고 치는 고스톱 판에서 눈 가리고 누가 가장 '아웅'을 잘 하느냐다.

"제 아들 새끼 군대나 보내놓고 가지. 그 뻔뻔스러움은 대체 어디서 나오는 거야. 찔리지도 않나?"

"정치부 기자를 통해 비난 기사를 보도하도록 연락해 보겠습니다."

정태용이 스마트 폰을 꺼내 저장된 기자들의 번호 목록을 살폈다. 가장 적당한 기자를 찾는 것이다. 그러던 그가 뭔가 생각났다는 듯 강호성을 향해 고개를 돌렸다.

"그런데 후보님."

"그래."

"저희에게 우호적인 일간지를 통해 기사를 내더라도 상대측에서 가만 있지는 않을 겁니다."

정태용이 말하는 바가 무엇인지 강호성은 금세 알아들었다. 뜨끔한 마음에 멋쩍어졌다. 군대라고 하면 강호성도 할 말은 없었다. 그는 군에 입대하지 않았다. 정치에 입문하여 선거를 할 때마다 매번, 그 문제가 거론되었다. 그것만이 유일한 그의 정치 인생에 약점이었다. 하지만 그 당시로 다시 돌아간다고 입대할 생각은 없었다. 강호성에게 있어서는 그 끔찍한 군대를 피할 방법이 있는데도 피하지 않는 것은 미친 짓, 객기일 뿐이었다.

물론, 매번 선거철마다 거론되는 문제기는 했으나, 적법한 절차에 맞춘 서류 몇 장이면 충분히 모면할 수 있는 문제였다. 약점이기는 했으나, 결점은 아니었다.

"상대측은 반드시 후보님의 군 문제를 잡고 늘어질 것입니다."

"한두 번인가 어디. 이미 알려져서 큰 문제야 안 생길 테지만 기사화 되면 즉시 관련자료 보도해. 상대 진영이 흑색선전이나 하는 구태의연한 정치를 하고 있다고 말이야. 그리고 서울대 교수

중에 진보성향이 강한 교수가 그 문제에 관련해 비난하는 논설을 실게 해. 자신도 야당을 지지하지만 이번에는 실수가 크다, 라는 내용의 논설 말이야."

알겠다고 즉각 대답한 후, 기자와 통화를 시도하는 정태용의 옆에서 강호성은 눈을 감았다.

어머니.

그가 군 입대를 면한 것 역시 어머니의 덕이었다.

그는 깊은 우울증을 앓았다. 약이 없으면 바깥출입도 하지 못하였고, 사회적 활동이나 인간관계 역시 영위하기 힘들다, 는 의사의 공식적 소견도 아직 자료로 남아 있었다. 하지만 사실 그 모든 것은 '표면적인'것에 불과했다.

어머니는 뒷돈을 써서 강호성이 군대에 가지 않도록 조치를 취하는 한편으로 법적으로 뒷받침해 줄 자료를 만들었다. 대단한 사람이다.

그렇게 해서 군대를 피한 뒤, 최연소 비례대표에 당선되면서 그 문제가 부각되었을 때, 그는 기자들과 국민들 앞에 어머니가 준비해 두었던 모든 자료를 내놓으며 말했다.

'심각한 우울증을 앓았지만 홀어머니의 눈물겨운 헌신과 피나는 노력으로 나는 나를 극복했고, 개조했다.'

지금 생각해도 소름 돋을 만한 대사였다. 어머니의 눈물겨운 헌신이란 말은 적어도 거짓이 아니지 않은가. 예전의 일들을 생각하면서 강호성은 자기도 모르게 웃음을 터뜨렸다.

기자와 통화를 마친 정태용이 전화를 끊었다.

"후보님. 내일은……."

정태용이 내일의 일정을 브리핑하려고 했다. 강호성은 손을 들어 그의 말을 제지했다.

"내일은 서린 보육원으로 가지."

그 말에 정태용의 얼굴이 눈에 띄게 굳었다. 그 표정을 보지 못한 척 강호성은 좌석 시트에 몸을 묻고 눈을 감았다.

"피곤해. 내 몸도 좀 쉬게 해 줄 때가 됐어."

"기자들은 어떻게 할까요?"

"당연히 와야지. 아내가 사망해도 보육원에 대한 지원과 지속적인 관심을 놓지 않는 강호성, 이라는 제목을 찍어낼 만한 기자들로 불러. 일정이 끝난 뒤에는 몇 시간쯤 쉬고 갈 테니 일정 조절하고."

"……알겠습니다."

굳은 얼굴로 정태용은 강호성의 내일 일정을 조절했다. 선거 캠프에도 변경된 일정을 메일로 보냈다.

강호성은 눈을 뜨고 슬쩍 시선만 내려 정태용이 하는 양을 지켜보았다. 그의 표정이 의미하는 바 역시 이미 간파하고 있었다. 지금 시기가 시기이니 만큼, 그리고 밝혀져서는 안 될 진실이 있는 만큼, 정태용은 몸을 사리고 있어주길 바랄 것이었다. 모든 행보 역시 정치 선수인 정태용이 시키는 대로, 그가 만든 무대 위에서 스포트라이트만 받아 주길 바랄 것이었다. 하지만 그는 그럴 마음이 없었다. 그리고 가끔은 정태용의 말과는 반대되는 일을 일부러 해오기도 했다.

그것은 정태용에게 이미 '그어진 선'을 각인시켜 주는 일이었다. 가끔 정태용이 착각하는 것을 강호성은 알고 있다. 아무리 그가 정치 선수이지만, 그는 고작해야 보좌관일 뿐이다. 그 사실을 잊지 말라는 무언의 경고였다. 정치를 하는 것은 이 강호성이고, 모든 이들의 위에서 군림하는 것도 바로 이 강호성이라고.

"내가 진영이 그 아이를 아끼는 이유가 뭔지 아나?"

정태용이 고개를 들어 강호성을 쳐다보았다. 강호성은 차가운 미소를 지었다.

"그 녀석은 말이 없거든. 하기 싫은 일을 시켜도, 당하고 싶지 않은 일을 당해도, 아무 말도 안 하거든."

정태용은 아무런 대답을 하지 않았다. 강호성은 후, 웃었다.

어느새 차량은 그의 선거 사무실 앞까지 도착해 있었다. 내릴 차비를 하는데 차에서 먼저 내린 정태용에게 전화가 한 통 걸려왔다. 정태용은 내내 침착하게 통화를 했다. 전화를 끊고 강호성이 앉은 뒷좌석의 문을 열어주었다. 강호성이 차에서 내리며 그를 응시했다.

"혹시 무슨 일이라도 생길까 싶어 서동현 형사에게 사람을 붙였습니다."

"잘했군."

"지금 그 친구에게서 연락이 왔습니다. 오늘 서동현이 서린 보육원을 찾아갔다고 합니다. 형사라고 하지 않고 시청 직원이라고 속였다고 합니다. 방문 명목은 시설 점검입니다. 영인 경찰서에 정식 항의 서한을 발송할까요?"

강호성의 미간이 찌푸려졌다.

"그럴 필요 없어. 이쪽에서 그 친구의 동태를 살피고 있다는 뉘앙스를 줄 필요는 없지. 당분간은 주시하도록 해. 쓸데없는 일은 하지 말고."

"알겠습니다."

강호성은 자신의 사무실을 향해 걸었다. 몇 발짝을 옮기다 그는 걸음을 멈추고 정태용을 돌아보았다.

"서동현 형사라는 친구. 이혼한 아내가 피부과 의사라고 했나?"

Diary

"어디 나가세요?"

뒤에서 들려온 목소리에 걸음을 멈추고 뒤돌아보았다. 서산댁이 어느새 뒤에 와 서 있었다. 짙은 감색 정장바지에 옅은 회색의 레인코트. 누가 봐도 외출복 차림인 나를 서산댁은 새삼 신기한 듯 보았다. 외출하는 것은 실로 오랜만의 일이긴 했다. 얼른 시어머니의 방을 살피고는 검지를 입술 가운데에 가져다 대었다.

"볼일이 있어 나갔다 오려고요. 최대한 일찍 올게요."

"네, 걱정 마세요."

잠에서 깬 시어머니가 나를 찾으며 패악을 떠는 일은 비일비재했다. 얌전한 날도 있지만 아닌 날도 많았다. 그걸 서산댁에게 맡기고 가자니 마음이 무거웠다. 닫혀 있는 시어머니의 방문을 물끄러미 보았다. 그런 마음을 눈치 챘는지 걱정 말고 다녀오라며 서

151

산댁이 재촉했다.

"다녀올게요."

오랜만의 외출이었지만 즐거운 기분은 조금도 없었다.

날씨는 좋았다. 바람이 곁을 스쳐 지나갔다. 머리칼이 살랑이며 흐트러졌다. 손가락으로 머리를 쓸어 넘겼다. 눈앞에 서린 보육원이 있다.

근처에 있는 마트로 들어갔다. 요란한 음악이 귀를 자극했다. 그 자극이 불편했다. 뭐가 좋다고 이 사람들은 이렇게 요란한 음악을 트는 걸까. 뭐가 얼마나 행복해서 이 마트 안에 있는 사람들은 저렇게 평온한 얼굴로 물건을 고를 수 있을까. 대체 저들의 세계는 어떠한데, 나는 그곳에 들어가지 못하는 것일까.

분풀이라도 하듯 손이 닿는 대로 과자를 장바구니에 집어넣었다. 금세 장바구니 하나가 가득 찼다. 계산대 위에 거칠게 내려놓고, 계산을 시작하려는 아르바이트생을 모르는 체하고 다시 빈 장바구니를 집어 들었다. 다시 채운 장바구니 하나를 더 계산대 위에 올려놓았다. 몇 번이고 과자를 날랐다.

마트에서 나와 곧장 서린 보육원으로 향했다. 양손에 한가득 과자 봉지를 들고 들어서는데 보육원장이 반갑게 맞았다. 보육원장은 곧장 원장실로 나를 데리고 갔다. 안내받은 소파에 앉기가 무섭게 태블릿 PC를 들고 와 보였다.

"지난번에 후보님과 함께 봉사 오셨던 게 기사가 나서 마침 보고 있던 참이었어요. 사모님도 이렇게 자주 찾아주시고. 참! 어제는 후보님께서 오셔서 또 후원금을 내주셨답니다. 늘 감사하고 있어요."

보육원장이 내민 태블릿 PC 화면을 응시했다. 피식, 웃음이 나
왔다.

"그걸로, 된 건가요?"

"네?"

보육원장의 얼굴에 당황스러운 빛이 서렸다.

"거액의 후원금을 받고……. 그거면 된 거냐고요, 당신은?"

분명 무슨 말을 하는지 알아들었을 터다. 보육원장의 얼굴이
차갑게 굳었다.

"진영이, 불러드릴까요?"

보육원장의 그 물음이 대답이나 다름없다는 걸 알고 있다. 무
엇을 기대했던 걸까. 이곳은 완전히 다른 세상인데.

"제가 갈게요."

일어서는 나를 보육원장도 따라 일어섰지만 뒤따라 나오지는
않았다. 아마도 보육원장은 원장실에 남아 내가 이곳을 나서자마
자 강호성에게 연락을 할 것이다. 상관 없다. 강호성이 이곳에서
무슨 짓을 하는지 내가 알고 있듯, 강호성도 내가 그의 비밀을 안
다는 걸 짐작하고 있을 테니까. 서로 내색하지 않을 뿐이다.

복도를 걸어 '그 방'으로 향했다. 문의 손잡이를 잡고 천천히 돌
렸다. 몇 번씩이나 들어왔던 곳이지만 언제나 마음을 다잡으려
해도 용기가 나지 않는 곳이다. 힘겹게 문을 열었다. 문이 천천히
움직였다.

지금은 쉽게도 열리지만, 아주 가끔 악독한 마법에라도 걸린
듯 열리지 않는 방. 그 안에서 어떤 외침과 어떤 신음과 어떤 절

규가 터져나가도 모든 것을 삼키는 방.

그 방의 한 구석에 작은 영혼이 있다. 잔뜩 웅크린 짐승처럼 아이가 무릎에 머리를 묻고 있었다. 열리는 문의 소리에 그 작은 어깨가 흠칫, 하고 떨렸다. 들어온 것이 누구인지를 확인할 용기가 차마 없어 보였다.

아이의 앞까지 다가갔다.

"아줌마야."

아이가 천천히 고개를 들었다. 얼굴이 눈물로 엉망이었다. 몸을 떠는 것은 여전했다. 긴장을 풀지 않고 있는 것이다. 나는 아이를 덥석 안지 않았다. 손을 끌어 잡지도 않았다. 어떻게든 긴장을 이완시키려 무리하지도 않았다. 그 아이의 인생에는 '강제'가 너무 많았다. 내가 굳이 더 보탤 필요는 없다.

몇 발짝 떨어진 곳에서 그저 가만히 앉아 있었다. 그 작은 영혼 앞에서 내가 사온 대량의 과자가 얄팍하게 느껴졌다.

"구해줄게."

아이의 눈빛이 흔들렸다.

"아줌마가 구해줄게."

"이게 뭐지?"

지친 몸을 이끌고 집안으로 들어섰을 때 흘러나온 서산댁의 목소리에 나는 멈칫했다. 정확히 내 방에서 들려오는 목소리다. 혹시 몰라 발소리를 죽이고 방 쪽으로 다가섰다. 서산댁이 엎드린 자세로 침대 밑을 향해 팔을 뻗고 있었다. 그런 서산댁의 옆에 청소기가 놓여 있었다.

서산댁이 자주 가구 밑까지 청소하는 것을 완전히 잊고 있었다. 온통 서린 보육원에 대한 생각으로 머리가 차 있던 탓이었다.

"웬 서류 봉투지?"

이내 서산댁이 침대 밑에서 서류 봉투를 찾아냈다.

"지금 뭐하시는 거죠?"

화들짝 놀라며 서산댁이 뒤를 돌아다보았다. 비밀번호 키를 누르는 소리도 듣지 못했던 모양이다. 당황해하는 사이 얼른 서류 봉투를 낚아챘다.

"아, 저기……. 청소를 좀 하려고."

"됐어요. 나머지는 제가 할게요."

"저……."

"이만 나가보세요."

얼음장 같은 목소리에 서산댁은 어쩔 줄 몰라 했다. 하지만 조금의 주저함도 허락하지 않을 듯 나는 싸늘하게 그녀를 응시했다. 서산댁은 우물쭈물하다 청소기를 챙겨 들고 밖으로 나왔다. 나는 서류 봉투를 가방에 집에 넣어 버렸다.

서산댁의 잘못이 아니었다. 화풀이를 해버렸다. 이마를 짚고 큰 한숨을 내쉬었다. 서산댁이 서류를 본다고 해서 큰 일이 나거나 하지는 않겠지만 나는 충분히 예민해져 있었다. 아직 가슴이 당황으로 부들거렸다. 서산댁이 나가자 나는 떨림을 다스리느라 온 힘을 기울여야 했다.

그래서 나는 그때 시어머니가 어느새 잠에서 깨어 열린 문 사이로 이 모든 상황을 지켜보고 있었다는 것을 알지 못하였다.

서린 보육원을 다녀오는 날이면 온몸이 지하로 끌려 들어갈 것처럼 무겁다. 인간으로서의 너무나 미약한 육신이 싫다. 아이를 그런 인생으로 만들어 버린 남자가 사는 집으로 돌아가는 자신이 역겹다. 나를 괴롭히는 많은 감정들과 싸우고 있다.

오늘은 마치 자신이 뭐라도 된 듯 아이를 구해준다고 했다. 이제 누구도 믿지 않아요. 그렇게 말하는 아이의 눈빛을 보면서 이제는 해야만 한다는 것을 깨달았다.

7

서동현은 빠른 걸음으로 보육원의 운동장을 가로질렀다. 운동장에는 어느새 오후의 햇살이 담벼락 쪽으로 이동하고 있었다. 그는 재킷 안주머니에 들어 있는 휴대폰을 손으로 살짝 쥐었다. 그가 찍은 사진에는 분명 중요한 의미가 내포되어 있다는 것을 방명록을 보는 순간에 이미 깨달았다.

그는 차로 돌아가는 즉시 지신우를 자신의 집으로 불러 이것에 대한 이야기를 나눌 생각이었다. 방명록에 적혀 있는 '사실'이 어떤 '진실'을 불러올지에 대한 이야기가 주가 될 것이다.

문득, 그의 머릿속에 조금 전 보았던 그 아이가 스쳐 지나갔다. 처음 보는 남자가 원장실에서 사진을 찍는 모습이 무엇을 뜻하는지 아이는 이해하지는 못할 것이다. 그냥 어리둥절하게 생각했을지도 모른다. 하지만 그 눈빛이 서동현의 마음에 걸렸다. 자신을 바라보는 아이의 눈에는 분명 공포가 담겨 있었다.

창백한 아이의 얼굴. 공포로 떨리는 검은 눈동자. 주춤 물러나던 작은 두 발. 도망가고 싶지만 도망갈 수 없다는 것을 아는 듯한 아이의 작은 몸.

아이가 동현을 보고 누구냐고 묻지도 않았다는 사실에 더욱 불편한 느낌이 들었다. 원장이 내려오는 바람에 대화조차 나눌 수 없었고, 사실 자신도 제대로 된 신분이 아닌지라 어서 보육원을 나와야 했다. 자칫해서 자신이 몰래 방명록을 찍어간 사실을 알면, 모든 일이 수포로 돌아간다. 경찰서에서 징계를 받을지도 모르고, 보육원과 강호성으로부터 고소를 당할지도 모른다. 그런 걱정을 하는 사이 어느새 아이는 사라지고 없었다.

서동현은 아내와의 사이에 아이가 없었다. 원하지 않았던 것은 아니지만, 가질 수는 없었다. 어쩌면 그래서 아이가 마음에 남는 건지도 모른다는 생각을 하며 서동현은 보육원의 정문을 넘어섰다.

그리고 그 순간 서동현의 상념은 깨어졌다. 잠시 감정의 바다에 표류하던 그의 뇌가 각성했다. 서동현은 긴장하고 있었다. 정면을 응시하는 척하며 시선으로 왼쪽 옆에 대어져 있는 검은색 SUV 차량을 확인했다. 목 뒤가 뻣뻣해졌다.

그것은 분명 들어갈 때도 세워져 있던 차였다. 썬팅이 짙어 운전자는 보이지 않았다.

미행이다.

어디서부터 따라왔는지는 알 수가 없었다. 어쩌면 집에서 출발할 때부터인지도 모르고, 벌써 며칠째 미행을 당한 건지도 몰랐다. 주의를 기울이지 않은 자신이 한심했다.

원장실을 나올 때 뒤에서 울리던 전화벨을 떠올렸다. 서동현이 보육원을 방문해서 대체 뭘 알아낸 건지 알고자 했던 전화였을지도 모른다. 강호성이 지원하는 곳이니 분명 원장 역시 개의치 않고 그들이 묻는 것들을 알려줬을 것이다. 인상착의, 무엇을 보고 확인했는지, 얼마나 머물다 갔으며 어디 어디를 들렸는지를.

서동현은 최대한 검은 차량에 관심을 두지 않으며 자신의 차까지 걸어갔다. 느긋한 움직임을 유지하면서 차에 올라타 시동을 켰다. 그는 차를 출발시켜 보육원 앞을 벗어났다.

룸미러를 통해 확인했지만 검은 차량은 시동을 걸거나, 뒤따라오지 않았다. 아마 오늘의 미행은 여기서 끝인지도 몰랐다. 큰 도로에 합류하자마자 오른쪽 인도 변으로 차를 정차시켰다. 그는 차 내부를 훑어보았다. 달리 변한 점은 없었다. 손바닥으로 시트 밑 부분과 조수석의 콘솔박스 밑을 훑었다. 마찬가지로 룸미러 뒷부분도 확인했고, 콘솔박스 안도 확인했다. 별다른 것은 만져지지 않았다. 하지만 그는 잠시 뒤 브레이크 옆의 차체 벽면에서 단추만 한 크기의 작은 부품 하나를 찾아내었다.

TCT—7126.

사제 도청 장치였다.

그는 소리가 나지 않도록 웃었다. 이렇게 나오면 나올수록 자신이 점점 이 사건의 중심부로 향하고 있음을 의미한다는 것을 그들은 알지 못하는 것 같았다.

서동현은 불안감을 느끼지 않았다. 오늘 그가 보육원을 갔다는 것 정도는 그들이 알아차려도 상관없다. 어차피 그가 방명록에 관심을 둔 사실을 그들은 알지 못한다. 서린 보육원에 갔다는 사실만으로 그쪽에서는 아무런 행동을 하지 않을 것이다. 섣불리 나선다면 서린 보육원에 보여서는 안 될 뭔가가 있다는 낌새를 줄까 봐 겁낼 것이다.

서동현의 표정이 싸늘하게 식었다. 창문을 열어 도청 장치를 내던졌다. 도로를 지나던 트럭이 작은 도청 장치를 밟고 지나갔다. 부서진 도청 장치의 잔해를 보며, 서동현은 다시 차를 출발시키려 했다. 그러나 사이트브레이크를 내리던 그의 손이 멈칫했다.

약간 앞쪽의 인도에서 한 여성이 걸어오고 있었다. 분명 서동현이 아는 얼굴이었다. 그 여성은 서린 보육원 쪽으로 향하고 있었다. 서동현은 차에서 내려 그녀의 앞을 막아섰다. 고개를 숙이고 걷던 그녀가 자신의 앞을 막아선 남자의 얼굴을 올려다보았다. 순간 그녀의 얼굴에 떠오른 놀라움을 서동현은 읽어내었다.

"방옥순 씨? 맞죠?"

강호성의 집, 입주 가사도우미 방옥순이었다.

카페는 한가로웠다. 아르바이트생으로 보이는 젊은 여직원이 계산대에 앉아 턱을 괴고 멍하니 컴퓨터 화면을 들여다보고 있었다. 서동현과 방옥순이 들어가자 반색하며 자리에서 일어섰다.

무척 단조로운 인테리어였다. 다크 브라운 계열의 평범한 테이블에 등받이가 있는 일인용 의자들이 전부였다. 벽에는 개업선물로 받았음 직한 오래된 그림 액자가 걸려 있었고, 화분 같은 것은 없었지만, 그것이 더 심플한 인상을 주었다. 커다란 창에서 들어오는 오후의 햇살만으로도 충분한 인테리어가 되는 가게였다. 시간이 시간인지라 손님이 많지 않을 뿐, 장사가 안 되는 가게로 보이지는 않았다. 언젠가 나이가 들어 그가 형사 일을 할 수 없고, 수아가 노안이 와서 의사 일을 할 수 없을 때, 한적하고 외딴곳에 자그마한 카페 하나 만들어 노닥노닥 살자던 약속이 문득 떠올랐다.

서동현은 카페 가장 안쪽에 있는 테이블로 가 앉았다. 방옥순이 어두운 낯빛으로 따라와 그의 맞은편에 앉았다.

미소 띤 여직원이 그들의 앞에 물 잔을 내려놓았다. 서동현이 방옥순을 보자, 머뭇거리다 '오렌지 주스'라고 짤막하게 말했다. 서동현은 커피를 주문했다. 여직원이 주방 안으로 사라지자 방옥순은 입술이 탄다는 듯 물 잔을 입에 가져다 대었다.

"여기는 어쩐 일로?"

"서린 보육원에……."

방옥순의 대답에 서동현의 눈빛이 반짝였다. 그는 자기도 모르게 상체를 앞으로 기울였다.

"거긴 강호성 씨와 주미란 씨가 후원하던 보육원 아닙니까? 혹시 항상 동행하셨습니까?"

만약 그렇다면 주미란 사망 사건이 터진 이후에도 방옥순이 출입하는 것은 이상한 일이 아니었다. 강호성의 심부름일 수도 있다.

"아니오. 그런 것은 아니지만."

"혹시 강호성 후보를 대신해서?"

"아니, 그렇다기보다는……,"

방옥순은 계속 대답을 얼버무렸다. 서동현은 그런 그녀의 태도에 감질났다. 하지만 대답을 재촉하는 것은 역효과라는 것을 다

년간의 형사 생활을 통해 알고 있었다. 더욱이 나이가 지긋한 여자라면 더욱 그렇다. 그는 테이블 밑에서 양손을 맞잡으며 자신의 마음을 다독거렸다.

"사모님께서 유달리 마음 쓰시던 아이가 있었어요. 진영이라고, 사모님 돌아가시고 나서 왠지 마음이 쓰여서……."

주미란의 이야기가 나오자 방옥순의 목소리가 떨렸다. 눈이 살짝 충혈되는 것도 서동현은 놓치지 않고 보았다. 정치인의 아내로서의 주미란의 삶은 그렇게 행복한 것 같지는 않았다고, 지신우는 그녀의 주변지인들 말을 그에게 전한 적이 있었다. 항상 말을 조심해야 하고, 행동을 조심해야 하고, 남편은 그녀를 위한 사람이 아니었음에, 주미란은 가끔 외로움을 혼자 삭이느라 고생했을 거라는 것이 지인들의 말이었다. 그녀가 특별히 외로움을 토로한 적은 없으나, 그것은 말하지 않아도 알 수밖에 없었다고 했다. 어쩌면 정치인의 아내가 아니라, 정치를 위한 소모품이었을지도 모른다고 서동현은 생각했다. 천애 고아 주미란을 선택한 정치인 강호성은 그 사실만으로도 국민들의 옹호를 받고 있었으니까.

"그랬군요. 요즘은 어떻게 지내세요?"

서동현은 일단 근황에 대한 이야기로 그녀의 긴장을 풀어야겠다고 생각했다. 가급적 아직도 수사를 계속하고 있다는 뉘앙스를 풍기지 않는 것이 좋다고 판단했다.

"사실 그 집에 계속 붙어 있는 건 괴로워요. 자꾸만 큰 사모님과 작은 사모님 생각이 나서요. 그만두려고도 했지만 후보님의 중요한 시기잖아요. 마지막까지 큰 사모님과 작은 사모님은 후보님 걱정을 하셨을 겁니다. 저 때문에 신경 쓰이게 하고 싶지 않아서요. 제가 할 수 있는 한 후보님을 보필해 드리려고 합니다."

그녀는 착잡한 어조로 말을 이었다. 강호성보다는 주미란에게 더 깊은 정이 있음이 느껴졌다.

그때 카페의 여직원이 쟁반에 오렌지주스가 가득 담긴 유리잔과 제법 고급스러워 보이는 커피 잔을 얹어 내왔다. 잠시 이야기가 끊겼다. 방옥순은 자신의 앞에 오렌지주스가 놓이는 동안 창밖으로 고개를 돌리고 있었다. 무슨 생각을 하고 있는지 그녀의 얼굴은 슬픔에 젖어 있었다.

여직원이 서동현의 앞에 커피 잔을 내려놓고 간 뒤, 그는 다시 이야기를 이어가려고 했다. 하지만 그렇게 하지 못하였다. 어느새 방옥순의 눈에서 눈물이 흐르고 있었기 때문이었다.

"이런 주책을……."

방옥순은 서동현이 자신을 보고 있다는 것을 뒤늦게 깨닫고는 정신을 퍼뜩 차린 사람처럼 화들짝 놀라 눈물을 훔쳤다. 쑥스러운지 황급히 고개를 숙이고 핸드백을 열었다. 손수건을 찾는 듯 핸드백 안을 뒤지는 그녀의 손이 성말랐다. 이내 손수건을 찾아 꺼내는데, 손수건에 엉켜 뭔가가 바닥에 떨어졌다.

"아이고. 죄송합니다."

방옥순은 황급히 바닥을 향해 허리를 굽혔다. 서동현의 시선이 무심결에 그녀의 손을 따라 옮겨졌다. 다이어리와 오려낸 신문기사가 바닥에 떨어져 있었다. 생활 정보라도 오려 보관하고 있었던 모양이었다. 신문 스크랩을 가방에 쑤셔 넣고 다이어리를 집어 드는 모습을 무심결에 보고 있던 서동현의 눈이 커다랗게 떠졌다.

방옥순이 가지고 있는 다이어리는 핑크색 표지였고, 독특한 금장 장식이 붙어 있었다. 그것과 비슷한 물건을 서동현은 본 적이 있었다. 굳이 생각해 내려 애쓰지 않아도 알 수 있었다.

주미란의 가계부.

그 가계부 역시 핑크색 표지에 독특한 문양의 금장 장식이 붙어 있었다. 말하자면 두 물건은, 세트로 보였다.

"그거……."

"예?"

"그거 주미란 씨의 다이어리 아닙니까?"

순간 방옥순의 얼굴이 파랗게 질렸다. 그녀는 손을 떨기까지 했다. 커다랗게 뜬 눈에서 두려움이 읽혔다.

"방옥순 씨."

"죄, 죄송해요. 죄송해요."

그녀는 느닷없이 고개를 숙였다.

방옥순은 서동현 형사의 추궁에 더듬더듬 말을 이어나가기 시작했다. 주미란은 평소에 다이어리에 일기를 썼다고 했다. 일기라고 해봐야 그날 한일, 짤막한 생각들을 적어놓은 것뿐이었다. 하지만 그것은 주미란의 속내여서, 강호성이나 시어머니가 보지 않기를 바랐다고 했다. 서동현은 어렴풋이 그 내용들을 알 수 있을 것 같았다. 정치인의 아내로서 외로움이나 힘겨움과, 자신의 아들이 이 세상에서 최고이자 마지막 빛인 시어머니에 대한 두려움들이 적혀 있을 것이다. 당연히, 우연이라도 보여선 안 된다고 생각했을 것이다.

그래서 주미란은 그것을 집안, 자신의 손만 닿는 곳에 다이어리를 숨겨 두었는데, 사건 이후 줄곧 잊고 있다가 방옥순은 며칠 전 그 다이어리에 생각이 미쳤다고 했다.

"왜 강호성 씨에게 주지 않았습니까?"

경찰에서는 이미 사건이 종결되었고, 수거했던 주미란의 유품들도 돌려줬으니 경찰에게 이야기할 의무는 없다 하더라도 망자의 부군인 강호성에게는 돌려줬어야 하는 것이 자연스러운 일이다.

그의 말에 방옥순은 더욱 고개를 숙였다.

"작은 사모님은, 그 집 생활을 힘들어 하셨어요."

그래서 다이어리에 자신의 속내를 토로했고, 아무리 사망하였으나, 생전 고인이 그 다이어리를 강호성의 눈에 보이고 싶지 않아 했듯이, 죽어서도 그것은 원하는 일이 아닐 거라고 생각했다고 한다.

말을 마치고 방옥순은 잠시 숨을 고르다가 고개를 들었다.

"혹시…… 죄가 되나요?"

무슨 소리냐는 듯 서동현이 그녀를 쳐다보았다. 그녀는 서동현의 시선을 피하며 말했다.

"제가 다이어리를 가지고 있었던 것, 죄가 되나요?"

그 순수함에 서동현은 하마터면 크게 웃을 뻔했다. 웃지 않도록 노력하면서 그는 고개를 저었다. 방옥순의 얼굴 위로 안도감이 한차례 지나갔다.

음료수 잔을 들어 한 모금 마시는 방옥순의 얼굴을 보면서 서동현은 잠시 생각에 잠겼다. 방옥순은 그 집안에서 적어도 주미란을 진심으로 걱정하는 사람이었던 듯했다. 그녀의 죽음 이후에도 주미란이 봉사하던 보육원의 아이들을 보러 올 정도니 말이다.

서동현은 손가락 끝으로 다이어리의 모서리를 탁탁 긁어 내렸다.

"저……. 드릴 말씀이 있습니다."

방옥순이 고개를 들고 어리둥절한 눈으로 서동현을 쳐다보았다. 계산대에서는 여직원이 마우스 휠을 득득 긁어내리고 있었다. 귀에 익은 클래식 음악이 카페를 조용하게 휘젓고 있었다. 서동현은 약간 긴장하는 자신을 느꼈다. 어떻게 말을 꺼내야 할지 머릿속에서 수많은 생각들이 스쳐 지나갔다. 복잡했다.

그래서 그는 창밖의 전신주 뒤에서 누군가가 자신들을 향해 카메라 셔터를 누르는 것을 눈치 채지 못했다.

* * *

한강 고수부지 주차장에 강호성이 탄 차량이 진입하였다. 물론 강호성이 평소에 타고 다니는 차량이 아니었다. 늘 타고 다니는 차량은 기자들에게 쉽게 노출되기 때문에 강호성의 '알려져서는 안 될 행보'에는 항상 다른 차량이 이용됐다. 요즘처럼 파파라치를 표방하는 치기 어린 기자들이 많을 때는 더욱 조심하고 있다.

한강에는 저녁의 붉은 노을이 지고 있었다. 인적이 많지는 않았다. 팔짱을 낀 연인들이 이따금 지나가거나, 할 일 없는 여자들이 저녁임에도 썬 캡을 쓰고 양손을 앞뒤로 마주치며 지나갔다. 강호성은 입을 굳게 다물고 있었다. 운전기사가 룸미러를 통해 흘끗 그를 보았다. 강호성은 소매를 살짝 들어 올리며 손목시계로 시간을 확인했다.

"옵니다."

옆에 앉아 있던 정태용 보좌관의 말에 강호성은 팔을 내렸다. 바퀴가 바닥과 마찰해 지그럭거리는 소리가 들려왔다. 다가온 차량은 바로 옆에서 멈추어 섰다. 검은색 SUV차량이었다.

조수석 문이 열리고 젊은 남자가 내렸다. 몸에 붙는 슈트를 입은 남자였다. 남자는 강호성의 차량으로 다가와 정중하게 허리를 굽혀 인사했다. 정태용은 유리창을 절반 정도 내렸다. 강호성은 남자 쪽으로 고개도 돌리지 않았다.

창문이 내려간 틈으로 남자는 누런색 서류 봉투 하나를 내밀었다. 정태용이 그것을 받았고, 창문을 다시 올렸다. 남자는 다시 정중히 허리를 굽혀 인사했다.

그것뿐이었다. 남자는 아무런 말없이 자신이 타고 왔던 차를 타고 주차장을 벗어났다. 정태용은 차량이 완전히 사라진 것을 확인하고는 서류 봉투를 강호성에게 내밀었다. 그러고는 운전사를 향해 고갯짓을 했다. 룸미러를 통해 정태용의 신호를 알아들은 운전기사는 고개를 까딱하고는 차를 출발시켰다.

강호성이 탄 차량이 도심으로 섞여 들었다.

강호성은 서류 봉투에 손을 넣어 안에 들어 있는 것들을 꺼내었다. 보고서는 오늘 서동현 형사의 행적들이었다. 서린 보육원을 갔던 일은 이미 전화로 보고 받았기에 새로운 일은 아니었다. 함께 들어 있던 보고서보다 안에 들어 있던 사진 대여섯 장이 그의 눈을 먼저 묶었다.

카페였다. 테이블에서 서동현은 고집스러워 보이는 입술을 다물고 진지한 표정으로 정면을 응시하고 있었다. 그리고 그 앞에는 방옥순이 있었다. 그녀의 얼굴을 확인한 강호성의 미간이 살짝 찌푸려졌다.

"곧장 집으로 가지."

차량이 좀 더 속력을 내었다.

아파트에 도착한 강호성은 현관문 앞에 멈춰 섰다. 초인종을 누르려 들었던 손을 강호성은 멈췄다. 잠시 생각한 후 손을 내렸다. 주머니에서 카드키를 꺼내 잠금장치에 인식시켰다. 기계음이 들렸다. 강호성은 실린더를 비틀어 쥐었다.

그는 숨을 고르며 천천히 문을 열었다. 별 마찰음 없이 문은 부드럽게 열렸다. 한 발짝 안으로 발을 디디며 거실을 시선으로 훑었다. 귀는 내부에서 들리는 소리를 감지하기 위해 곤두세워졌다. 별다른 소리가 들리지 않았다.

강호성은 현관문을 거칠게 잡아 당겼다. 쾅, 하고 커다란 소리와 함께 현관문이 닫혔다. 갑작스러운 굉음이 공기를 진동케 했다. 그럼에도 안에서는 아무런 기척이 없었다.

아직, 방옥순이 돌아오지 않았다.

강호성의 눈에 살기가 스쳤다. 아내와 유달리 마음이 잘 맞던 방옥순을 오래도록 집에 둔 것이 실수였을까. 아내와 어머니가 사망한 뒤에라도 방옥순을 내보내야 했던 것은 아니었을까. 강호성은 그런 생각들을 하며 구두를 벗고 거실로 올라섰다. 가지런하게 준비되어 있는 실내화에 발을 넣고 거실을 가로질렀다.

소파 위에 손가방을 아무렇게나 던져 놓고 그는 곧장 방옥순의 방으로 향했다. 주저 없이 방문을 열어젖혔다. 방옥순의 방은 아주 작았다. 가구랄 것도 없었다. 구석에 세워진 작은 나무 장롱과 옷을 걸 수 있는 행거, 소지품을 올려놓을 수 있는 장식대가 전부였다. 깔끔한 성격답게 옷은 가지런히 정리되어 있었고, 장식대 위에는 싸구려 화장품의 샘플들이 널려 있었다.

그는 장롱을 열었다. 퀴퀴한 냄새가 났다. 평소 깔끔한 성격의 방옥순이지만 나이가 불러오는 냄새는 그녀로서도 어쩔 수 없는 모양이었다. 켜켜이 쌓인 이불들을 손가락 끝을 세워 뒤적이다가 그만두고 문을 닫았다. 이번에는 장식대의 서랍장을 하나하나 열어보았다. 모두 평범하고 잡다한 물건들뿐이었다.

강호성은 방옥순의 방을 나와 자신의 서재로 들어갔다. 겉옷을 벗어 옷걸이에 걸고 책상 앞에 앉았다. 습관대로 앉자마자 노트북의 전원을 켰지만 그의 눈은 노트북을 보고 있지 않았다.

그는 생각에 잠겨 손끝으로 책상을 톡톡 두드렸다.

얼마의 시간이 지났을까. 집안을 감싸고 있던 정적에 균열이 생겼다. 현관문의 전자 도어록이 풀리는 소리가 들려왔다. 책상을 두드리던 강호성의 손가락이 멈추었다.

버스럭 거리는 소리와 함께 슬리퍼가 바닥에 질질 끌리는 소리가 났다. 강호성이 늘 신경에 거슬려 하던 방옥순 특유의 발자국 소리였다. 방옥순이 돌아왔다.

그러기를 얼마간, 서재 밖에서 노크 소리가 들려왔다. 아마 강호성이 들어왔을 때 소파에 던져놓았던 가방을 보고 강호성이 돌아온 것을 깨달았을 것이다.

강호성은 네, 하고 짧게 대답했다. 아주 천천히, 조심스럽게 문이 열리고 방옥순이 얼굴을 들이밀었다.

"벌써 들어오신 줄 몰랐어요. 시장을 다녀왔는데…… 빨리 저녁을 차리겠습니다."

허둥지둥, 고양이에게 쫓기는 쥐 꼴로, 방옥순이 두서없이 변명을 했다. 강호성은 책상 위에 올린 양손을 깍지를 끼고, 거기에 턱을 얹었다. 안경 너머로 방옥순을 응시했다.

"시장을, 다녀오셨습니까?"

일순, 방옥순이 경직되었다. 그녀는 분명 당황하고 있었으나, 조금 전 허둥지둥하던 것과는 뭔가 달랐다. 강호성은 그것이 좀 의외였다. 이내, 아주 잠깐의 당황조차 방옥순의 얼굴에서 사라졌다. 그녀의 얼굴에는 침착함만이 남았다.

아니 어떻게 보면 자신만만하기까지 한, 우위에 선 자의 얼굴을 하고 있기도 했다.

그녀는 허리를 펴고, 고개를 꼿꼿이 들고, 턱을 당겨, 똑바로 강호성을 보며 대답했다.

"네."

강호성이 날카로운 눈으로 그녀를 응시했다. 방옥순도 그 눈을 피하지는 않았다. 잠시 동안 두 개의 시선이 공중에서 부딪혔다. 들리지 않는 파열음이 들리는 듯했다.

강호성은 피식, 웃었다.

"오늘 저녁, 맛있는 것 좀 먹겠네요. 기대하지요."

방옥순도 느긋한 미소로 대답했다.

"금방 차릴게요. 씻고, 나오세요."

방옥순은 강호성의 방에서 나왔다. 문을 닫는 동안 그 틈 사이로 강호성의 미소가 서서히 사그라지는 것을 보았다. 문을 완전히 닫자 방옥순의 얼굴에서도 미소가 사라졌다.

방옥순은 장을 봐온 것을 부엌에 가져다 놓고 무슨 생각에선지 자신의 방으로 향했다. 방문을 열고 시선으로 한참 동안 자신의 방을 훑었다.

방옥순의 얼굴에 차가운 미소가 걸렸다.

방옥순이 저녁을 차릴 동안 강호성은 자신의 서재에 앉아 있었다. 방옥순이 노크를 하고 그를 불렀을 때는 저녁 7시가 넘어 있었다.

"식사하세요."

그렇게 말하는 방옥순의 표정은 평소와 다름이 없었다. 조금 전에 얼핏 보였던 마뜩잖은 기운은 사라지고 없었다. 강호성은 돌아서는 방옥순을 노려보았다. 여우 같은 할망구를 데리고 있었던 건 아닌가 싶다. 오늘 서동현 형사를 만나 무슨 이야기를 했는지 방옥순이 먼저 말할 것 같지는 않았다. 그럴 사람이었다면 시장에 다녀왔다, 가 아니라 서린 보육원에 갔다 왔다는 이야기를 먼저 했을 것이다.

분명 서동현 형사는 방옥순에게 도움을 요청했을 것이다. 어쩌면 강호성의 일거수일투족을 감시해 달라고 말했을지도 모른다. 방옥순이 서동현을 만난 이야기를 하지 않는다는 건 그 제의를 거절하지 않았다는 증거일지도 모른다.

어쩔 생각인 걸까. 답은 어렵지 않다. 결국 돈일 터다. 그것이 바로 가난의 근성이다.

강호성은 주방으로 들어섰다. 식탁에는 음식들이 정갈하게 차려 있었다. 강호성이 들어서자 방옥순은 가스레인지에서 뚝배기를 들어 식탁으로 옮겼다. 손수 뚝배기 뚜껑을 열었다. 안에서 된장찌개가 보글보글 끓고 있었고 주방 안이 맛있는 음식 냄새로 가득했다. 방옥순은 물 컵을 내려 생수를 담아 그가 앉을 자리 앞에 두고 물러섰다. 모든 움직임이 조용했다.

방옥순은 강호성이 자리에 가 앉을 때까지 근처에 서 있다가 그가 수저를 들자 조용히 주방에서 나갔다. 강호성은 식탁을 둘러보았다. 그러고는 천천히 식사를 시작했다.

식사를 마친 강호성이 주방에서 나갔을 때 방옥순은 거실 장식장에 있는 트로피와 상패들을 닦고 있었다. 살아생전 그의 어머니는 트로피와 상패에 유난했다. 들어오는 입주 가사도우미마다 하루도 빠짐없이 닦아야 한다고 강조했다.

어머니가 죽고서도 그 망령은 영향력을 행사한다…….

강호성은 고개를 돌리고 말 없이 서재로 들어갔다. 책상으로 돌아가 신문을 읽자니, 열린 문틈 사이로 식탁이 치워지는 소리가 들려왔다. 주방에서의 소리는 한참이나 이어졌다. 물소리가 들렸고, 다시 물소리가 끊겼다. 달칵, 주방의 전등을 끄는 스위치 소리도 들렸다.

이어지는 슬리퍼 끄는 소리. 소리는 방옥순의 방으로 향했다. 강호성은 내내 신경을 곤두세워 소리를 듣고 있었다. 오늘은, 아닌 건가, 하고 생각했을 때 방옥순의 방문이 다시 열리는 소리가 들렸다. 다시 이어지는 슬리퍼 끄는 소리.

소리는 자신의 방 앞에서 멈추었다.

노크 소리가 들렸다.

"네."

대답을 하며 고개를 들자 방옥순이 문 앞에 서 있었다. 그녀는 손에 누런색 서류 봉투를 들고 있었다. 온 건가, 싶은 생각에 강호성은 웃으며 아무것도 모르는 척, 방옥순을 보며 웃었다.

"무슨 할 말 있으세요?"

강호성의 물음에도 방옥순은 아무런 말없이 서재로 들어섰다. 꼭 쥐고 있던 서류 봉투를 강호성에게 내밀었다. 강호성은 어리둥절한 표정을 유지하며 서류 봉투를 받아들었다. 하지만 봉투를 열고 안에 들어 있던 것을 꺼내 확인한 강호성의 표정은 정반대로 변했다. 그의 표정은 경악으로 일그러지고 있었다. 온몸이 경직되었다. 누군가에게 크게 머리를 한 방 맞은 충격이었다.

그것은, 강호성의 모든 위법 행위들이 적나라하게 정리되어 있는, 그래서 주미란이 강호성의 정치 생명을 끊어내고자 신문사에 제보하려고 만들어두었던, 그것을 어머니에게 들켜 결국 자신의 생명이 먼저 끊어지게 만들었던 그 자료였다.

서류를 쥔 강호성의 손이 눈에 띄게 떨렸다. 강호성은 자신의 눈앞에 있는 것을 믿을 수가 없었다. 고개를 쳐들고 방옥순을 보았다.

분명 서류는 모두 폐기했었다.

"사본이 없었을 거라 생각하셨어요?"

방옥순이 그 말을 던졌을 때, 강호성은 하, 하고 숨을 토해냈다. 그동안 숨을 쉬지 않고 있었다는 사실을 뒤늦게 깨달았다.

강호성은 어떤 말부터 해야 할지 몰라 혼란스러웠다. 뭘 원하는 건가. 돈을 요구하려 했다면 이 자료를 봉투째로 넘기기부터 한 이유가 대체 뭐란 말인가. 강호성이 입을 닫고 있자 방옥순이

173

먼저 말을 꺼냈다.

"이거 찾고 있으신 게 아닌가 해서요."

강호성이 멍하니 방옥순을 응시했다.

"제 방, 저 없는 사이에 들어오셨던 것 같아서요."

그녀는 이미 모든 것을 알고 있는 듯했다. 강호성이 그녀를 의심하고 있다는 것까지 알아챌 만큼 방옥순이 그렇게 눈치 빠른 여자였던가.

"이걸, 왜 나에게 줍니까?"

"그럼 그걸 누구에게 주죠?"

물음에 돌아오는 것은 또 다른 물음이다. 상대의 마음을 조급하게 하는 기술을 갖고 있다. 이런 식의 대화를 강호성은 그동안 많이 해왔다. 하지만 그것은 모두 대화에서 자신이 우위에 있을 때였다. 상대가 무엇을 원하는지, 어떤 패를 가지고 있는지 조차 가늠이 안 되는 상황은 처음이었다.

강호성은 깍지 낀 두 손 위에 턱을 올리고 눈을 치켜뜨며 방옥순을 응시했다. 방옥순은 그 시선을 피하지 않고 있었다.

한참의 시간이 흘렀다. 둘의 시선은 떨어질 줄을 모르고 있었다. 이윽고 방옥순이 후, 하고 웃음을 뱉었다. 강호성의 미간이 구겨졌다.

"협박하려는 거 아닙니다. 걱정 마세요. 생각하시는 그런 일, 아니에요."

그렇게 말하는 방옥순은 평소의 얼굴로 돌아와 있었다. 늘 기죽어 있고, 강호성의 앞에서 조심스럽게 행동하는 평범한 아줌마, 그대로였다.

"저는 작은 사모님도 모셨지만 큰 사모님도 모시는 사람이었습니다. 사장님은 큰 사모님의 전부였잖습니까? 사장님을 제대로 모시지 못하면 큰 사모님께서 땅속에서도 편안히 눈을 못 감으실 거예요."

어디까지 믿어야 할지 알 수가 없다. 낮에는 형사를 만나고, 밤에 돌아와 같은 편임을 주장한다.

"이것, 사본이 또 있겠죠?"

그 말에 방옥순이 황급히 손을 가로저었다.

"그런 거 없습니다. 할 줄도 모르고요. 사모님께서 돌아가시기 하루 전날 저에게 주신 거예요. 혹시 모르니 가지고 있으라고요. 못 배운 몸뚱이인지라 아무리 봐도 전 잘 모르지만, 대충 보기에도 사장님께 해를 입히는 서류 같았어요. 사실 사고가 났던 날 경찰조사에서 이 서류를 내가 가지고 있어야 하나, 무서웠지만 절대 내놓아서는 안 된다고 생각했답니다."

"가지고 있다가, 갑자기 이런 걸 내놓는 이유가 뭡니까?"

"절 의심하시니까요. 아니라고 하지 마세요. 이날 이때껏 남의 집에 살면서 늘은 것이라고는 눈치밖에 없는 노인네니까요."

강호성은 후우, 한숨 같은 웃음을 뱉었다.

지금같이 위험한 시기에는 내편, 네 편을 따질 시간 따위는 없었다. 조금이라도 씨앗이 될 만한 것은 잘라내고 봐야 했다. 오늘, 서동현 형사를 만나는 방옥순을 보며 강호성은 그녀를 자신의 세상 밖으로 내쳐야 한다고 생각하던 참이었다.

강호성은 의자에서 천천히 일어섰다.

"……원하는 게 뭡니까?"

"절 내보내지 마세요."

너무나 의외의 대답이었다. 차라리 돈이었다면 이렇게 놀라지는 않았을 것이다. 방옥순은 눈물을 글썽이고 있었다.

"저는 작은 사모님이 아니었다면 이 목숨, 진즉에 저세상에 있을 년이었고, 큰 사모님이 아니었다면 입에 풀칠도 못했을 것입니다. 이 댁 덕분에 저는 이나마 사람답게 살았어요. 아까 말씀드렸듯, 그 은혜를 마지막까지 이 댁의 일을 하는 걸로 갚고 싶습니다."

방옥순은 간절하게 빌었다.

8

서동현은 아침 일찍 경찰서에 전화를 걸어 수사 문제로 오후에
출근하겠다고 연락을 해놓았다. 지신우 경장이 집으로 오게 되어
있었다. 어제 서동현이 가지고 온 전리품은 두 가지. 모두 나쁘지
않은 획득물이었다.

지신우 경장은 약속된 8시 30분보다 5분 앞서 서동현의 집 초
인종을 눌렀다. 서동현은 식사도 거르고 온 지신우의 앞에 미리
사다 둔 모카 빵을 덩어리째로 내놓았다. 정수기에서 받은 물로
믹스커피도 휘휘 저어서 내놓았다. 기가 막힌다는 표정을 짓는
지신우를 향해 이혼당한 독거남의 손님 대접치고는 융숭한 편이
아니냐는 듯 히죽 웃어보였다.

"아침엔 밥 안 드세요?"

지신우가 지어 보였던 기가 막힌 표정은 손님 대접이 허술해서

그런 것이 아니라, 체력 안배가 누구보다 중요한 형사가 아침식사에 너무 소홀한 것 아니냐는 책망에서 비롯된 것이었다. 서동현은 머리를 긁적였다.

"이게 뭐, 간단하고 싸잖냐. 그보다……."

너털웃음을 지어 보이던 서동현이 본론을 꺼내었다. 어느새 서동현의 얼굴에 웃음기가 사라졌다. 서동현은 먼저 서린 보육원에서 몰래 방명록을 찍은 사진의 출력본을 꺼내었다.

"방명록이야."

서동현의 말에 지신우가 서류를 당겨 확인했다.

"강호성의 보육원 방문 날과 주미란이 과자를 대량으로 구매한 날을 비교해 보았지."

그가 출력해 온 방명록에는 빨간색 볼펜으로 표시가 되어 있었다. 강호성의 방문 날이었다. 과자를 산 날은 모두 강호성이 서린 보육원을 방문한 다음날이었다. 석연치 않았다.

"강호성이 서린 보육원에 다녀온 다음에 주미란이 과자를 사 들고 서린 보육원에 찾아간 거군요?"

"그럼 그 많은 과자를 사 들고 어디를 갔겠어? 소풍?"

"주미란이 서린 보육원에 갔다 치더라도, 그게 이번 사건과 무슨 상관이 있다고 보시는 건가요? 주미란은 그저 강호성과 같이 가기 싫어서 따로 간 것일 수도 있잖아요."

"단 한 번도 빼지 않고 말인가? 둘이 경쟁이라도 하는 것이 아니면 가능한 이야기가 아니지. 나는 분명 주미란의 죽음과 관련이 있다고 봐. 간접적으로라도."

"왜요?"

서동현은 지신우의 얼굴을 물끄러미 보았다. 항상 물음표를 던져주는 후배는 어떤 수사에서든 도움이 된다. 하지만 선배라고 해서 매번 그 물음표에 맞는 답을 알고 있지는 않다. 그럴 때 서동현은 이렇게 답을 해왔다.

"감이야."

지신우가 허, 하고 헛웃음을 지었다. 그 앞에 서동현은 주미란의 다이어리를 꺼내놓았다.

"무조건 감이라는 건 아니야. 주미란이 그동안 강호성을 증오해 왔다는 증거야. 주미란의 일기장."

의외의 물건이 눈앞에 던져진지라 지신우도 꽤나 놀라는 눈치였다.

"그 집 가사도우미로부터 입수했어. 일기장을 보면 알겠지만 주미란은 그동안 강호성을 증오해 왔어. 안타깝게도 이유는 적혀 있지 않아. 아무튼 주미란이 강호성을 미움을 넘어서 증오했던 것은 사실이야. 그것도 강호성을 죽일 만큼."

지신우가 다이어리를 펼쳤다.

얼마 남지 않음을 느낀다. 이제는 결심할 때가 되었다.

남편의 배를 가르면 뭐가 나올까.

추악한 욕망, 불결한 어둠, 배신, 교만, 비틀린 욕정. 받은 숨을 내뱉을 때마다 그것들을 한꺼번에 울컥, 쏟아낼 것이다. 나는 마침내 남편을 죽이기로 결심했다. 어차피 법은, 그를 옭아맬 수 없다.

일기장 내용을 본 지신우는 적잖이 놀라는 눈치였다.

서동현은 말을 이었다.

"그렇게 미워했다면 반대로, 강호성 역시 주미란을 좋게 보진 않았을 거야. 뭔가의 계기가 있었겠지. 그 계기가 뭔지 우리는 찾아야 해. 그리고 그 둘의 증오 사이에서 왜 시어머니인 장옥란까지 죽게 되었는지까지도."

"결국 선배님은 주미란을 강호성이 죽였다고 생각하시는 건가요? 이미 살해를 해놓고 베란다 밖으로 떨어트린 거라고."

"그 사진 기억나나?"

서동현은 방으로 급히 들어가더니 사진 한 장을 찾아 들고 나왔다. 자세히 보니 컬러 프린터기로 복사한 사진이었다. 지신우는 사진을 받자마자 그 사진이 어떤 것인지 금세 알았다.

바로 주미란의 시신 사진이었다. 주미란의 머리에 깊은 상처에 대한 클로즈업 컷이었다.

"이 상처가 그럼⋯⋯."

"아니. 국과수 김 박사님의 말에 의하면 그 상처는 죽음에까지 이르게 할 만한 상처는 아니라고 했어. 내가 육안으로 봐도 그렇고. 하지만 적어도 혼절은 시킬 수 있었을 테지."

"그렇다면 혼절을 시킨 후 떠밀었다?"

"나는 그렇게 보고 있어. 주미란은 밖으로 던져지기까지 살아있었어. 목격자 진술에 의하면 바닥에 추락 직후 손가락이 움직이는 걸 분명히 봤다고 했어. 적어도 추락 이후 5초는 살아있었겠지. 그 끔찍한 고통을 느끼면서."

그 말에 지신우가 인상을 찡그렸다. 마치 자신이 그 통증을 대신 느끼기라도 하는 것 같은 표정이었다. 서동현은 말을 이었다.

"장옥란, 주미란. 분명 강호성이 둘 중 하나 정도는 죽였을 거야. 어쩌면 둘 모두일지도. 난 확신해. 강호성은 이 사건에서 분명 피의자야."

지신우는 복잡해진 머릿속을 정리라도 하는 듯 입을 다물고 손을 깍지 낀 채로 생각에 잠겼다. 서동현은 노트를 꺼내 의문점들에 대해 자신이 가지고 있는 생각을 정리하며 설명했다.

첫째, 강호성은 사건 당시 장옥란의 시신을 확인하지도 않았다. 자식이라면 제 부모가 어떻게 살해를 당했을지라도 물어볼 것이었다. 그것은 장옥란이 어떻게 죽었는지 이미 알고 있다는 것. 즉, 자신이 스스로 장옥란을 죽였거나, 죽임을 당하는 것을 목격했을 가능성이 크다.

둘째, 주미란의 머리에 있는 상처. 서동현은 그 상처가 장옥란이 낸 것이라고 확신했다. 강호성이 낸 상처라면 훨씬 더 위험하고 깊은 상처였을 것이다. 힘도 그렇거니와 굳이 혼절을 시켜서 던질 이유가 없었다. 분명 무슨 이유에서건 장옥란이 상처를 입혔고 강호성이 그녀를 도와 추락시켰을 것이다.

"그렇다는 건……."

"결국 두 죽음 모두 강호성이 관여한 거지."

"하지만 살아 있는 사람을 추락시키기에는 발버둥치거나 비명을 지르기라도 하면 위험하니까 강호성이 혼절 정도만 시켰을 수도 있지 않을까요?"

"어차피 두 명을 모두 강호성이 죽일 계획이었다면 둘 모두를 자살로 위장했을 거야. 그런 어설픈 상처 따위는 남기지 않았을 거라고. 난 분명 강호성이 이번 일을 예상하고 준비한 건 아니라고 생각해. 시기를 봐도 그렇잖아. 주미란의 머리에 난 상처는 분명 장옥란이 한 짓일 거야. 장옥란이 주미란을 혼절시켰고, 그 사실을 아들에게 의논했겠지. 장옥란이 그렇게 한 이유는 죽이지 않으면 안 될 무언가를 주미란이 가지고 있었던 걸 거야."

"그게 뭐였을까요?"

"글쎄. 그것에 대해서도 찾아야겠지."

"하지만 그렇다 해도 장옥란까지 죽일 이유는 없을 거 같은데요."

"범죄자가 가장 무서워하는 게 뭔 줄 알아?"

"목격자라는 건가요? 하지만 장옥란은 본인의 어머니잖아요. 게다가 어떤 잘못이든 다 감싸줄 만큼 아들에 대한 깊은 신뢰와 집착에 가까운 사랑이 있었던 인물이고."

"게다가 치매 환자기도 하지."

순간 지신우는 아, 하고 신음을 흘렸다.

"어쨌든 우리는 주미란이 왜 죽임을 당해야 했는지를 찾아야 해. 심증이 아니라 확증을."

지신우는 다시 한 번 주미란의 일기장으로 시선을 가져갔다. 일기장들에 빼곡히 적힌 강호성에 대한 증오의 글자 하나하나가 고통스럽게 느껴졌다. 그는 손가락 끝으로 글자들의 위를 어루만졌다.

"만약에 그 예상이 맞다면요, 자신의 아내를 죽이고, 그 사실을 치매에 걸린 어머니가 발설할까 두려워 존속살해까지 감행했다……. 사람이 그렇게까지 지독할 수 있는 걸까요? 아무리 세상이 말세라도, 악마가 아닌 이상 어떻게……."

서동현은 서류 더미에서 눈을 떼고 지신우를 보았다. 지신우는 아직, 범죄자들은 일반적인 뇌나 인성으로는 이해할 수 없는 종자들이라는 것을 모르는 것 같았다. 일반적인 잣대로는 범죄자들을 젤 수도 없다.

서동현은 낮은 한숨을 쉬며 말했다.

"그거 알아? 세상이 말세라는 말은 고대 그리스에서도 썼던 거?"

무슨 말을 하려는 건지 모르겠다는 듯 지신우는 어리둥절한 표정으로 서동현의 다음 말을 기다렸다.

"그런데 아직도 우린 세상이 말세라고 말하지. 아직 우린 말세의 세상 속에서 살고 있어. 말세의 제한선이 매일같이 무너지고 있다는 거야. 주식으로 말하자면 매일같이 상한가를 치고 있는 거지. 사람들은 그 말세 속에서 끊임없이 약해지거나 혹은 악해져."

강호성은 홀어머니 밑에서 그다지 행복하지 않은 삶을 살았다. 장옥란은 그를 끊임없이 채근하며 최고가 되길 세뇌시켰다. 최고가 아니면 자신은 아무것도 아니다, 라는 인식 속에서 발버둥을 쳐야 했을 것이다. 자신이 가진 능력치로 최고의 자리에 설 수 없을 때는 어떤 짓이라도 했다. 어쩌면 처음에는 죄책감 정도는 가지고 있었을지도 모른다. 하지만 서서히 그것들에 내성이 생겼을지도 모른다. 이렇게 하지 않으면 자신이 살아온 인생은 아무것도 아니다.

무너질 수는 없다.

그런 생각을 했을 강호성을 떠올렸다.

"점점 살기 힘든 세상이야. 약해도. 악해도."

주미란의 일기장을 다 읽은 것은 그로부터 십 분 뒤였다. 애초에 많은 양이 아니었다. 그날의 감상들을 적은 정도였지만 대부분이 강호성에 대한 증오심이었다. 마지막으로 쓴 일기 역시 강호성을 죽이는 상상을 하는 모습이었다. 하지만 그간 어떤 일이 있었는지는 적혀 있지 않아 안타까웠다.

"일기장이 이게 전부일까요? 다이어리가 스프링으로 고정된 형식이라 뜯어내도 티가 안 날 것 같긴 한데."

"그 일기장은 강호성도 몰랐던 거였어. 찢어낸다면 그 일기장을 가지고 있었던 방옥순뿐인데, 방옥순이 찢어낼 이유가 없지. 그건 아닐 거야."

서동현은 다이어리를 한 장 한 장 꼼꼼히 넘겼다. 다이어리의 맨 끝부분에는 영수증 같은 것들을 보관할 수 있는 팩이 붙어 있었는데, 그 안에서 각계각층의 명함들이 나왔다. 의사들의 명함이 가장 많았고, 도우미, 간병 물품 판매소의 명함과 반찬 배달 업소, 식당의 명함도 있었다. 대충 목록만 보아도 시어머니 장옥란을 위해 미리 챙겨둔 명함이라는 것이 보였다.

그 애정에 대한 보답을, 죽음으로 받았다.

생각만 해도 안타깝다고, 혀를 차던 서동현의 눈길을 끄는 명함이 한 장 있었다.

"대민일보 정치부 박계류 기자?"

"박계류요?"

서동현의 혼잣말에 지신우가 큰 관심을 보였다.

"알아?"

"아뇨. 개인적으로 아는 기자는 아니지만 유명한 기자잖아요."

"그래?"

정치 쪽에는 크게 관심을 두지 않아 왔던 서동현에게는 낯선 이름일 뿐이었다.

"예. 대민일보는 진보 성향이 강한 신문사예요. 언론사의 꽃이 정치부라면 박계류는 그 꽃들의 원톱이죠. 지난번 총선에서 여당이 과반석 이상을 차지하면서 정계에 큰 영향력을 행사했을 때 다른 신문사들 기자는 눈치를 보느라 몸을 사렸지만 박계류는 SNS와 신문 보도를 통해 공공연히 여당 쪽 인사들을 타깃으로 삼고 비판했어요. 당연히 여당의 스타 정치인인 강호성도 그중 하나였고요. 여당 쪽 인사들에게 명예훼손으로 고소, 고발당한 것만 두 자리 수가 넘어간다더군요. 죽을 때까지 법정에 서도 다 못 설 거라는 우스갯소리도 있고요."

결국 강호성과는 적대 관계인 기자라는 것이다. 그런데 그런 사람의 명함을 왜 강호성의 아내인 주미란이 갖고 있었는지가 의문이었다. 장옥란은 강호성의 정치생활을 물심양면으로 뒤에서 후원해 왔고, 또한 강호성의 이미지 메이킹에 상당 부분 수뇌부 역할을 해왔기에 차라리 명함을 가지고 있었던 것이 장옥란이었다면 납득이 가능했을 터였다.

하지만 주미란은 강호성이 하는 일에는 터치를 전혀 안 하는 인물이었다. 정치라고는 몰랐다. 그저 강호성을 위해 음식을 만들고 집에서 조신하게 그의 무병장수와 무탈을 비는 현모양처 역할을 강요받았기 때문이기도 했으나 애초에 그런 쪽에 나가는 성향을 가지는 사람도 아닌 듯 보였다. 대외적인 활동이라면 강호성이 봉사를 나가는 서린 보육원에 동행하는 것 정도였다.

그런 사람이 왜 박계류의 명함을 가지고 있었을까. 강호성의 최측근으로서 박계류를 경계해야 할 대상에 점찍어 두고 예의주시했다고는 볼 수 없다.

"연락해 봐. 약속 잡을 수 있으면 잡고."

"형사라는 거 밝혀도 되겠습니까?"

"그런 사람이 형사라는 거 안 밝히면 만나라도 주겠나? 밝혀. 하지만 이유는 직접 만나서 얘기할 테니 일단 비밀리에 만나자고 해. 강호성에 관련된 일이라는 건 은근히 뉘앙스만 풍기고. 응하지 않을 수 없을 거야."

"알겠습니다."

지신우의 대답을 듣고 나서 서동현은 자신의 생각에 빠져들었다. 어쩐지 무서운 생각이 들었다.

주미란이 명함을 가지고 있었던 이유가 뭘까. 주미란은 강호성을 증오했다. 그런 사람이 강호성을 적대하는 기자에게 연락을 취할 이유는 하나다.

강호성을 무너뜨릴 뭔가를 건네기 위해서.

그것이라면 죽임을 당할, 충분한 이유가 된다.

주미란이 장옥란에게 죽임을 당했든, 강호성에게 당했든 말이다.

* * *

강호성은 아침 8시도 되지 않은 시각에 집에서 나갔다. 출마를 공식적으로 발표한 이후, 날이 채 밝기도 전에 집에서 나갔다가 밤이 돼서야 집에 들어오는 날이 매일같이 이어졌다. 방옥순은 강호성의 집에 혼자 남아 있었다.

거실에 덩그러니 서서 주변을 둘러보았다. 강호성이 없는 집에는 항상 방옥순과 주미란, 그리고 큰 사모님인 장 여사, 셋이서 하루하루를 보냈다. 하지만 이제는 아무도 없다. 혼자뿐이었다. 까탈스런 성격으로 그녀를 괴롭힐 큰 사모님도, 안쓰러워하며 위로해줄 작은 사모님도 없다.

새벽에 일어나 부지런히 식탁을 차렸다. 식탁에 앉은 강호성은 매일같이 그러하듯 신문을 읽으며 식사에 집중할 뿐, 방옥순에게는 아무런 말도 없었다. 그 침묵이 더 두려웠다. 나갈 때까지도 강호성은 아무런 말도 하지 않았다.

초인종이 울렸다. 생각에 잠겼던 방옥순은 퍼뜩 정신을 차리고 인터폰 앞으로 갔다. 이따금 방문 판매사원들이나 교회에서 나온 사람들이 초인종을 누르기에 오늘도 그런 것인 줄 알았다. 하지만 환하게 불이 들어온 화면에는 낯익은 인물이 비치고 있었다. 남자의 얼굴을 확인한 방옥순은 잠시 머뭇거렸다. 반가운 인물이 아닌 것만은 확실했다.

서동현 형사였다.

"들어오세요."

문을 열어준 방옥순은 현관 앞에서 서동현이 들어올 때까지

187

기다렸다가, 거실로 그를 안내했다.

"사장님은 아침 일찍 나가셨어요."

"그래서 찾아온 겁니다."

서동현 형사가 방옥순을 보며 부드럽게 웃었다.

방옥순은 서동현을 거실 소파로 안내하고 주방으로 들어가 차를 준비했다. 생수를 넣은 주전자를 가스레인지에 올리고 인삼을 꿀에 절여 넣어둔 차를 꺼내 유리잔에 담았다. 물이 끓기를 기다리며 방옥순은 거실 쪽으로 고개를 돌렸다. 서동현 형사는 소파에 앉아 주변을 두리번거리고 있었다. 그러다 그는 고개를 돌려 장식장을 관심 있게 보고 있었다.

"트로피가 많네요."

방옥순이 찻잔이 올려진 쟁반을 들고 가자 서동현이 말했다. 방옥순은 테이블 위에 찻잔을 내려놓았다. 서동현이 장식장에서 시선을 떼고 소파에 다시 앉았다.

"이 댁 사장님께서 사회에 공헌을 많이 하시는 분이니까요."

그 말에 서동현은 자신도 모르게 씁쓸한 미소를 지었다.

"그런데 오늘은 무슨 일로."

묻는 말에 조심성이 묻어났다. 서동현은 어떻게 말을 시작해야 할지 곤혹스러워하는 사람처럼 어색한 미소와 함께 양손을 비볐다. 하지만 곧 결심한 듯 숨을 크게 내쉬고 방옥순을 똑바로 응시했다.

"솔직히 말씀드리겠습니다. 저희는 아직 주미란 씨와 장옥란 씨의 죽음에 의혹을 가지고 있습니다. 그러나, 이미 아시겠지만 경찰의 윗선에서는 이 사건에 의혹이 없다고 판단, 사건을 종결시켰습니다."

말을 이어갈수록 방옥순은 그 말을 왜 자신에게 하는지 모르겠다는 표정이었다.

"말하자면, 제가 이렇게 찾아와 여러 가지 일들을 물어보거나, 지금부터 하려는 부탁을 하는 것 자체가 적법한 일은 아니라는 겁니다. 쉽게 말해 비밀을 지켜주시는 한에서 저희에게 협조를 좀 해 주셨으면 합니다."

"사장님께 말하지 말라는…… 말인가요?"

서동현은 고개를 끄덕였다.

"주미란 씨와 각별한 사이셨다고 들었습니다."

그러니, 그녀의 죽음을 파헤치는 데 도움을 달라는 뜻이었다. 방옥순은 떠듬떠듬 입을 열었다.

"사모님의 죽음에 뭔가가…… 잘못된 것이 있는 건가요?"

"그것을 저희가 알아내려 하는 겁니다."

서동현이 몸을 앞으로 내밀었다. 비밀이라도 얘기하듯 나직한 목소리로, 방옥순의 눈을 똑바로 응시하며 말했다.

"저희는 그 일에 강호성 후보가 관여되어 있다고 생각합니다."

서동현은 기회를 놓치지 않으려는 듯 말했다.

"생각해 보세요. 혹시 주미란 씨가 뭔가 서류를 준비하는 모습을 보인 적은 없습니까? 기자에게 전화를 건다든가 말이에요."

"기…… 자요?"

"네, 이런 이름을 들어본 적이 없습니까?"

서동현은 방옥순의 앞에 박계류의 명함을 내놓았다. 주미란의 다이어리에서 꺼낸 것이었다.

주미란은 평소 외출이 거의 없었다. 박계류와의 접촉이 강호성에게 비밀이었다면, 통화를 아무 데서나 했을 것 같지는 않았다. 서동현은 그녀가 통화한 장소가 집안이라고 생각했다. 강호성이 사무실로 나가고 시어머니가 잠든 사이, 집안의 어딘가에서 통화가 이루어졌으리라고 생각했다.

집안에서 통화를 했다면 박계류의 이름이라도 들었거나, 은밀한 통화를 하는 것을 방옥순이 목격한 적이 있을지도 모른다. 그것이 서동현의 생각이었다.

"잠시만요. 하지만 전 그 서류라는 게 뭔지도 모르겠고, 그것이 사모님들의 죽음과 무슨 관련이 있는지도 모르겠어요."

서동현은 낮은 한숨을 쉬었다.

"자세한 이야기는 드릴 수가 없어요. 아무것도 확실한 것은 없습니다. 다만 우리는 억울한 죽음을 만들어서는 안 된다는 것뿐입니다."

"사모님이 돌아가신 뒤, 개인 물건은 다 처리했어요. 서류 같은 것은 나온 적도 없고요. 작은 사모님은 회사 일을 하는 분이 아니었기 때문에 그런 것이 나왔다면 당연히 이상하게 생각했을 거예요."

"분명 숨겨 두셨을 겁니다. 본인의 손만이 닿는 곳에."

방옥순은 잠시 생각에 잠기는 듯하더니 이내 고개를 저었다. 서동현은 낮은 한숨을 쉬었다. 오늘은 이쯤에서 포기하는 것이 좋을 것 같았다. 어차피 큰 기대를 하지는 않았다. 그는 자리에서 일어섰다.

"어쨌든 뭔가 떠올리면 전화를 주십시오."

그는 박계류의 명함 옆에 자신의 명함을 내려놓았다.

돌아가는 서동현을 방옥순은 문 밖까지 따라나와 배웅했다.

서동현이 나가고, 닫힌 문을 보며 방옥순의 얼굴이 차갑게 변했다.

그 시각, 강호성은 서린 보육원 원장실에 앉아 보육원장이 극진하게 대접한 차를 마시고 있었다. 정기후원자—그것도 고액의 후원자—가 방문할 때만 꺼내는 고급스러운 찻잔이었다. 차의 맛을 음미하듯 강호성이 찻잔을 들어 조용히 마셨다. 그럴 때마다 맞은편에 앉은 보육원장은 자신의 숨소리가 그의 시간을 방해할 것을 염려라도 하는 듯 숨을 멈추고 필사적으로 적막을 지키는 모습이었다.

하지만 사실은 그의 조용한 여가 시간을 지켜주고 싶었기 때문만은 아니었다. 손바닥만 한 원장실에 앉은 강호성의 위압감은 실로 대단했다.

일곱 번째쯤, 강호성이 찻잔을 들었을 때, 그의 눈이 오른쪽에 있는 책상 위 책꽂이를 날카롭게 훑었다.

"여기에, 들어와 있다가 돌아갔다?"

"예예, 그랬습니다. 하지만 뭘 가지고 나가거나 하지는 않았어요."

원장의 변명 같은 그 말에 강호성은 피식 웃었다.

"바보가 아니고서야, 금세 들통나게 뭘 가져갈 리가 없지."

그는 싸구려 소파에서 천천히 일어나 어슬렁어슬렁 원장의 책상 앞으로 갔다. 책꽂이에 꽂혀 있는 서류 파일들의 제목을 훑었다.

원장이 위층에 있는데도 불구하고 먼저 내려와 원장실에서 기다렸다면 필시 그래야 할 이유가 있었을 것이다. 원장의 말대로라면 서동현 형사는 건물 내부를 훑어보았다고 했다. 그것뿐일 리가 없다.

원장실에서 서동현이 뭔가를 찾아갔으리라고 강호성은 추측했다. 물론 소득이 있었는지는 미지수다.

그의 눈이 한 곳에서 멈추었다.

'방명록.'

거기에서 뭘 찾아낸 건지는 알 방도가 없다. 방명록과 자신과의 상관관계를 아무리 범죄와 연결지어 생각해 보려 해봤자 찾아낼 수 있는 것은 '꽤 잦은 방문' 정도뿐일 테니까.

하지만 강호성은 찝찝한 기분을 떨쳐낼 수 없었다.

"원장."

"네?"

남의 손에 눌렸다 떼어진 스프링처럼, 원장이 소파를 박차고 퉁겨지듯 일어났다.

"이 방명록은 꼭 있어야 하나?"

"예?"

재차 이어진 질문에 강호성은 대답하지 않았다. 그저 차갑게 방명록을 응시할 뿐이었다. 주인은 사냥개에게 사냥을 해야 할 이유를 일일이 설명하지는 않는다. 그저 명령뿐이다. 개는 주인의 명령만 받들면 된다.

"치우겠습니다."

강호성은 그제야 흡족한 미소를 떴다.

생각해 보면, 서동현 형사를 사건에서 손 떼게 한 것이 실수였는지도 모른다. 그는 막으려 하면 막으려 할수록 더 달려드는 타입이다. 역효과였을지도 모른다. 강호성은 아랫입술을 꾹 깨물었다. 지금 시기가 선거 직전만 아니었다면, 이런 식으로 그 자식이 활개치는 일은 없었을 것이다.

그렇게 생각하니 기분이 몹시 나빴다. 기분을, 정화해야 한다.

"그러고 보니 원장. 진영이는 요즘 잘 있나?"

그 질문에 보육원장의 얼굴에 탐욕스러운 웃음이 걸렸다.

"잘 있습니다. 한번 보고 가시겠습니까?"

"이왕 왔으니 한번 보지. 그 방으로."

"네."

보육원장이 허리를 푹 숙여 인사하고는 원장실 문을 열었다. 강호성이 그쪽을 보지 않은 채 말했다.

"차 트렁크에, 내가 청소용품 좀 실었으니 필요할 때 쓰도록 해요."

강호성이 말하는 청소용품이, 진짜 청소용품이 아니라는 것을 알고 있는 원장이 흐흐, 하고 웃어 보이고는 밖으로 나갔다.

강호성이 원장의 차 트렁크에 실어준 '청소용품'의 위력은 실로 대단했다. 잠시 뒤, 보육원장의 손에 이끌려 '진영'이라고 불리는 소년이 '그 방'으로 향했다. 소년은 파리하게 질린 얼굴로 이따금 끌려가지 않으려 버텨보지만 보육원장의 억센 힘이 소년을 질질 끌고 갔다. 입을 크게 벌리고 비명이라도 지르는 듯하지만 소년의 입에서는 아무런 소리도 나오지 않았다.

소년은 태어나 단 한 번도 소리라는 것을 내어본 적이 없었다. 말하지도 듣지도 못해서, 버림을 받았을지도 모른다고 생각해 본 적도 있다. 그래서 이런 꼴을 당해야 한다고 생각하기도 했다.

원장의 손에 의해, 복도 끝에 있는 문이 열렸다. 그 곳은 다른 방들과는 달리 무거운 철문으로 되어 있었다. 그 방안에 누가 있는지 소년은 알고 있다. 안으로 들어가면 어떤 꼴을 당해야 하는지도.

마지막 남은 힘을 다해 소년은 원장의 손을 벗어나 보려 하지만 결국 원장은 그 안으로 소년을 처넣었다.

원장은 문을 닫고, 주변을 둘러본 뒤 원장실로 유유히 내려갔다.

그날 밤 11시, 집으로 돌아온 강호성은 자신의 서재에 꼿꼿이 허리를 세우고 앉아 있었다. 노트북에서 재생되는 영상에 그는 집중하고 있었다. 서동현이 자신의 거실에 모습을 드러냈을 때 그는 이를 갈았다.

아직도 강호성은 방옥순을 100퍼센트 믿고 있지는 않았다. 그래서 방옥순이 시장에 간 사이에 음성 지원이 되는 몰래카메라를 설치했다.

역시, 방옥순은 서동현과 접촉하고 있었다.

하지만 아직은 방옥순이 서동현에게 대단한 것을 알린 바는 없었다. 일단 서동현은 방옥순에게 도움을 요청하고 있었다.

— 생각해 보세요. 혹시 주미란 씨가 뭔가 서류를 준비하는 모

습을 보인 적은 없습니까? 기자에게 전화를 건다던가 말이에요.

— 기…… 자요?

— 네, 이런 이름을 들어본 적이 없습니까?

기자? 강호성은 신경을 집중했다. 하지만 영상에서 그 기자가 누군지는 알 수가 없었다. 강호성은 정신이 아득해지는 기분이었다. 신문사에 보낼 자료만 만들고 있었는 줄 알았는데, 주미란이 기자까지 접촉했다는 것은 예상치도 못했다. 집에서 살림만 하는 아둔한 여자. 그것이 자신의 아내에 대한 강호성의 생각이었다. 거기까지 머리가 돌아가는 여자인 줄은 몰랐다. 어머니는 알고 있었던 걸까? 그래서 그 날 일이 벌어졌던 걸까?

그 기자가 누구인지 알아야 한다. 주미란이 통화 상으로 그 기자에게 뭔가를 흘렸는지도 모른다. 강호성은 분노에 차 주먹을 꽉 쥐었다.

그때 노크 소리가 들렸다. 강호성은 영상을 종료시키고 노트북을 덮었다. 그가 대답을 하자 문을 열고 방옥순이 들어왔다.

방옥순은 아무 말 없이 방안으로 들어와 강호성의 책상 앞에 섰다. 물끄러미 바라보고 있자니 방옥순이 그의 책상 위에 작은 종이 하나를 내려놓았다.

대민일보사 정치부 박계류 기자의 명함이었다.

Diary

베란다 창으로 따사로운 햇살이 비쳐들었다. 훤히 트인 베란다 창은 이 아파트의 가격을 인상시키는 데 한몫을 한다. 좋은 경치와 좋은 분위기를 돈 주고 사는 것은 어제 오늘의 일이 아니다. 어제와 같은 오늘이 무료하게 시작되고 있었다.

나는 거실에 앉아 멍하니 TV를 응시하고 있었다. 매일 아침에 정보를 전달해 주는 취지로 방송하는 와이드 쇼가 나오고 있었다. 봄을 맞아 경북 봉화에 메밀 축제가 열리고 있다며 리포터가 앙칼진 목소리를 높이고 있었다. 봉화의 영농조합에서 메밀을 이용해 만든 상품을 판매한다며 소개했다. TV 속 사람들은 모두가 행복해 보였다. 다른 나라에 똑 떨어져 있는 것 같은 기분이 나를 괴롭게 했다.

"당신이 웬일이야? TV를 다 보고. 뭐 재밌는 거라도 있어?"

정신을 차리고 보니 어느새 강호성이 다가와 있었다. 젖은 머리를 수건으로 문지르고 있다. 씻고 나온 모양이었다. 오늘도 출근이 이르다. 테이블 위에 올려 두었던 리모컨을 집어 TV를 껐다. 시끄러운 리포터의 행복한 목소리가 사그라졌다.

"그냥요."

소파에서 일어섰다. 그 모습을 보며 강호성이 피식 웃었다.

"할 일도 없네. 저런 걸 무슨 재미로 보는 거야? 뉴스라도 봐. 하다못해 세상 돌아가는 건 알아야지."

한심하다는 듯한 어조로 쏘아붙인 강호성은, 그렇게 비꼬아 놓고도 더 할 말이 있었는데 잊었다는 듯 아, 하며 뒷말을 이어 붙였다.

"하긴, 곧 죽을 텐데 세상 돌아가는 건 알아 뭐해. 그렇지?"

심장이 오그라든다. 무서울 정도로 냉정한 사람이다. 죽음을 앞둔 사람에게 더 상처주지 못해 안달 난, 유치한 사람이다.

"식사 준비할게요."

대답해 봐야 끝이 없다. 싸움으로 이어져봐야 헤어지지 못할 바에 좋을 게 없다. 헤어질 생각도 해봤지만 시어머니나 남편이 허락할 사람도 아니었다. 별거라도 해보기 위해 집을 나갔다가 잡혀 들어온 것도 여러 번이었다. 잘못해서 이상한 소문이라도 나면 용서하지 않겠다는 협박에, 그때마다 무릎을 꺾었었다.

주방으로 들어서는 나를 보며 강호성은 주변을 두리번거렸다.

"어머니도 나오셔야 하잖아. 근데 오늘 아줌마는 왜 안 보이지?"

"어머니는 주무세요. 어제 박사님이 새로 주신 약에 안정제가

197

좀 늘어나서 주무시는 시간이 길어진 것 같아요."

치매 진단을 받은 후 시어머니의 병세는 날로 악화되었다. 혹시 모를 효과가 있을지도 모르니 주치의는 뇌세포를 생성하는 약을 써보자고 했다. 이미 망가진 세포는 어쩔 수 없더라도 새로운 세포가 생성되면 치매에 효과를 볼 수 있을지도 모른다고 했다. 약효는 한 달이 지나야 볼 수 있다고 했다.

"아줌마는 일이 있다고 하셔서 휴가 좀 드렸고요."

"또 잃어버린 딸 찾으러 갔나."

강호성이 중얼대며 들어온다. 가사도우미가 오든 말든 상관없는 사람이었다. 자신에게 피해만 없으면 어떤 일이 벌어지든 집안일에는 관심이 없는 사람이다. 강호성의 앞에 수저를 놓고, 정수기에서 바로 물을 받아 국그릇 오른쪽 옆에 놓아주었다.

아침상에 올린 것은 된장국이었다. 얼갈이배추를 넣고 끓였다. 강호성이 자신의 앞으로 국그릇을 조금 당겼다. 손등 위에 마구 긁은 생채기가 나 있었고, 주변에 발갛게 열이 올라 있었다.

"요즘 봄이라고 알레르기 때문에 당신 피부 안 좋아져서요. 메밀가루를 조금 넣었어요. 그러면 맛이 더 구수하고 좋다고 해서요."

강호성은 수저를 들고 국을 입에 조금 떠 넣었다.

"맛있네. 고생했군."

의외의 칭찬이었다. 생각지도 못한 칭찬에 시선을 피했다. 어떻게 반응해야 할지 모르겠다. 그러고 보면 결혼한 이래로 처음 가져보는 정상적인 부부의 시간이었다. 낯설었다.

"인터뷰에서 말해도 되지? 당신 암 말기라는 거."

"네?"

강호성이 아무렇지 않게 식사를 이어가며 말했다. 평소에 없던 느닷없는 칭찬이 이것을 위한 포석이었던 것이다. 감동받지 않았으니 분할 것은 없지만, 소름이 끼쳤다. 인간이 아니었다.

인터뷰에서 암 말기라는 것을 말하겠다는 것은 단순히 자신의 신변을 감추지 않겠다는 뜻 정도가 아니었다. 그의 선거전에 자신의 목숨을 마음껏 이용하겠다는 말이었다. 허락이 아니라 통보였다.

"편한 대로 하세요."

그의 입가가 위로 올라갔다. 후, 하고 웃음을 뱉었다.

"당신도 정치인의 아내가 맞긴 맞군."

만족스러워하는 얼굴이 역겹다. 표정을 숨기려 억지로 국을 입에 떠 넣었다. 입이 썼다.

"적당한 때를 봐서 알아서 잘 내보낼 거야."

적당한 때를 봐서, 가장 효과적으로 써먹을 수 있을 때, 동정표가 자신에게 이득이 된다고 판단될 때, 이용하겠다는 뜻이었다.

***경북 봉화 메밀영농조합
054 - 672 - 1234
원하는 제품으로 제작 가능.
그를 위해 준비하는 마지막 선물.

9

박계류는 서동현보다 먼저 와 있었다. 카페에 들어서기 전 서
동현은 휴대폰을 꺼내 시간을 확인했다. 아직 약속시간은 15분이
나 남아 있었다.

박계류의 명함에 관해 방옥순은 아무것도 모르는 것 같았다.

어쩔 수 없다, 이럴 때는 정공법밖에는 없다, 라고 서동현은 생
각했다. 박계류의 명함은 혹시라도 방옥순이 뭔가 생각이라도 날
것이 있을지 모른다는 생각에 돌려주었다. 하지만 박계류의 전화
번호는 메모해 둔 것이 있었다.

대민일보 정치부의 번호로 전화를 걸었을 때, 안타깝게도 박계
류는 취재차 외부에 나갔다고 했다. 이번에는 박계류의 휴대폰으
로 전화를 걸었다. 박계류는 받지 않았다. 삼십 분 뒤 한 번, 그로
부터 삼십 분 뒤 다시 한 번을 걸었지만 역시나 박계류와 통화할

수는 없었다. 옆에서 지켜보고 있던 지신우 경장이 정치부의 탑인 박계류가 직접 제보를 받을 리는 없으니, 걸려오는 전화는 대부분 자신이 알고 있는 번호, 즉, 자신이 명함을 준 사람이나 알고 있는 사람일 뿐일 거라고 했다. 저장되어 있는 번호만 받는다는 것이다.

잠시의 생각 끝에 서동현은 문자 메시지를 전송했다. 위험하지 않을까 하는 생각은 아주 잠시였다. 어차피 박계류를 만나지 않으면 자세한 이야기를 들을 수 없다. 위험하더라도 다른 방법이 없다.

혹시 주미란 씨와 만날 약속을 잡은 적 없으십니까?

1분도 채 지나지 않아 서동현의 휴대폰에 전화가 걸려왔다. 볼 필요도 없이 박계류였다. 그의 전화번호가 액정 화면에 뜨자 서동현은 짜릿한 쾌감을 느꼈다.

박계류는 서동현의 신분을 물었다. 잠시 생각하다가, 형사라고 솔직히 말했다. 주요 대화는 그 정도였다. 형사라는 말에 박계류는 잠시 깊은 생각을 하는 것 같았다. 전화를 왜 걸었는지도 주미란과의 약속이야기는 어떻게 알고 있냐고 묻지도 않은 채 어디서 만나면 되겠냐고 물었다.

서동현은 카페 안으로 들어갔다.
"박계류 기자님?"
테이블에 앉아 노트북으로 뭔가를 작성하던 남자가 서동현의 말에 고개를 들었다. 이미 박계류의 인터뷰 기사를 통해 얼굴을 확인한 터라 서동현은 그를 바로 알아볼 수 있었다. 박계류는 목소리를 통해 서동현임을 확인한 것 같았다. 박계류가 자리에서 일어나 악수를 청했다.

"대민일보 박계류 기잡니다."

"전화드린 서동현입니다."

둘은 가볍게 악수를 한 뒤 바로 테이블에 마주 앉았다. 서동현이 그의 노트북에 흘깃, 시선을 던졌다. 아, 하고 박계류가 멋쩍은 미소를 지었다.

"이번 선거에서 야당의 단일화 문제에 대한 특집 기사를 작성 중이었습니다. 마감이 얼마 남지 않았거든요."

서동현은 고개를 끄덕였다. 박계류는 작성하던 원고를 저장하고는 노트북을 종료시켰다.

"전화주신 이유에 대해 제가 먼저 여쭤보아야겠죠?"

"네, 그 다음은 제 질문이 더 많을 테니까요."

그 말에 박계류는 알 듯 말 듯한 미소를 지어 보였다. 서동현이 말했다.

"어떤 분의 물건에서 박 기자님의 명함이 나왔습니다."

"어떤 분이라면 주미란 씨를 말하는 거겠죠?"

"……맞습니다."

박계류는 잠시 고개를 끄덕였다.

"주미란 씨가 전화를 걸어 왔을 때, 저는 확실히 예감했습니다. 강호성 후보의 치부를 갖고 있구나."

"어떻게 알았습니까?"

"제보할 것이 있다고 본인이 말하기도 했지만, 목소리의 떨림이요. 그건 미묘하게 느끼는 거라 정확한 설명은 어렵습니다만, 자신의 남편인 강호성 후보에 대해 우호적이지 않은 느낌은 확실했습니다."

"통화 내용은 뭐였습니까?"

서동현은 조급하게 물었다. 하지만 박계류는 상체를 앞으로 기울인 서동현과는 달리 소파에 몸을 묻듯이 기대었다.

"제가 알기로는 경찰은 이 사건을 내사 종결 시킨 걸로 알고 있는데요. 이렇게 조사하는 건 개인에 대한 불법사찰의 일종 아닙니까?"

순간 서동현의 눈이 날카로워졌다. 이 자는 지금 자신을 떠보고 있다. 자신이 쥐고 있는 것을 내놓기 전에 상대가 쥔 패를 확인하려는 것이다. 그리고 그 패가 자신에게 줄 득실을 따지고 있다.

서동현이 대답을 못하고 있자 박계류의 입가에 득의양양한 미소가 걸렸다. 박계류는 자세를 고쳐 앉고는 조금 전 서동현이 그랬던 것처럼 상체를 앞으로 기울였다. 그러고는 속삭이듯 말했다.

"주미란 씨가 강호성 후보의 치부를 쥐고 있었다. 그런 주미란 씨가 죽었다. 그렇다면 과연 주미란 씨의 죽음으로 이득을 볼 사람은 누굴까요?"

박계류는 이미 서동현이 움직인 사실만 가지고도 이 사건의 정황을 꿰뚫고 있었다. 쉽게 볼 자는 아니다. 이 사람은 영리하고 영악하다. 게다가 강호성과는 대척점에 서 있다. 드러내놓고 수사를 할 수 없는 상황에서 기자의 신분인 이 사람의 도움을 받으면 일이 쉬워질 수 있다. 무엇보다 주미란이 박계류와 어떤 통화를 했는지 알아야 하는 것도 시급하다.

"알겠지만, 나는 단독으로 이 사건을 수사하고 있습니다. 그래서 그 어떤 것도 박계류 기자님께 약속할 수 없군요."

"아뇨."

박계류는 단호하게 그의 말을 잘랐다.

"서 형사님은 제게 약속만 하시면 됩니다. 강호성 후보에게 수갑을 채우는 그 순간에 저와 동행하시면 됩니다. 그 어떤 미디어도 없이."

서동현이 놀란 눈으로 박계류를 보았다. 돈이라도 요구하는 줄 알았다. 박계류는 씨익 웃었다.

"그렇게 경계하시니 장난 좀 쳤습니다. 저는 뭔가 하나 쥐고 있다고 해서 그걸 권력 삼을 생각은 없어요. 저는 기자의 명예를 걸고 절대 이 나라의 한 도시가 강호성 후보 같은 썩은 사람 손에 들어가면 안 된다고 생각할 뿐입니다. 그리고 무엇보다……."

박계류는 주변을 의식하며 목소리를 낮추었다.

"주미란 씨가 쥐고 있던 것은 강호성 후보의 치부가 맞다고 확신하고 있습니다. 주미란 씨는 제게 제보할 것이 있다고 했어요. 이메일로 보내달라고 했더니 그럴 내용이 아니라고 했습니다. 저는 드디어 천지가 개벽을 하겠구나 하고 생각했지요."

이후 최대한 빨리 만나기로 약속했지만 그 약속은 지켜지지 않았다. 주미란이 사망한 것이다.

"저 역시 주미란 씨의 사망에 강호성 후보가 연관되어 있다고 생각합니다. 주미란 씨는 강호성 후보의 치부를 손에 쥐고 있었고, 살해당했어요. 그리고 주미란 씨가 제보하려던 자료가 사라졌습니다. 모든 상황이 한 곳을 향하고 있어요. 형사님은 그 서류를 찾으셔야만 합니다. 그것이 바로 강호성 후보가 주미란 씨를 살해할 '동기'니까요. 저는 강호성 후보의 뒤에 뭐가 있는지 캐볼까 합니다."

박계류 역시 주미란의 서류를 찾고 있었던 듯했다.

그때 서동현의 휴대폰에 전화가 걸려왔다. 발신자는 지신우 경장이었다. 벨이 울리는 휴대폰을 들고 가만히 있자니, 박계류가 눈치를 채고 먼저 일어섰다.

"어차피 드릴 말씀은 다 드렸으니 먼저 일어나 보겠습니다. 제 도움이 필요하면 언제라도 연락 주십시오."

서동현은 대답 대신 고개를 끄덕였다. 박계류가 미소와 함께 몸을 돌렸다. 몇 걸음 걷다가 생각났다는 듯이 박계류가 아, 하며 뒤돌아보았다.

"아까 그거 농담 아닙니다. 특종은 저에게 먼저 주시는 거예요."

서동현이 웃었다.

"물론이지요."

박계류가 카페를 나간 뒤 서동현은 전화를 받았다. 출근을 했던 지신우 경장이 퇴근 후 서동현과 합류 여부를 묻는 전화였다. 서동현은 오늘은 집에 들어가 쉬라고 한 뒤 전화를 끊었다.

그는 다 식은 커피를 한 모금 마시면서 생각에 잠겼다. 방옥순의 도움을 얻어 주미란이 숨겼을 서류를 찾아볼 생각이었다.

서동현은 제이럴 주상복합 아파트 앞에 서서 건물을 올려다보왔다. 언제 보아도 위압감이 느껴지는 건물이다. 올 때마다 좋지 못한 기분을 느낀다. 고개를 꺾고, 주미란이 떨어졌을 17층, 강호성의 집 창문을 찾아보았다.

쿵.

목격자가 들었다는 그 끔찍한 소리가 들리는 듯했다.

'주미란 씨. 제발 말해주십시오. 당신이 그 발코니에 서서 이 바닥으로 추락하기까지 대체 무슨 일이 있었는지.'

"어떻게 오셨습니까?"

조심스럽게 들려오는 소리에 서동현은 뒤를 돌아보았다. 희끗한 머리의 노년의 남자가 이쪽을 보고 있었다. 차림새를 보니 경비원이었다. 전에 이 아파트의 조사 당시 본 적도 있는 것 같았다.

경비원 쪽은 서동현의 얼굴을 확실히 기억하는 듯했다. 그를 보고는 놀란 눈을 했다.

"그때 그 형사님 아니십니까? 조사는 끝났다고 들었는데……."

말끝이 흐려짐과 동시에 경계의 빛이 서렸다. 관리사무소로부터 뭔가 지시를 받은 건지도 모른다. 당황한 경비원이 서동현과 경비실을 번갈아 보았다. 관리사무소에 확인 전화라도 해야 하는 건 아닌지 고민하고 있는 것 같았다.

"오늘은 조사 때문에 나온 것 아닙니다. 개인적인 일로 온 거에요. 누구 좀 만나러."

"어디에…… 몇 호에 오셨습니까?

일이 곤란해졌다.

"아, 저 그게……. 1702호에 왔습니다. 사건조사 때문은 아니고, 거기 가사도우미 분에게 전달해 드릴 게 있어서요."

증명이라도 하듯 서동현은 손가방을 들어보였다. 안에 뭔가가 들어 있다는 시늉을 해보였다. 경비원이 고개를 갸웃했다. 여차하면 주미란의 다이어리를 보여 줄 생각이었다.

"잠시만요. 한번 확인 좀 해보고요."

말릴 새도 없이 그가 경비실로 들어갔다. 작은 창을 통해 인터폰 수화기를 드는 것이 보였다. 강호성의 집에 연락해 보는 것이리라. 낭패였다. 강호성이 집에 있기라도 하면 문제가 생긴다.

"들어가 보세요. 올라오시라네요."

대번에 서동현의 얼굴이 밝아졌다.

"그렇죠? 그럼 수고하세요."

동 입구에서도 1702호와 인터폰을 연결하자 방옥순이 바로 비밀번호를 눌러주어 안으로 들어갈 수 있었다.

승강기를 타고 17층 버튼을 눌렀다. 이미 어둠이 깔린 저녁이다. 혹시나 싶어 걱정했지만, 강호성은 돌아오지 않은 것 같다. 서동현은 이것이 절호의 기회라고 생각했다. 집안에 있을지도 모르는 서류를 찾아볼 기회는 많지 않다. 그 서류가 영향력을 발휘할 수 있는 시간도.

해결을 지체할수록 이쪽이 불리해진다.

이미 강호성은 충분히 서동현의 존재를 눈치 채고 있을 터였다. 지금은 그저 장난감 정도라거나, 자신이 항상 우위에 있다는 우월감을 즐기고 있는 것뿐이지만, 귀찮다는 생각이 들 때에는 언제라도 공권력을 동원해 그를 짓누를 것이다. 이 사건을 내사 종결 시킨 것만 보아도 충분히 알 수 있는 상황이다.

승강기가 17층을 향해 올라가면 올라갈수록 서동현은 초조해졌다. 과연 아직 집안에 그 서류가 남아 있을지는 알 수 없었다. 주미란과 가장 각별했던 방옥순이 모를 정도이니, 어쩌면 존재조차 없는 것인지도 모른다. 하지만 다른 생각도 들었다. 아무리 각별했다 해도 사안이 사안이니만큼 주미란은 방옥순에게도 말하지 않았을 수 있다. 만약 그 서류가 존재해 있는 것이 사실이라면 대체 어디에 숨겼을까?

잠시 서동현은 이혼한 아내 하수아를 떠올렸다. 여자들은 집안에 자신만의 공간이 있다. 아무리 손바닥만 한 집이라도 여자들은 반드시 자신만 아는 공간을 갖고 있다. 일례로 어머니들 세대에는 주방에 있는 놋그릇 안에 몰래 동전을 모아 놓기도 했다.

서류가 있다면 분명 집안에 있을 것이다. 주미란은 외부로 잘 나가지도 않았던 데다, 그녀의 성격상 유출되어서는 안 되는 서류를 반드시 집안에 두었을 거라는 생각이 들었다.

'아무리 생각해도 강호성과 함께 쓰는 방보다는 방옥순에게 맡겼을 것 같은데.'

그런 생각이 들었지만 고개를 저었다. 방옥순은 분명 서류를 모른다고 했다.

17층으로 올라간 서동현은 강호성의 집 앞에 서서 크게 숨을 들이쉬었다. 폐에 시원한 바람이 들어차는 것 같다. 가슴이 답답해질 만큼 느껴졌던 위압감이 조금 덜해지는 것 같다.

초인종을 누르자 전자음이 들려오더니 이내 문이 열렸다. 현관문 앞에 서서 그를 기다리던 방옥순의 얼굴이 좀 어두워 보였다.

"안녕하세요?"

"어쩐 일이세요, 갑자기."

안으로 들어오라는 말도 없다. 냉정한 목소리였다.

"지난번에 말씀드렸던 거 있잖아요."

방옥순의 표정에는 변함이 없었다. 뭔가 이상하다는 생각이 들었지만 서동현은 말을 이었다.

"그걸 같이 찾아볼 수 있을까 해서 온 겁니다. 시간이 촉박해요. 왜냐하면……."

순간, 서동현은 말을 멈췄다. 방옥순의 뒤에서 다름 아닌 강호성이 천천히 걸어 나왔기 때문이다. 서동현의 경악한 눈이 강호성의 얼굴과 방옥순을 번갈아 보았다.

방옥순은 조금도 흔들림 없는 얼굴로 차갑게 말했다.

"와도 좋다고 말씀드렸던 것은, 사모님의 다이어리 때문입니다."

그렇잖아도 서동현은 대체 이 상황이 이해가 가지 않았으나, 다이어리 이야기가 나오자 더욱 당황했다.

그때 방옥순이 와락 달려들어 서동현의 손가방을 빼앗았다. 안을 열어보고는 주미란의 다이어리를 꺼냈다. 그 다이어리는 방옥순의 손에서 강호성의 손으로 넘어갔다. 강호성이 득의양양하게 말했다.

"이미 다 끝난 사건을 지금까지 개인 조사하고 있었습니까? 이 문제, 결코 조용히 넘어가지 않겠습니다. 내일 경찰서장실에서 보게 될 겁니다."

강호성은 주저 없이 몸을 돌렸다. 그러나 곧 무언가 생각난 듯이 아, 하며 다시 서동현을 보았다.

"혹시 아까 찾고 있던 게 이겁니까?"

강호성은 현관문 옆에 세워둔 큰 봉투를 가리켰다. 안에는 종잇조각이 가득했다. 파쇄기로 갈아낸 것으로 보였다. 방옥순에게 받은 서류 사본이었다. 원본과 사본 모두 강호성의 손에서 사라진 셈이었다.

"이미 쓰레기가 되어버려 안타깝지만 도움이 된다면 이거라도."

놀리듯 강호성이 내민 것은 서류 봉투였다. 겉에 대민일보의 주소가 적혀 있었다. 발신인은 볼 것도 없이 주미란이었다. 내내 그가 찾던 것이 강호성의 손에 들어가 있다. 방옥순이 조력자가 되어줄 것이라는 생각은 어리석었다. 서동현은 아랫입술을 꾹 깨물었다.

그때 서동현의 주머니에서 휴대폰 벨이 울렸다. 벨소리는 뭔가 불안하고 조급함을 느끼게 했다. 평소 같았으면 그 자리에서 받지 않았을지 모른다. 하지만 서동현은 뭔가에 이끌리듯 전화를 받았다.

'선배님, 지신우입니다! 큰일 났습니다. 대민일보 박계류 기자가 교통사고를 당했어요. 뺑소니 차량입니다. 지금 의식불명 상태예요. 곧 수술실로 들어갈 거랍니다.'

전화 속에서 들려오는 지신우의 다급한 외침이 서동현은 현실감이 전혀 느껴지지 않았다. 멍하니 강호성 쪽으로 고개를 돌렸다.

강호성은 웃고 있었다.

* * *

어둠이 무겁게 내리깔린 도로 위로 서동현이 달려나갔다. 강호성은 그 뒷모습을 시야에서 완전히 사라질 때까지 베란다 유리창 너머로 즐겁게 감상했다. 내내 당당한 척하더니 방옥순의 뒤에서 자신이 나타나자 기겁하는 얼굴이 꼴사나웠다. 그 장면만 생각하면 웃음이 터진다.

서동현이 받은 전화의 내용은 뻔했다. 박계류의 사고. 모든 것은 강호성, 바로 자신의 손바닥 위에서 자신이 원하는 대로 이루어진다.

'이 강호성에게 예사로 대드는 사람이 흔치 않아 그간은 재미로 봐준 셈 치지만, 앞으로는 조심하는 게 좋을 거야.'

그는 냉소했다.

문득 손에 들린 다이어리를 내려다보았다. 살짝 미간이 찌푸려진다. 눈동자 위로 잠시 살기가 스쳤다. 차가운 달빛이 그를 비추고 있었다.

강호성은 집안으로 들어갔다. 방옥순이 아직 현관 앞에 서 있었다. 눈이 마주치자 방옥순은 허리를 꾸벅 숙였다. 강호성은 그녀를 물끄러미 보았다.

방옥순의 아들은 쓰레기였다. 평생을 두고 노름과 술에 절어 살았다. 당연히 장가도 못 간 채, 노모의 짐 덩어리로 사는 인생이었다. 그런 그가 술판에서 일어난 싸움으로 식물인간이 된 것은 어찌 보면 하늘의 벌인지도 몰랐다. 하지만 아무리 그런 자식이라도 더러운 놈의 모정이란 것이, 방옥순으로 하여금 아주 모른 체할 수는 없게 만들었던 것 같다.

방옥순에게는 견디기 힘든 시간이었을 것이다. 늙은 여자 혼자의 몸으로 밥벌이도 힘든 상황에서 병원비를 댄다는 것은 어쩌면 아들이 죽기를 바라는 것이 더 빠른 일인지도 모를 정도였다.

그런 방옥순을 감싸준 것이 그의 아내, 주미란이었다. 집까지 팔아 아들의 병원비에 다 집어넣은 방옥순의 사정을 직업소개소 사장으로부터 들은 주미란이 딱하게 여겨 입주 가사도우미로 들여앉히고, 월급을 주고, 강호성 몰래 병원비를 대주었다. 미란은 그가 모르는 줄 알았겠지만, 강호성은 이미 알고서도 내버려 두었다. 입주 가사도우미 방옥순과 아내의 일화는 언제고 쓸모 있는 미담이 될지도 모른다는 생각에서였다.

그런 은혜를 입었으니 방옥순의 주미란에 대한 충성심은 말하지 않아도 알 것 같았다. 그래서 강호성은 방옥순을 의심했다.

그 얼치기 형사와 짜고 자신의 뒤를 캐려는 걸로.

"그만 들어가 쉬세요."

강호성이 차갑게 말하며 서재로 향했다. 방옥순은 그의 움직임이 불편하지 않도록 한 걸음 물러서서 허리를 다시 한 번 굽혔다. 강호성이 문득 걸음을 멈추고 말했다.

"내일 차명계좌를 통해 아드님의 계좌에 삼천만 원이 입금될 겁니다. 당분간의 병원비로는 부족하지 않겠지요."

몇 번이고 허리를 숙이며 고맙다고 해대는 방옥순을 뒤로 하고 강호성은 서재로 들어갔다.

책상 위에 아내의 다이어리를 툭 던져 놓았다. 별것도 아닌 여자가 죽을 때까지 사람을 참 피곤하게 한다는 생각에 짜증이 났다. 어차피 자신을 위해 존재했던 주제에 뒤통수를 치려고 했다. 기가 막히는 일이다.

강호성은 책상 의자에 걸터앉았다. 노트북의 전원을 켜고 부팅

되기를 기다리던 강호성은 시선을 스윽 다이어리로 돌렸다.

그는 손가락 끝으로 책상을 몇 번 톡톡 두드리다가 이내 다이어리에 손을 뻗었다. 대체 어떤 내용을 적었는지 궁금하기도 했다.

다이어리를 열고, 한 장 한 장 읽어 넘길 때마다, 그의 표정이 비난의 조소로, 경직으로, 분노로 변해갔다. 다이어리에는 그에 대한 악의로 넘쳐났다.

그는 기도 차지 않는다는 듯 '하' 하고 웃음을 터뜨렸다. 이렇게 싫었다면 애초에 자신과는 헤어졌어야 옳았다. 늘 고개를 숙이고, 입을 다물고, 명령하는 모든 일에 고개를 조아릴 것이 아니라, 이 강호성의 제국에서 나가야 했다. 그의 돈으로 생활하고 그가 만든 제국에서 사모님 소리를 듣던 삶의 타성에 젖었던 주제에, 다이어리 가득히 강호성에 대한 비난을 쏟아 놓고 있었다. 괘씸하다. 그는 주미란이 적은 일기장을 찢어내었다. 재떨이를 끌어당겨 그 안에 찢어낸 일기장 조각을 넣고 라이터로 불을 붙였다. 붉은 화염이 재떨이 안에서 모든 비난과 힐난의 증거들을 태워냈다. 일렁거리는 불꽃이 사그라지는 것을 지켜보면서 그는 문득 생각했다.

그녀는 내 인생에서 사라지는 것이 맞다.

그때, 책상 위에 올려둔 휴대폰이 진동했다. 액정 화면에 낯익은 번호가 떴다. 그는 손에 휴대폰을 쥐고 의자에서 일어나 문 쪽으로 다가갔다. 계속해서 진동하는 휴대폰을 쥔 채로 방문을 살짝 열었다. 거실에는 보조 등만 은은하게 켜놨을 뿐 어두웠다. 주방에도 사람이 있는 것 같지는 않았다. 방옥순이 자러 들어간 것이 확실하다. 아무도 없다는 것을 확인한 뒤에도 그는 서재의 문을 꼭 닫고 자신의 책상으로 되돌아갔다.

"어떻게 됐나?"

— 병원 쪽 정보원에게 연락이 들어왔습니다. 수술은 끝났다고 합니다. 간신히 목숨은 건졌지만 의식을 회복할지는 불투명합니다. 대민일보에서 직접 특실을 잡았습니다.

그럴 것이다. 박계류는 대민일보의 상징적인 인물이었다. 그가 어떤 정치인을 취재한다고 소문이 나면 온 국민이 관심을 집중할 정도다. 대민일보의 사장과 독대하는 유일한 기자라는 소문도 있다. 대민일보의 주주들이 사장은 바꾸어도 박계류는 자르지 못할 거라는 우스갯소리도 있다.

그런 박계류가 사고를 당했다. 대민일보로서는 절체절명의 사건이다. 어쩌면 사고가 아닌 '범죄'일 수도 있지 않을까 하는 의혹을 가질지도 모른다. 국민을 대변하는 자는 어떻게든 적이 있게 마련이니까. 그래서 특실을 잡고 모든 언론을 통제한 뒤, VIP들만 상대하는 의사들에게 특별 관리를 하도록 조치 중일 터다.

"그나저나."

— 네. 말씀하십시오.

정태용이 부쩍 긴장하는 것이 느껴졌다.

"생각보다 일 처리가 영 시원찮군. 입만 잠깐 다물게 하라는 게 아니었는데 말이지."

지금 상황은 잠시 사그라진 아토피와 같다. 재발할 가능성은 항상 열려 있다는 것이다. 박계류가 깨어나면 언제라도 다시 예전 상황으로 돌아간다. 아니, 이번에는 박계류가 조금 더 강호성을 귀찮게 할지도 모른다.

— ……죄송합니다.

하지만 이제 와서 어쩔 수 없다. 이목이 집중된 이상 무리해서
박계류에게 손을 쓸 수 없다. 하늘의 심판을 기다릴 뿐이다.

10

　박계류의 사고 사실은 서동현에게 큰 좌절을 안겨주었다. 그것은 다만 박계류를 통해 뭔가를 확인할 수 있다는 기대감이 무너졌기 때문만은 아니었다. 이 사고가 우연히 발생한 것이라는 생각이 전혀 들지 않았기 때문이었다. 우연이 아니다. 직감이 그렇게 말하고 있었다. 모든 것이 자신의 탓으로 느껴졌다. 강호성이 자신을 항시 주시하고 있다는 사실을 간과했기 때문인 것만 같았다.

　박계류의 사고 지점이 해당 관할이었기 때문에 사건은 영인 경찰서가 맡았지만 서동현은 사건 수사에서 제외되었다. 대외적으로는 현재 맡고 있는 사건이 있어서라고 하지만, 다른 이유 때문인 것은 누구보다도 서동현이 가장 잘 알았다. 이의 제기는 하지 않았다. 어떤 짓을 해도 진실의 앞으로 다가갈 수 없다. 무릎이 훅 꺾이는 기분이었다.

"언제까지고 이러고 있을 수는 없잖아요."

지신우가 멍하니 앉아 있는 서동현에게 조심스럽게 말을 걸었다.

"파고들면 파고들수록 점점 더 멀어지는 기분이야."

"그건 우리가 제대로 팠다는 거예요."

"애초에 조사하지 않았으면 이런 사고는 없었어."

"우리가 할 일은 사건의 진실을 밝혀내는 일이에요. 그게 우리가 할 일이라고요. 그게 형사예요."

멍하니 지신우를 올려다보았다. 지신우가 힘 있는 눈으로 그를 응시하고 있었다. 그 힘이 전달되어져 오는 것 같았다. 서동현은 피식 웃었다.

"많이 컸다, 지신우."

"성장판은 열여덟에 이미 멈췄습니다만."

지신우가 키득 웃었다. 서동현도 그제야 너털웃음을 터뜨렸다. 지신우의 말이 맞았다. 이렇게 주저앉아 있을 수 없었다. 이제 선거까지 얼마 남지 않았다. 지난번 강호성의 후보 사퇴와 번복을 거치며 그의 지지율은 최고조에 이르러 있었다. 정치 전문가들이 강호성의 당선은 이미 시간 문제라며 신문마다 논평을 쏟아내고 있었다.

강호성이 당선된다. 그렇다는 것은 그를 더 이상 비밀리에 수사할 수 없음을 의미한다. 자신의 손이 닿지 않은 곳으로 가버린다는 것이다. 형사의 본분은 숨겨진 사건의 진실을 파헤치는 것이다. 강호성이 당선되면 자신의 본분을 지킬 수가 없다. 그렇게 두어서는 안 되었다.

서동현은 힘을 내기로 했다.

서동현이 마음을 다시 먹은 듯 보이자, 그제야 지신우는 서동현에게 서류 봉투를 내밀었다. 서류 봉투에 찍힌 회사명을 확인한 서동현이 눈을 커다랗게 떴다.

대민일보 신문사의 서류 봉투였다.

"뭐야 이게?"

"박계류가 사용하던 취재 수첩이요."

안에 들어 있는 물건은 대민일보 사에서 소속 직원들에게 해마다 나눠주는 평범한 회사 다이어리였다. 몇 장을 넘기자 이런저런 취재 내용들이 어지럽게 적혀 있었다.

"대민일보에 있던 제 후배에게 비밀리에 부탁했어요. 박계류의 책상에 누가 손대기 전에 수첩 정도는 빼와야죠."

"불법이군."

서동현이 쓰게 웃었다. 지금 그들이 강호성을 조사할 수 있는 방법은 불법뿐이라는 사실이 답답했다.

"불법이죠. 박계류 기자가 고소하면 내가 가서 재판이라도 받을 테니 지금은 그런 것에 너무 신경 쓰지 마세요. 뭐 고소할 정도로 회복해 준다면야 바랄 것도 없고. 자, 우리가 주목해야 할 것은 이거예요."

지신우가 다이어리를 한참 넘기더니 어느 한 부분을 손가락으로 가리켰다. 거기에는 서린 보육원의 이름과 전화번호, 연락처가 적혀 있었다. 특이할 한 것은 서린 보육원의 연락처 밑에 최진영이라는 이름이 적혀 있었고, 그 이름을 볼펜으로 여러 차례 밑줄을 그어 놓았다.

"박계류도 서린 보육원에 주목했다……. 분명 그곳에 뭔가가 있어. 그런데 최진영이 누구지?"

"아직 확인은 안 됐어요. 보육원 안의 교사나 아니면 거기서 살고 있는 아이들일 수도 있고요. 혹은 그곳과는 상관없는 의외의 인물일 수도 있겠죠."

"중요한 건 박계류가 강호성에 대해 조사하면서 이 최진영이라는 인물에 주목했다는 거군."

"그렇죠."

"알아볼 수 있을까?"

이미 한 차례 거짓으로 보육원에 갔기 때문에 보육원장은 이미 그에 대해 알고 있을 가능성이 컸다. 얼굴을 보인 적 없는 지신우가 간다 하더라도 형사임을 밝히지 않고 다른 신분으로 위장했다가는 대번에 경계를 당할 것이다. 재수 없으면 강호성에게 그 자리에서 연락이 갈지도 모른다.

지신우 역시 확답하지 못했다. 일단 최진영이라는 사람을 만난다 해도, 애초에 어떤 점 때문에 박계류가 그 사람을 주목한 건지도 모르기에 섣불리 접근할 수가 없다.

한순간 침묵이 찾아들었다. 가슴께에 답답한 것이 짓누르고 있었다. 이럴 때 방옥순이 도와준다면 더할 나위 없이 좋은 일일 것이다. 방옥순은 이미 서린 보육원에 주미란과 함께 다니며 봉사를 해왔던 인물이기에, 봉사를 들어간 척하면서 은근슬쩍 알아봐 줄 수 있을 것도 같았다. 어쩌면 최진영이 누구인지 이미 알고 있을지도 모른다.

하지만 더 이상 방옥순에게 의지할 수 없다. 서동현은 강호성의 앞에서 자신에게 달려들어 다이어리를 뺏던 방옥순의 모습을 떠올렸다. 다이어리는 물론이고 주미란이 남긴 서류까지 그대로 강호성의 손으로 넘어갔다. 주미란과 둘도 없이 의지하던 사이라 해서 방옥순을 일방적으로 믿었던 것이 애초에 잘못된 것이다. 인간은 복잡한 존재라는 것이 새삼 피부로 느껴졌다.

한숨을 내쉬던 서동현의 눈이 둥그렇게 커졌다. 조금 전 스친 생각에 그는 번쩍 고개를 들고 지신우를 쳐다보았다.

"방법이 있을지도 모르겠어."

"방법이요?"

놀라서 쳐다보는 지신우를 향해 서동현은 히죽 웃었다.

그날 밤, 서동현은 아내 수아의 피부과 원장실에 앉아 죄라도 지은 듯 두 손을 허벅지에 올리고 있었다. 접수실의 간호사들과 정산을 맞춘 뒤 퇴근시키고 뒤늦게 수아가 들어왔다. 눈이 마주 치자 서동현은 히죽 웃었다.

"웃지 마. 난 당신이 그렇게 웃으면 불안해."

벗은 의사 가운을 옷걸이에 걸며 눈을 흘기는 수아를 향해 서 동현은 또다시 웃어보였다. 그러는 수아 역시 입가에 웃음기가 묻어 있었다.

이혼한 관계이기는 하지만 친구같이 지내는 이런 관계도 나쁘지 않다고 둘 다 생각해 왔다. 가끔은 서로에게 설레는 감정이 생기는 것도 수아에게는 새로운 경험이었다. 결혼 생활을 유지할 때는 그가 늦게 들어오는 것도, 자주 집에 없는 것도 모두 스트레스였고, 일거수일투족을 모두 맞춰야 한다고 생각해 왔는데, 그것들을 모두 내려놓고 나니 한 사람의 남자로서 서동현은 좋은 사람이었다.

"뭐 부탁할 거 있구나?"

"역시. 그대는 나를 제일 잘 알아."

서동현이 변죽 좋게 웃어보였다.

"잘 몰라도 그렇게 비굴한 웃음 짓고 있으면 누구라도 아, 저 인간은 뭔가 부탁하러 왔구나, 하고 알걸? 알았어. 뭔지는 들어보겠는데 일단 밥이나 먹고 하자. 점심도 못 먹었어."

그 말에 서동현이 곤란한 듯 혀를 빼 내밀었다.

"어쩌지. 곧 서에 들어가 봐야 해."

"어쭈? 부탁하는 주제에 바쁘니까 본론만 말하시겠다?"

"사정 좀 봐주십쇼, 하 여사."

수아는 고개를 절레절레 저으며 서동현의 맞은편에 앉았다.

"뭔데?"

"요즘 봉사활동 좀 다녀?"

"본론만 말하겠다는 사람이 갑자기 웬 근황 토크?"

"어떻게 본론만 말해. 서론 정도는 있어야 본론이 이해가 가지."

아이고, 말은 잘해, 라며 수아가 말을 이었다.

"요즘 못 다닌 지 꽤 됐어. 병원 개원하고 난 뒤에는 봉사 모임도 잘 못 나가. 너무 바쁘니까 쉬는 시간도 없고 지쳐서 말이야."

확실히 수아는 피곤한 기색이 역력했다. 의사라고 해서 무조건 좋은 직업은 아니다. 모르는 사람이 보기엔 돈을 많이 버는 것 같지만 개원한 의사는 경제난에 시달리는 경우도 많다고 수아에게

들은 적이 있다. 개원한 지 몇 년 만에 폐업 신세를 당하지 않으려면 자리 잡을 때까지는 열심히 해야 한다고 했었다. 다른 문제도 아니고 극심한 피로 때문에 봉사활동도 못 간다는 사람에게 서동현은 쉽사리 입이 떨어지지 않았다. 하지만 눈 딱 감고 한 번만 미안해야겠다고 다짐하며 서동현은 과장스럽게 무릎을 탁 쳤다.

"아이고! 그래도 봉사를 빼먹으면 되나! 노블레스 오블리제라는 말도 있는데, 응?"

"노블레스 오블리주겠지."

"리제든 리주든. 아무튼지 말이야."

수아는 의혹이 가득한 눈으로 서동현을 응시했다.

"알았어. 서론은 그만 됐고, 그래서 본론은 뭐야?"

역시 수아는 눈치가 빠르다. 서동현은 자기도 모르게 상체를 수아 앞으로 기울였다.

"봉사 좀 다니지 않을래?"

"이번엔 뭘 알아오라고?"

그 말에 서동현은 기겁을 하며 놀라는 시늉을 보였다.

"이렇게 눈치가 빠르다니! 혹시 내 속에 들어왔다 나갔어?"

그는 앞섶을 부여잡으며 과장되게 수선을 떨었다. 수아가 그를 보며 못 말린다는 듯 고개를 저으며 말했다.

"나 당신이랑 살 때 당신 때문에 목욕탕에서 잠복도 선 여자거든?"

그러고 보니 그런 적도 있었다. 용의자로 의심 가던 여자를 추적했는데, 여탕으로 들어가 버렸다. 전혀 예상했던 상황도 아니었고, 여 형사에게 지원요청을 하기에는 상황이 긴박했다. 할 수 없이 근처에서 일하던 수아를 불러 목욕탕에 억지로 우겨넣었다. 나중에 알고 보니 그날이 하필 결혼기념일이었다. 그 일을 두고 수아는 두고두고 이를 갈았다.

"서린 보육원이라는 곳이야. 봉사활동으로 진료해 준다고 들어가면 될 것 같아. 최진영이라는 사람에 대해 알아봐 줘. 사실 거기에 있는 아이나 근무하는 직원일지도 몰라."

"조사할 게 있으면 직접가면 되지."

수아가 의심스러운 눈길로 서동현을 응시했다. 서동현은 허가 찔린 기분이었다. 수아는 눈치가 빠르다.

"혹시, 이거 당신 비밀리에 조사하는 거야? 서에서도 모르는?"

서동현은 대답 없이 고개만 끄덕였다.

"이거……."

"위험한 거 아냐! 하지만 중요한 일이야."

서동현은 자기도 모르게 고개를 떨어뜨렸다. 일부러 수아에게는 자세한 이야기는 하지 않았다. 수아에게 위험이 끼칠 일은 없다. 그냥 봉사활동을 빙자해서 최진영이라는 사람이 어떤 신분인지만 확인하면 된다. 그 이후에는 모두 자신이 알아서 할 것이다. 수아를 위험하게 할 일이었다면 애초에 부탁도 하지 않을 것이다.

하지만 수아는 늘 사건에만 매달려 생각하고 사는 서동현이 지겨워서 이혼했다. 헤어져서까지 휘둘려야 한다면 당연히 기가 막힐 것이다. 미안해서 이런 부탁하러 오지도 말았어야 했다. 하지만 달리 방법이 없었다. 수아 이외에는 생각나는 사람이 없었다.

수아는 왜 최진영이라는 사람을 알아내야 하고, 왜 비밀리에 자체적 수사를 하는지 자세히 묻지 않았다. 서동현의 마음을 이해해 주는 것 같았다. 소파에 등을 기대고 팔짱을 낀 채 생각에 잠겼다.

잠시 뒤 수아는 아무 말 없이 자리에서 일어섰다. 책상으로 다가가 휴대폰을 들었다. 저장되어 있는 전화번호를 찾는 듯하더니 통화 버튼을 눌렀다.

"어, 새론 언니, 저예요. 너무 오랜만이죠?"

새론이라는 여자는 서동현도 알고 있었다. 봉사 모임의 활동을 주도적으로 이끄는 사람이었다. 그녀는 영인시내의 연합의원에서 소아과를 맡고 있었다.

수아는 그녀와 몇 마디 일상적인 대화를 나누었다. 서동현은 자기도 모르게 그녀의 대화를 들으며 소파에서 엉덩이를 떼고 일어났다. 그의 얼굴에 희망 섞인 빛이 스쳤다.

"제가 그동안 너무 봉사활동을 안 다녔죠? 죄송해요. 개원하느라 이래저래 정신이 없었어요. 오늘 전화 드린 건 다른 게 아니고요. 봉사활동 가고 싶은 곳이 있어서요."

전화기 너머에서 봉사활동 가고 싶은 곳이 어디냐고 묻는 모양이었다. 수아는 보육원이요, 하고 대답을 하는 동시에 서동현을 쳐다보았다. 서동현이 재빨리 테이블에 놓인 메모지에 서린 보육원이라고 적어서 수아의 눈앞에 들어 보였다.

"서린 보육원이라고 있어요. 아뇨 아는 곳은 아니고요. 거기가 봉사단체의 지원을 많이 못 받는다고 얼핏 얘기를 들어서요. 그래서 이번엔 저희 의사 모임에서 거기로 가면 어떨까 하고요. 언니가 직접 보육원에 봉사 방문에 대해 타진 좀 해 주십사하고요."

네, 네 하며 대화를 이어나가던 수아는 이내 고맙습니다, 하고 말했다. 저쪽에서 긍정적인 답변을 보낸 모양이었다. 통화를 하던 수아는 서동현과 시선이 마주치자 미소와 함께 고개를 끄덕였다.

서동현이 수아를 향해 엄지손가락을 치켜들었다.

수아는 서동현을 향해 가운뎃손가락을 뻗었다.

* * *

대민 일보 박계류 기자의 뺑소니 사건은 목격자도 없고, 뚜렷한 증거도 찾을 수가 없어 수사에 난항을 겪고 있다는 보도가 나오고 있었다. 집으로 돌아온 강호성은 들려오는 TV 속 아나운서의 목소리에 미간을 찌푸렸다. 강호성이 돌아온 줄도 모르고 방옥순이 거실에 앉아 뉴스를 보고 있었다.

슬리퍼에 발을 집어넣고 거실 안으로 올라서자 방옥순은 그제야 강호성이 돌아온 것을 깨닫고 허겁지겁 소파에서 일어섰다. 강호성은 사람 좋은 웃음을 띠며 손을 내저었다.

"마저 보세요. 그렇게 급하게 일어나실 것 없어요."

"일찍 오셨네요."

방옥순이 멋쩍게 웃으며 리모컨을 들어 TV를 껐다. 다음 뉴스를 전하던 아나운서의 목소리도 거실에서 사라졌다.

"이런 저런 일로 일정을 소화하지 못했다고 그간 너무 강행군을 해서, 가끔은 쉬는 날도 있어야죠."

"그럼요. 당연하시죠. 우리나라를 짊어지실 분이신데."

방옥순의 말에 강호성은 좀 놀랐다. 아내와 어머니가 살아있을 때의 방옥순과는 조금 다른 느낌이었다. 그간 강호성이 느낀 방옥순은 말이 없는 사람이었다. 애초에 그런 이유 때문에 어머니가 집에 들인 것이 아니었던가. 어쩌면 어머니의 기세에 짓눌려 비위를 맞추고자 애써 입을 다물고 살아왔는지도 모른다.

어머니의 죽음은 많은 이들에게 자유를 주었다.

그런 생각에 강호성은 자신도 모르게 웃음을 지었다. 어찌 됐든 방옥순의 말이 기분 나쁘지는 않았다.

"식사는 하고 왔으니 신경은 쓰지 않으셔도 됩니다."

"그럼 차라도?"

"아니요. 괜찮습니다, 그보다……."

강호성은 지갑을 꺼내며 말했다.

"내일쯤 서린 보육원에 갈까 생각 중입니다. 오전에 서린 보육원에 보낼 간식거리와 아이들 학용품, 장난감 같은 것 좀 적당히 챙겨주세요. 오후에 보좌관 한 명을 집으로 보내겠습니다. 아내와 항상 함께 장을 보셨으니 어느 정도로 준비하셔야 하는지는 아시죠?"

카드를 꺼내 방옥순에게 내밀었다. 방옥순은 멍한 눈으로 카드를 응시했다. 강호성이 고개를 갸웃하며 카드를 재차 내민 뒤에야 정신 차린 듯 얼른 카드를 건네받았다.

"다녀오신 지 얼마 되지 않으신 것 같은데."

"아내가 없으니까요."

"네. 작은 사모님도 하늘에서 안심하시겠네요."

강호성은 의미심장하게 웃으며, 그럼 이만, 하고 돌아섰다. 푹 쉬시라고 인사하는 방옥순도 거실의 보조 등만 켜놓고는 자신의

226

방으로 돌아갈 채비를 하는 듯했다. 강호성은 자신의 서재로 들어갔다.

아내가 없으니까.

아마도 방옥순은 아내가 없으니 그동안 아내가 해왔던 불쌍한 아이들을 챙기는 일에 대해 강호성이 책임감을 느끼는 것이라 받아들였을 것이다. 그런 생각에 강호성은 조소했다.

아내가 없으니까.

그 말의 진의는 방옥순이 받아들였을 것과는 달랐다. 아내가 없으니 성욕을 풀 데가 없다. 정치인으로서 남의 이목 때문에 여자를 갈아 치우지도, 사들이지도 못하니 그동안 아내의 역할은 꽤 중요했던 셈이다. 하지만 이제 아내가 없다. 그러니 좀 더 자주 생각날 수밖에 없다.

애초에 그의 취향은 그쪽이었다.

아침 8시. 강호성의 아파트 입구에 보좌관 정태용이 차를 대기하고 있었다. 강호성은 정각에 깔끔한 차림으로 내려왔다. 정태용이 차에서 내려 강호성에게 허리를 숙여 인사했다. 강호성은 시선만 잠깐 두었을 뿐, 별다른 응대 없이 차에 올라탔다. 정태용은 상의 단추를 다시 채우며 옷매무새를 정리하고는 강호성이 앉은 쪽의 뒷문을 닫아주었다. 정태용이 보닛 앞을 빙 돌아 운전석에 타는 동안 강호성은 의자에 머리를 기댄 채 눈을 감고 있었다. 평소 같으면 정태용이 보좌 하더라도 운전은 운전기사의 몫이다. 하지만 오늘은 다르다. 강호성이 그렇게 하도록 주문했다.

정태용은 차를 출발시켰다. 평소와는 달리 차는 사무실이 아닌 시내를 향해 나아갔다. 오늘부터 본격적인 홍보 활동이 가능하다. 이미 주요도로와 사거리 등에 홍보 차량들이 포진하고 있을 터였다. 유행가에 가사를 바꿔 틀어대고 아르바이트로 고용한 여성들이 춤을 추며 허리를 굽혀 인사할 것이다. 사람들의 눈길을 더 잡는 것이 주요하다.

강호성은 직접 시찰을 하고자 했다. 유세 활동도 중요하지만 홍보 인원에 대한 관리도 철저해야 했다. 잘못해서 고용한 홍보 인원들이 시민들의 시비에 맞서 싸우거나 구설수에 오를 만한 일을 하면 그 직격탄은 고스란히 강호성이 맞게 되어 있다. 주의를 강력히 주는 차원에서 첫날인 오늘만 강호성이 직접 시찰을 해 책임자들과 인사를 하고, 내일부터는 정태용 이하 보좌관들에게 맡길 요량이었다.

시내로 진입하며 운전을 하던 정태용이 룸미러를 통해 강호성에게 시선을 던졌다.

"피곤하십니까, 후보님?"

강호성이 천천히 눈을 뜨며 음, 했다.

잠깐 동안 그는 대답을 미루고 도로만 응시했다. 그러고는 시선을 창밖에 둔 채로 말했다.

"오늘 일정이 끝나는 대로 서린 보육원에 가지."

차 안에 적막이 흘렀다. 정태용은 굳게 입을 다물고 있다가 결심했다는 듯 입을 열었다.

"서린 보육원에 다녀오신 지 얼마 되지 않았습니다."

"바쁜 선거 활동을 다 미루고 봉사를 다니는 후보. 홍보 문구가 될 만하지 않은가?"

"하지만 시기상……."

시기상 위험하다, 라고 말하려다 정태용은 입을 다물었다. 감추어야 할 것이 많아지면, 밟힐 꼬리가 늘어난다.

그가 말꼬리를 흐리자 강호성은 미간을 구겼다. 허락을 받겠다는 게 아니다. 결정자는 자신이다.

애초에 서린 보육원 따위를 후원하려고 했던 것은 아니다. 다만 그 보육원의 원장이 가장 더러운 인물이었기 때문에 선택한 곳이다. 돈이면, 뭐든지 되는 원장이기에 택했다. 돈으로 원장의 입을 막고, 그 방을 만들었다. 그 방에서 그는 자유를 누렸다. 아내 주미란이 줄 수 없었던 쾌감을 거기서는 느낄 수 있었다.

쾌감을 이뤄내는 매개체로 최진영이라는 어린아이를 택한 것은, 그 아이의 몸 때문이었다. 아직 남자가 되지 않은 야리야리하고 어린 몸 때문이었다. 하지만 그런 것은 그 또래의 다른 아이들도 마찬가지다. 최진영이 선택된 또 한 가지의 이유가 있었다.

최진영은 벙어리였다.

말을 하지 못하는 아이였기에 택했다. 지를 수 없는 비명 대신 흘리는 신음이 그를 미치게 했다. 눈물을 흘리고 발버둥을 치면 칠수록 강호성은 소년을 농락하고 또 탐했다.

아내가 사라지자, 좀 더 자유롭게 드나들고 싶어졌을 뿐이다.

그런 사정을, 정태용도 알고 있다. 하지만 그는 언제나 그래왔던 것처럼 입을 다물고, 모든 일들을 조용히 수습했다. 직접적으로 원장의 주머니를 채워주는 일도 그가 대행해 왔다.

"후보님."

그를 부르는 정태용의 목소리에 강호성은 창밖에서 시선을 거

두었다.

"차라리, 입양을 하시는 것은 어떠십니까?"

정태용의 제안은 갑작스러운 것이 아니었다. 정태용은 늘 언젠가 밟히고 말 꼬리를 걱정해 왔다. 진지하게 그 부분을 의논한 적도 있다. 하지만 아내 주미란은 생각보다 눈치가 빠른 여자다. 집에 자식으로 들여놓고 일을 치른다면 금세 알아차릴 것이다. 딱히 말한 적은 없지만 아내는 강호성이 서린 보육원에 드나들 때마다 '그 일'을 치른다는 것을 이미 알고 있었을지도 모른다는 생각을 한 적이 있다. 그래서 강호성이 서린 보육원을 방문한 다음 날이면 다량의 과자와 장난감을 사 들고 서린 보육원에 갔던 거라고 생각했다. 과자로 달래려는 게 아니라, 그 아이를 찾아 함께 울어주기 위해서. 과자는 그저 다른 사람들의 시선 때문에 사가는 것일 터다.

아내 생각을 하던 강호성은 고개를 저었다.

"입양은 안 돼. 애가 크면 재미없거든."

그는 입술을 비죽 끌어올려 웃었다.

"재미없어진 이후엔 다른 사람들 이목 때문에 버릴 수도 없고 처치가 곤란해지잖아."

"그렇잖아도 말씀드리려 했습니다."

선거 유세 홍보단에 대한 시찰을 끝낸 강호성은 곧장 인근 여자대학교로 향하여 유세를 계속했다. 유세 현장의 열기는 대단했다. 대학생들을 비롯해 주변에 있는 젊은 직장인들이 몰려들었다. 손을 흔들며 지나가는 그와 악수라도 해보려 난리였다.

언젠가, 21세기 청춘이 가장 닮고 싶은 멘토 1위로 뽑힌 적이 있다. 그 모든 것은, 미디어의 힘이었다. 게다가 여대생들에게는 가난한 여자도 끌어안은 유능한 정치인이라는 로맨스의 주인공으로 받아들여지는 모양이었다.

이번 선거는 아주 분위기가 좋다. 그는 요즘 가는 유세 현장마다 어떤 확신을 받고 있었다.

상대 진영은 그간 정치권에 대해 실망을 품었던 국민들에게 보여주겠다는 일념으로 흑색선전을 피하는 포지티브 유세를 해왔다. 반대로 강호성은 네거티브 전을 이어나갔다. 그렇다고 직접적으로 헐뜯지는 않지만 정태용의 주도 아래 은밀하게 언론을 통해 상대 진영의 숱한 꼬투리들을 보도하게 했다. 그것이 사실인지 아닌지는 중요하지 않았다. 상대 진영에서 주구장창 뽑아내는 정책 방향에 대한 연설은 졸릴 뿐이고, 시민들의 머리에는 강호성이 흑색선전에 사용한 자극적인 단어들만 남는다. 기사의 하단에 '사실 여부를 두고 논란이 벌어지고 있다.' 정도의 말을 쓰면 언론사도 책임을 피할 수 있다.

이번 선거는 모든 면에서 예상대로 맞아떨어지고 있다. 그 기쁨에 충만하여 사무실로 돌아오자 정태용이 주변을 물리고 강호성의 앞에 섰다.

강호성이 고개를 들자 정태용은 그의 앞에 출력된 서류 하나를 내밀었다.

"오늘은 서린 보육원에 가시지 않는 것이 좋겠습니다."

"또 그 얘기야?"

아무리 강호성이라도 정태용과 자꾸 이런 대화를 하는 것은 영 껄끄럽다.

"그것이 아니라, 오늘 서린 보육원에 의사들로 구성된 모임에서 봉사를 나오는 모양입니다. 조금 전에 연락을 취했다가 알게 되었습니다."

"그렇군. 그렇다면 할 수 없지."

말은 그렇게 하지만 끓어오르는 짜증은 숨길 수 없었다.

"그런데 이 파일은 뭐지?"

"오늘 서린 보육원에 봉사를 오는 사람들의 리스트입니다."

그 말에 강호성은 미간을 찌푸렸다. 시기가 시기이니만큼 주의를 기울이는 것은 알겠으나 정태용은 요즘 너무 경직되어 있다. 가장 중요한 시기에 가장 큰 치부를 만든 것은 자신이니 어쩔 수 없지만.

"확인해 봐 주십시오."

정태용의 말투는 심상찮았다. 강호성은 서류를 확인했다.

의사 모임은 7년 전에 만들어진 것으로 그동안 주기적으로 봉사활동을 가져왔다. 봉사지도 여러 곳이었다. 그렇다는 것은, 이번 선거를 위해 급하게 만든, 선거용은 아니라는 말이었다. 다음 장을 넘기니 모임 회원들의 리스트가 있었다. 이름과 나이, 그리고 근무하는 병원의 이름들이었다. 대학병원에 있는 사람도 있고 개인병원을 운영하는 사람도 있다. 치과 내과를 비롯해서 비뇨기내과 의사까지 분야도 가지각색이었다. 그 중간쯤에 형광펜으로 줄을 그어놓은 한 사람의 이름에 강호성은 주목했다.

수(秀) 피부과 원장, 하수아.

정태용이 이 이름에만 특별히 표시해 둔 이유가 있을 터였다.

강호성은 눈을 치켜 떠 정태용의 얼굴을 응시했다. 정태용은 그가 끝까지 파일을 보도록 권유하는 듯 묵묵히 서 있을 뿐이었다. 강호성은 다음 장을 넘겼다.

여자의 사진이 나왔다. 분명 하수아라는 사람일 것이다. 천상 여자란 이런 느낌, 이라고 말하는 듯 조신해 보였다. 피부과 닥터답게 피부가 좋았고, 주름도 보이지 않았다.

다음 장을 넘겼을 때 강호성은 눈에 띄게 얼굴을 구겼다. 얼굴을 홱 들어 대답을 원하듯 정태용의 얼굴을 보았다.

여자는 서동현 형사와 함께였다.

"하수아. 수(秀) 피부과 원장입니다. 개원한 지는 오래되지 않았습니다. 보시다시피……."

그는 뜸을 들이듯 말 사이에 공간을 남겼다.

"서동현과 친분이 있는 사이입니다."

"어떤?"

"전 부인입니다."

하, 하고 강호성은 숨을 뱉었다. 눈이 날카롭게 빛났다.

서동현은 서린 보육원에 가짜 신분으로 접근했다. 그리고 그것이 들통 났음은 이미 알고 있을 것이다. 그러니 이제 더 이상 자신이 직접 서린 보육원에 가지는 못한다.

전부인의 의사라는 신분을 이용해 봉사활동을 하면서 뭔가를 조사해 내려는 의도일 터다.

대체 서동현은 서린 보육원에서 무엇을 찾아냈기에 그곳에 주목하는 것일까. 강호성은 자기도 모르게 긴장했다. 만약 자신이 그곳을 꾸준히 지원해 오는 이유에 대해서 그가 알아내기라도 한다면 문제가 가볍지 않다. 큰 파장을 몰고 올 것이다. 강호성은 지금 후회하고 있었다. 이렇게 될 줄 알았다면 애초에, 영인 경찰서에 힘을 넣어 사건을 내사 종결시켰을 때, 서동현을 지방으로 보내 버렸어야 했다. 지난번 서린 보육원에 위장 잠입했을 때 이 사실을 빌미로 서린 보육원 원장이 고소라도 하게 해서 옷을 벗겼어야 했다.

어떤 방법을 써서라도 자신의 눈앞에서 완전히 없애 버렸어야 했다.

"서동현이 서린 보육원에 잠입했던 이유와 연관이 있다고 보는 건가?"

"우연이라고 보십니까?"

Diary

남편을 만나러 오는 정재계 사람들이 타는 엘리베이터를 나는 알고 있었다. 현관문을 나와 그 엘리베이터로 향했다. CCTV가 없는 엘리베이터. 그것을 타는 것은 처음이었다.

다른 사람의 눈에 띄지 않고 엘리베이터를 탄 뒤 문이 닫히자 안도의 한숨과 함께 서류 봉투를 가슴에 꼭 그러안았다. 침대 밑에서 서산댁이 박계류에게 보낼 이 서류를 발견했을 때는 정신이 아찔했다. 눈이 뒤집혔다. 정신을 차리고 보니 어느샌가 무서운 얼굴로 서산댁에게서 서류 봉투를 뺏어 들고 난 뒤였다. 서산댁의 얼굴에 역력하게 느껴지던 당황이 눈앞에 선했다.

사실은 서산댁을 믿고 있었다. 그 집에서 마음을 터놓고 의지할 수 있는 것도 서산댁뿐이었다. 마치 엄마 같았다. 태어나서 제대로 느껴본 적 없는 엄마의 정이란 것이 어쩌면 이런 것이 아닐까 하는 감정도 몇 번이나 느껴보았다. 하다못해 입맛까지 비슷한 그녀가 정말로 친 엄마가 아닐까 하는 엉뚱한 생각을 해 본 적도 있었다.

하지만 사람은 믿지 않는다. 서류 봉투를 그렇게 뺏어 버린 것은 그 안에 무엇이 들었는지 궁금증을 일으키기에 충분한 일이었다. 언제고 다시 그 봉투를 열어볼지도 몰랐다.

숨길수록 꼬리는 길어진다고 했다. 어서 일을 마쳐야 한다는 생각이 들었다. 게다가 참을 수 없는 통증이 찾아오는 시간이 점점 빨라지고 있었다. 주치의가 한 단계 높여 처방한 마약성 진통제도 더 이상 듣지 않았다. 시간이 없다.

팽배한 긴장감 속에 아파트를 벗어난 뒤, 주저 없이 아파트 뒤쪽으로 빙 돌아 큰길로 나아갔다. 우체국과는 반대 방향이었다. 남편이 집에 돌아오는 시간은 일정치 않다. 게다가 가끔 정태용 보좌관이 그가 갈아입을 속옷이나 셔츠를 가지러 오는 일도 있었다. 계속된 선거유세 행군으로 땀이 많이 나 그렇다고 하지만 그것은 모를 일이었다.

아무튼 섣불리 우체국으로 곧장 나갔다가 행여 둘 중 누군가와 마주칠 경우 오랜 기간 준비한 이 서류들을 뺏길 수 있었다. 그것은 절대 안 될 일이었다. 이것은 내가 마지막 남은 생명을 다해 꼭 해야 할 일이었다.

한번은 남편을 만나기 위해 많은 사람들이 집으로 찾아왔다가 나와 마주친 적이 있다. 그 사람들은 시어머니와 남편 이외에 사람이 없는 줄 알았다가 내가 있는 것을 알고는 놀랐다. 그러자 강호성은 사람들 앞에서 웃으며 손을 내저었다. 신경 쓸 거 없다고 했다. 나를 마치 죽어 자빠진 종이인형 취급했다. 그들과 안심하고 들어가 회의를 벌이던 그 사람은 내가 지금 무슨 짓을 하고 있는지 꿈에도 모를 사람이다. 방에 걸려 있는 스탠드형 옷걸이에 걸린 자신의 검은색 카디건. 그 주머니 안에 볼펜형 녹음기가 들어 있었다.

찾아오는 사람들은 다양했다. 정태용을 비롯한 보좌관들일 때도 있었고, 여당 총재 김태손이 찾아올 때도 있었다. 모임이 이어질 때마다 방문하는 사람들은 점점 다양해졌다. 그 중 한 사람이 청와대 비서실장으로 지명되어 뉴스에 나오는 것을 보고 너무나 놀랐다.

그들의 활동자금은 대부분 시어머니의 주머니에서 나가는 것으로 확인되었다. 찾아오는 정치인들이 시어머니의 앞에서 고개를 숙였다.

많은 일들이 집안에서 이루어졌다.

아파트로부터 멀리 떨어진 뒤 택시를 탔다. 집에서 가까운 우체국을 갈 생각은 없었다. 이 일을 준비하면서 몇 번이나 생각했던 이동 경로였다. 세 정거장이나 떨어져 있는 우체국으로 결정했다. 목적지를 말한 뒤 택시가 움직인 뒤에야 크게 안도의 한숨을 내쉴 수 있었다. 등받이에 몸을 묻고 서류 봉투를 꼭 손에 쥐었다.

그때 휴대폰이 울렸다.

무심결에 휴대폰을 꺼내 들었다. 시어머니의 전화번호가 액정에 떠 있었다. 날카로운 숨을 들이켰다. 하지만 애써 진정하려 했다. 어차피 오늘은 병원의 정기 진료 때문에 외출하기로 되어 있었다.

"네 어머니."

— 잘 가고 있니?

어딘지 모르게 차가운 목소리다.

"네."

— 근데 집으로 돌아와야 할 거 같구나.

"네? 왜요?"

물음 뒤로 잠깐의 공백이 붙었다. 시어머니의 대답이 얼른 따라 붙지 않았다. 몸이 옥죄어 왔다. 내가 괜히 겁먹어 그러는 건지도 모른다고 생각하며 애써 마음을 누그러뜨리려 했다. 그때 택시의 룸미러를 통해 뒤에 따라오는 검은 차가 보였다. 전화기를 든 채로 완전히 몸을 돌려 뒤따라오는 차를 보았다.

운전자는 아는 얼굴이었다. 시어머니의 운전기사였다.

— 집에 볼펜을 떨어트리고 갔더구나. 근데 이거 아주 재밌는 볼펜이구나.

반사적으로 서류 봉투의 밑면을 만졌다. 둥근 볼펜형 녹음기가 만져지지 않았다. 떨어트렸을 리 없었다. 누군가 빼낸 것이다. 어떻게 알았는지 모르지만 분명 시어머니가 빼냈을 것이다. 나는 조용히 휴대폰을 종료시켰다.

"아저씨 죄송하지만 택시 좀 돌려주세요."

끊어진 전화기 너머에서 시어머니의 웃음소리가 들리는 것 같았다.

현관문 앞에서 숨을 크게 몰아쉬었다. 그것만으로는 온몸의 긴장이 풀리지 않았다. 시어머니는 눈치를 챈 것이 분명했다. 그렇게나 비밀리에 모든 일을 치르고자 하였는데, 자신의 어떤 실수가 일을 이렇게 만들었는지 알 수가 없었다.

현관문 손잡이를 잡는 순간, 도망치고 싶었다. 하지만 도망칠 것이었다면 시작도 하지 않았을 것이다. 아무것도 모르는 척 시간을 보내면 나는 죽는다. 말도 안 되게 거대한 이 늪지대에서 나는 죽음으로써라도 발을 뺄 수 있는 것이다. 하지만 그렇게 하지 않았다. 간섭하고 그들을 조사했다.

자신들의 본능대로 차라리 돈만 밝히고 명예와 권력만 탐했다면 이런 일을 벌이지 않았을지도 모른다. 하지만 그들은 인간이 해서는 안 될 선을 넘었다. 어린아이를 아무렇지 않게 짓밟는 그들을 용서할 수 없다. 강호성이 벌인 일들을 떠올리자 마음이 굳건해지는 것이 느껴졌다.

시어머니와 강호성이 너무나 쉽게 벌이는 불법적인 일들을 모두 밝혀야 한다. 그렇게 해서 정치적인 그의 모든 날개를 꺾어놓자. 그것만이 나의 목표였다.

현관문을 힘주어 열고 거실로 들어섰다. 소파에 앉아 있는 시어머니의 등이 보였다. 내가 들어오는 것을 알고 있을 텐데도 돌아보지 않았다. 뒷모습에서 위압감이 느껴졌다. 마음이 움츠러드는 것을 다잡았다.

"다녀왔습니다."

"바쁘구나."

평소 같았으면 인사를 한 뒤 방으로 들어갔을 것이다. 그러나 오늘은 시어머니가 앉아 있는 소파로 가 앉았다. 시어머니는 이미 내가 뭘 하려는지 눈치 채고 있다. 모르는 척 해봐야 이미 소용없다. 시어머니의 눈썹 끝이 씰룩였다.

"네가 원하는 게 뭐니?"

역시. 알고 있다. 나는 무릎을 움켜잡았다.

"그의 죽음이요. 정치적인 죽음."

고개를 들고 시어머니의 얼굴을 똑바로 보았다. 노년에도 비현실적으로 팽팽한 얼굴이 분노로 새파랗게 질려 있다.

"배은망덕한 년! 네 년이 누구 덕분에 이렇게 잘 먹고 잘 사는 줄 알고!"

"잘 먹고 잘 살아요? 그런가요? 이게 잘 사는 건가요?"

강호성과 결혼하기, 아니 그를 알기 전의 내 모습을 생각해 보았다. 매번 돈이 부족했다. 가장 먼저 아낄 수밖에 없는 것이 입으로 들어가는 돈이었다. 누가 먹을거리라도 주면 그게 그렇게 귀할 수 없었다. 지금은 그럴 일이 없다. 그럼에도 불행하다.

"널 거둬주고 지금 이렇게 병에 걸렸어도 버리지 않았는데, 네가 감히 내 등에 칼을 꽂아? 이 버러지 같은……."

"최진영."

그 이름 앞에 시어머니의 욕설이 사그라졌다. 시어머니의 눈을 똑바로 응시했다.

"아시죠? 서린 보육원의 진영이. 어머니는 그이의 일에 관련된 거라면 모르는 거 없으시잖아요. 그럼 아시겠네요. 그가 그 아이에게 무슨 짓을 하고 있는지."

처음으로 시어머니가 내 눈을 피했다. 예상대로 진영이의 일까지 이미 알고 계셨다. 눈을 피하는 모습에 일말의 기대감이 들었다. 최소한의 죄책감이라도 있는 모양이다. 약간의 승리감도 들었다. 하지만 이어지는 시어머니의 말에 나는 아무리 때를 기다려도 어둠이 걷히지 않는 동굴 속에 갇힌 기분이 들었다.

"아무 상관없어. 그 아이들이 지금 누구 덕에 먹고 살지? 나와 내 아들이 지원을 끊으면 당장 기거할 곳도 없는 애들이었다. 목숨을 구해줬는데 그 정도쯤은 감수하고 살아야 하는 거지."

"어머니!"

경악한 나의 외침이 공기를 흔들었다. 어린아이다. 태어나자마자 부모에게 버림을 받았고, 태어나 말 한번 못 해본 아이였다. 밥은 식판이 아닌 곳에 먹어본 적이 없고, 누군가에게 따뜻하게 한번 안겨본 적 없는 아이었다.

그런 아이에게 잘 곳을 주고, 먹을 것을 주고, 살게 해 주면, 그래도 되는 것인가.

참을 수 없는 분노로 목소리가 덜덜 떨렸다.

"어머니잖아요. 당신은 그 사람의 어머니잖아요! 그 사람이 나쁜 짓을 하면 못하게 했어야 하는 거 아닌가요. 바른길로 가게 했어야 하잖아요."

"아니. 난 그 아이가 최고의 길로 가면 된다. 그 길옆에 뭐가 쓰러져 있든 상관없어."

암흑 속을, 헤어날 수가 없다.

인간이 가장 더럽고, 가장 추하다.

11

"예?"

운전을 하던 지신우의 목소리가 하늘로 솟구쳤다. 서동현은 무의식적으로 보조석 유리창 위에 붙어 있는 안전 바를 손으로 잡았다. 경악한 지신우가 자기도 모르게 4차선 도로에서 급정거를 해버릴 것 같았기 때문이다. 다행히 그런 불상사는 일어나지 않았다.

"괜찮겠어요?"

지신우의 목소리가 착잡하게 가라앉았다.

수아가 서린 보육원에 봉사활동을 가도록 부탁했던 이야기를 한 참이었다. 최진영이라는 인물에 대해 확인만 하고 오는 것이니 위험 부담은 전혀 없다. 수아는 이유를 묻지 않았다. 어차피 봉사활동을 다니는 것이니 어디를 가든 큰 상관은 없다고, 늘 그러하듯 쿨하게 응해 주었다.

하지만 마음의 무거움만은 어찌할 수 없었다. 이혼한 후까지 수아에게 민폐를 끼치고 있다는 부담감이 그를 짓눌렀다.

하지만 최진영이 대체 누구이기에, 박계류가 주목했는지 알아야 했다. 그것을 알지 못하면, 대체 어디서부터 꼬인 것인지 감도 안 잡히는 이 실타래를 풀어낼 수조차 없다는 것을 그는 직감적으로 느끼고 있었다.

"그냥 누군지 확인만 하고 오는 거야. 무리해서 알아올 필요는 없다고 얘기했어. 만약 거기 교사나 보육원의 아이라면 굳이 묻지 않아도 알게 될 거니까."

일단 신분 확인이라도 하면 마음이 편할 것 같다.

도로에는 어느새 어둠이 내려앉아 있었다. 서동현은 지신우와 함께, 원룸 연쇄 도난사건의 현장조사를 하러 가던 참이었다. 이미 공개적으로 강호성을 조사할 방법이 없어 개인적으로 수사를 진행하던 참이니, 별도로 자신이 맡은 사건에 대한 조사를 제대로 해내지 못하면 안 된다.

"게다가 오늘 이미 봉사하러 들어갔어."

"벌써요?"

"어. 그냥 봉사하러 갈 수 있는지 문의만 했는데 곧 해외로 입양될 예정인 아이들이 있어서 이왕이면 가기 전에 진료를 이것저것 받고 싶다고 했나 봐."

서동현은 소매를 걷고 시간을 확인했다.

"끝났을 시간쯤 된 것 같은데."

전화를 해볼까, 하고 생각했다. 그런데 마치 그의 그런 생각을 알고나 있다는 듯 휴대폰이 요란하게 울렸다. 신고가 들어온 원룸 촌에 진입하기 위해 우회전을 하던 순간이었다. 액정에는 수아의 휴대폰 번호가 찍혔다. 울려대는 벨소리가 어쩐지 불길하다고 서동현은 느꼈다.

"여보세요."

— 어디야? 전화, 받을 수 있어?

수아의 목소리가 심각했다. 전화를 받을 수 있냐고 묻는 것은 혼자 있느냐는 뜻이었다. 서동현은 곁눈으로 지신우를 보았다. 지신우가 의아한 듯 그를 쳐다보았다.

"괜찮아. 말해."

— 그 아이 누구야.

평소 수아답게 직설적으로 물어왔다. 순간적으로 서동현은 '아이'라는 단어에 집중했다. 최진영이라는 이름은 아마도 보육원생 중 한 명인 듯했다. '아이'라는 단어를 쓸 만큼 어린아이를 박계류가 왜 주목했을까 하는 생각이 들었다.

그런데 그녀의 목소리가 왠지 화가 나있는 것 같았다. 아니, 조금 더 엄밀히 말하자면 화보다는 분노 쪽에 가까운 것 같았다. 의식적으로 내리깐 목소리가 애써 끓어오르는 분노를 억누르는 것처럼 느껴졌다.

"왜 그러는데."

— 당신이 알아봐 달라고 부탁한 거, 도대체 어떤 사건이랑 연관된 거야?

전화기 너머에서 수아가 물을 들이켜는 소리가 들렸다. 서동현은 대답하지 않았다. 그가 주저할 동안 수아는 기다리지 않고 재차 물어왔다.

— 대체 무슨 사건이냐니까?

서동현은 아랫입술을 꾹 깨물었다. 어느새 차량이 사건이 접수된 원룸 건물 앞에 정차했다. 지신우가 분위기가 심상치 않음을 느끼고 차를 세운 채로 주저했다. 서동현은 그를 쳐다보며 먼저 들어가라고 손짓했다. 지신우가 고개를 끄덕이고는 차에서 내려 원룸 건물 안으로 들어갔다.

"왜, 무슨 일이 있어?"

서동현은 수아에게 사건에 대해 자세히 말할 생각이 없었다. 말할 수 없다. 그것은 수사의 기본사항이기도 하다. 물론 공식적인 조사가 아니기에 그런 규칙을 모두 지킬 필요는 없지만, 말해서는 안 된다는 생각을, 수아에게 부탁하는 내내 해왔다.

사건의 중심에 있는지도 모를 인물의 신분 확인을 부탁한 것만으로도 이미 수아는 이 사건의 제3자라고 하기엔 애매해졌다. 이런 상황에서 수아에게 자세한 것까지 말하면 애꿎은 정의감을 발현할지도 모른다. 뭔가를 더 알아내려 무리를 할 것이라는 말이다. 하지만 이 사건은 그래도 될 만한 사건이 아니었다.

주미란이 죽고, 장옥란도 죽었다. 경찰은 사건을 유야무야 덮었다. 그리고 조사하던 박계류가 목숨을 잃을 뻔했다.

섣불리 달려들었다가는 무슨 일을 당할지 모른다.

— 말해. 대체 뭐냐고!

"미안하지만 난 말해줄 수 없어. 당신이 왜 이렇게 흥분한 건지는 모르겠지만 제대로 설명해 주기 어려워. 당신이 알고 있는 걸 말해주지 않는다고 해도 말이야."

수아의 한숨 소리가 들려왔다. 이어서 다시 물을 넘기는 듯한 소리가 들렸다

"경찰서로 직행하려다가 당신 생각해서 먼저 전화한 거야. 당신이 날 거기 보내서 그 아이가 어떤 앤지 알아보라고 한 것이, 분명 당신이 깊이 관여한 어떤 사건에 대한 거라고 확신했기 때문에 먼저 전화한 거야. 행여 당신에게 곤란한 일이라도 생길까 봐. 하지만 당신이 말하지 않으면 나도 말하지 않을 거야."

전화기를 움켜쥐고 수아의 말을 듣던 서동현의 손이 떨렸다.

"경찰서에 가려고 했다니?"

서동현은 왠지 모르게 느껴지는 불안감에 미간을 찌푸렸다. 전화기 너머에서 수아의 깊은 한숨 소리가 들려왔다. 뭔가 안 좋은 일을 떠올린 모양인지 신음 소리 같은 것을 내고 있다. 말하기도 고통스러운 듯 그녀의 호흡이 거칠어졌다.

— 거기서 그 애, 이용당했다고.

심장께에 뭔가 커다란 것이 쿵 하고 떨어진 듯한 충격이 느껴졌다. 하지만 애써 서동현은 자신의 머릿속에 떠오르는 생각들을 부정하기 위해 아무것도 모르는 사람처럼 되물었다.

"무슨 소리야."

— 거기서 이용당했다고. 성노리개처럼.

수아는 서린 보육원의 입구에 위치한 주차장으로 차를 진입시켰다. 시동을 끄고 차 키를 빼내면서 왠지 마른 침을 삼켰다. 그녀는 서동현과의 통화를 떠올렸다.

— 다시 한 번만 거기 가서 그 애를 데리고 나와 줘. 진료를

받아야 해. 보육원이나 그 *자식*과는 상관없는 곳에서.

분명 동현은 증거가 필요한 것이었다. 수아는 거절하려 했다. 대체 무슨 사건에 연루된 일인지, 서동현이 말하는 그 자식이 누구인지 알 수 없는 상황에서는 나서려는 마음이 들지 않았다. 하지만 아이의 얼굴이 떠오르니 쉽사리 거절할 수 없었다. 서동현이 말한 그 자식은 필시 진영을 그렇게 만든 잔인한 악마일 것이었다. 머뭇거리던 그녀의 마음을 움직인 것은 뒤이어진 서동현의 말 한마디였다.

— 그렇지 않으면, 그 아이의 굴레는 끊어낼 수 없어.

어제 그 아이를 만난 일을 떠올렸다. 보육원장은 해외로 갈 아이들을 추려 의사들이 모인 방으로 들여보냈다. 인솔을 맡은 것은 30대 초반 정도로 보이는 여 교사였다. 들어오는 아이들을 훑어보다가 원장에게 뭔가를 물었다. 수아는 똑똑히 들었다.

'진영이는요?'

바깥에 선 원장이 어떤 손짓을 했는지 여교사는 상당히 당황한 눈치였다. 결국 진영이라는 아이는 보이지 않았다. 안으로 들어온 원장은 진료가 이루어지는 것을 잠시 보는 듯하더니 바깥으로 나갔다. 그 틈을 타 수아는 얼른 자리에서 일어섰다. 그때 함께 봉사를 왔던 오인대가 그 뒤를 따라 일어났다. 수아와는 봉사을 통해 친해진 인물로, 이곳에 들어오기 전 수아는 이미 오인대에게 사정을 일부 이야기해 주었다.

두 사람은 복도에서 묘한 광경과 마주쳤다. 복도로 걸어오던 몸집이 왜소한 남자아이를 발견한 원장이 허겁지겁 어디론가 데려가고 있었기 때문이었다. 남자아이는 사타구니를 움켜쥐고 힘겹게 걸었다. 어찌해야 하나, 생각을 하고 있을 때 오인대가 나섰다.

"저 원장님."

원장의 어깨가 흠칫, 경직되는 것이 보였다.

"그 아이 화장실에 가고 싶은 것 같은데요."

천천히 돌아선 원장이 오인대의 얼굴을 물끄러미 보다 진영에게로 시선을 돌렸다. 미간을 살짝 찌푸리고 있었다. 아이가 화장실을 가는 '인간'이라는 것을 처음 알았다는 듯 묘한 표정이었다.

"아……."

"제가 데려가죠."

오인대가 다가서 아이의 팔을 잡기 위해 손을 내밀었다. 순간, 아이가 기겁하며 몸을 움츠렸다. 자세히 보니 온몸을 부들거리며 떨고 있었고 순식간에 얼굴이 파리해졌다. 오인대는 아이의 얼굴을 물끄러미 내려다보았다.

"화장실 가야지."

아이는 잔뜩 몸을 움츠린 채로 복도 오른쪽에 있는 화장실 안으로 들어갔다. 잠깐의 틈을 두었다가 오인대가 아이의 뒤를 따랐다. 원장의 얼굴에서 불안한 기색이 역력하게 떠올랐다. 여성인 원장은 안으로 따라 들어가지 못했다.

그리고 오인대는 화장실에서 감춰진 진실과 마주했다. 그리고 그 아이가 바로 최진영이라는 사실도 알 수 있었다.

수아는 차에서 내렸다. 보육원 건물 안으로 들어서면서 좌우를 살펴 진영을 찾았다. 보이지 않았다. 다른 아이들은 다 뛰어놀고 있는데, 그 아이는 보이지 않았다.

"어떻게 오셨죠?"

뒤에서 낯익은 목소리가 들려왔다. 수아는 보육원장임을 알 수 있었다. 굳어지려는 얼굴을 감추고 미소 띤 얼굴로 돌아섰다.

"아, 어제 봉사활동 오셨던 의사선생님이시네요. 무슨 일이라도?"

그런 일을 안 뒤라 그런지, 수아는 보육원장이 하는 말 하나, 단어 하나에도 무엇인가를 숨기려 하는 것 같은 의도를 느꼈다. 본능적으로 태어나면서부터 모성을 가지고 있다는 여성의 몸으로 어떻게 그 같은 일을 묵과하였는지 상상할 수조차 없었다. 저렇게 친절한 척, 이 사회에 공헌하는 사람인 양 행동하는 내면에 뱀보다 차가운 인성과 뱀이 품고 있는 것보다 더 지독한 독을 숨기고 있다는 사실이 자꾸만 인식되었다.

"다름이 아니라."

수아는 정신을 차리고 보육원장의 눈을 똑바로 응시했다. 어중간한 태도를 취해 원장이 의심을 품게 된다면 진영이를 구할 수 없다는 서동현의 말을 계속해서 되뇌었다.

"어제 진료한 아이 중에요, 심각한 피부병이 있는 아이가 있어서요. 육안으로 볼 때는 대단찮은 각질 정도로 보았는데 채취해 간 피부 각질을 분석한 결과 전염성이 심각한 피부질환이라는 결과가 나왔어요. 그래서 원장님의 허락을 받고 하루나 이틀 정도 병원으로 데리고 가 직접 집중치료를 하면 어떨까 해서요. 그 아이 하나의 문제만이 아니라, 다른 아이들 모두에게 옮겨지면 더 심각한 상황이 올 것 같아서요."

준비해 온 말을 수아는 더듬거리지 않고 읊었다. 보육원장이 과장되게 놀라는 행동을 취했다.

"그래요? 그러면 당연히 안 되죠. 감사하게도 이렇게 신경 써 주셔서 제가 몸 둘 바를 모르겠네요. 병명 정도만 알려주시면 저희와 자매 결연되어 있는 대학병원에 가볼게요."

"이왕 봉사하던 김에 치료까지 꼭 제가 해 주고 싶어서요. 하루만 슬쩍 봉사하고 가는 것이 아니라 앞으로도 많은 도움 드리고 싶고요."

"저희야 감사하죠. 그런데 누구죠? 피부병이 발견된 아이가?"

보육원장의 질문에 수아는 그녀의 눈을 응시했다. 목이 타들어 가는 기분이었다. 찬물을 마시고 싶었다. 그리고 저 뻔뻔한 얼굴에 쏟아 부어 주고 싶었다. 당신들이 진정 인간이냐고 소리쳐 주고 싶었다.

침을 꿀꺽 삼켰다. 끓어오르던 분노를 뱃속 어딘가 아래쪽으로 잠시 밀어 넣었다. 보육원장이 고개를 갸웃했다. 용기를 내자, 속으로 되뇌며 수아가 말했다.

"진영이라는 아이요. 최진영."

순간, 보육원장의 포커페이스에 금이 갔다. 아주 찰나의 순간 그녀의 눈에 살기 같은 것이 번뜩이는 것을 분명 보았다. 하지만 보육원장은 입술을 끌어올려 미소 지으며 대답했다.

"아, 진영이요? 그 아이는 어제 진료에 참여하지 않았는데요."

"기억하시겠지만, 어제 화장실에 같이 들어갔던 친구가 소아과 닥터예요. 슬쩍 보니 피부병이 있는 것 같아 진료를 했다네요."

그런가요, 라고 말하며 원장이 입술에 미소를 머금었다. 불안하게 생각해서일까? 믿는 걸로 보이지 않았다.

"이걸 어쩌죠? 오늘은 안 될 거 같은데요. 미안하지만 내일 데리고 가주셨으면 좋겠습니다. 혹시 시간이 안 되신다면 아까 말씀 드렸듯이 자매 결연되어 있는 병원으로 저희가 데려가겠습니다."

수아가 생각지도 못한 상황이었다. 서동현이 아니라 의사인 본인이라면, 하루 데리고 간다는 말에 당연히 내보내 줄 거라 생각했다. 서동현과 자신의 끈을 알지 못하리라 생각했기 때문이다.

어떻게 해야 하는지 수아는 알 수 없었다. 할 수만 있다면 서동현에게 전화를 걸어서 의논하고 싶은 마음이었다.

"하지만 정말 전염성이 심한 거라서요. 어째서 오늘은 안 되신다는 거죠?"

수아는 자신의 말투가 조급해하거나 항의하는 듯이 느껴지지 않도록 신경 쓰면서 물었다. 원장이 짜증스럽게 팔짱을 끼며 대답했다.

"내일 후원자들의 밤 행사가 있어요. 거기서 발표할 연극에 최진영 어린이가 참가하고요. 마지막 연습이라 뺄 수 없어요. 보육원 한해를 통틀어 가장 크고 가장 중요한 행사예요. 그러니 철저히 연습해야 하고요."

조금의 주저함도 없이 대답하는 보육원장을 보며 수아는 대답도 못할 정도로 기가 막혔다. 물론 거짓말이기는 하지만, 전염되는 피부병이라는데도 원장이 후원자들을 위한 행사 때문에 치료를 미루려고 하는 것은 말도 안 된다는 생각이 들었다. 수아의 그런 기분이 얼굴을 통해 나타났는지, 원장이 말을 이었다.

"어차피 지금까지 모르고 지내왔던 병이잖아요? 대단한 것도 아니고, 고작 피부병인데. 내일 데리고 가세요. 솔직히 선생님께서 무슨 생각을 하시는지 모르는 바 아니에요. 후원자들을 위해 아이들을 이용해 먹는 건 아닌가 생각하시겠죠. 하지만 그건 선생님이 보육원에 대해 잘 모르셔서 하는 말씀이에요. 후원자들의 밤 행사, 아이들의 미래가 바뀔 수도 있는 행사입니다."

후원자들의 밤 행사를 보고 마음이 동한 어떤 자산가는 지갑을 열고, 또 마음이 열린 어떤 자산가는 보육원의 시설을 새로 바꾸는 데 주저하지 않고 지원할 것이며, 운이 좋으면 어떤 아이의 새로운 후원자, 나아가서는 새로운 부모가 되어 줄 수도 있다는 이야기인 듯했다.

원장이 무슨 뜻으로 하는 말인지 모르는 바는 아니나, 그것이 진영을 데리고 나오는 일에서 물러서도 되는 이유인지 알 수 없어서 수아는 잠시 머뭇거렸다. 후원자들의 밤 행사라면, 진영이를 그렇게 만든 사람이 누군지는 알지 못하지만 그 사람도 온다는 얘기가 아닐까.

하지만 어쨌든 원장의 말에 의하면 오늘은 일단 연습뿐이고, 어차피 하루만 지나면 진영을 구출해 낼 수 있으니 수아는 조금만 참자고 생각했다.

"그러면 내일은 꼭 병원에 데리고 갈 수 있도록 배려해 주셨으면 좋겠습니다."

보육원장은 빨간 립스틱을 바른 입술을 끌어올려 웃었다.

"그러죠."

그 웃음에 묘한 불안감 한 자락이 수아의 가슴을 스치고 지나갔다.

원장실을 빠져나와 운동장을 지나면서 수아는 문득, 보육원 건물을 돌아보았다. 보육원 2층 창문에 선 한 남자아이가 밖을 내다보고 있었다. 거리도 멀고, 시력이 나쁜 수아는 그 얼굴이 보이지는 않았지만, 그 아이가 왠지 진영일 것 같은 느낌이 들었다.

내일은 반드시, 하고 다시 한 번 다짐하며 차에 올라탔다. 시동을 걸려다가 휴대폰을 꺼내 서동현에게 전화를 걸었다. 서동현은 기다리고 있었던 듯 전화를 받았다.

― 어떻게 됐어?

"잘 안 됐어. 후원자의 밤 행사인가 뭔가 때문에 마지막 연습이라고 절대 안 된대."

수아는 원장의 말을 그대로 서동현에게 전했다. 서동현도 수아처럼 오늘 하루 밀리는 것뿐이고, 내일 데리고 올 수 있다고 생각하는지 할 수 없지, 하고 대답했다.

― 이리로 올래? 점심, 사줄게.

무뚝뚝한 서동현이 수아를 이런 일에 끌어 들여 미안하긴 한 모양이었다. 수아는 웃으며 말했다.

"서동현이 웬일인가 싶긴 하지만, 내일 해가 서쪽에서 뜰까 봐 안 되겠어. 점심 한 끼 때문에 천지가 개벽해서야 쓰겠어?"

전화기 너머에서 서동현이 쿡쿡거리며 웃었다. 바쁘다는 말 대신 장난스럽게 둘러댄 것을 알아챘으리라. 문득, 함께였을 때보다 지금의 사이가 더 낫다는 생각이 들었다.

수아는 전화를 끊고 시동을 걸었다. 묵직한 마음이 서동현과의 통화 덕분에 조금 나아졌다. 부드럽게 차가 출발하여 서린 보육원 앞의 플라타너스 길을 벗어났다.

수아의 차가 빠져나가 큰 도로로 합류한 뒤, 마치 기다렸다는 듯 검은 차량 두 대가 연이어 서린 보육원 앞으로 진입했다. 검은 차량은 모두 서린 보육원 앞에 마련되어 있는 주차장을 무시하고 보육원 운동장 안까지 차를 몰고 들어갔다. 먼지가 부옇게 일었다.

* * *

병원으로 돌아간 수아는 김 간호사에게 홍차를 한잔 부탁했다. 아직 개원한 지 얼마 되지 않은 개인 병원인지라, 환자가 많지 않아 간호사 한 명이 직원의 전부였다. 덕분에 안내데스크 업무도, 간호일도, 원장의 보좌 역시 김 간호사 혼자 해내고 있는 실정이었다. 김 간호사 역시 그런 사정을 잘 알아주어 딱히 불평 없이 잘해내 주고 있었다.

다행인지 불행인지 대기하고 있는 환자는 없었다. 두통이 일고, 마음이 갑갑하여 바로 진료를 들어가는 것은 무리라고 생각되었는데 다행이다, 쪽의 마음이 컸다.

가운을 입고 의자에 앉기 무섭게 상념이 수아를 덮쳤다. 아이의 눈빛이 잊히지 않았다. 경계, 두려움, 혐오. 그 나이 대에 절대 있어서는 안 될 감정들이 그 아이를 집어삼키고 있었다. 화장실에 따라 들어가 진영을 진료한 오인대의 소견을 들었을 때 수아는 비명을 지르고 싶었고, 쓰러질 것 같은 어지러움을 느꼈다.

대체 그 아이에게 무슨 일이 일어났던 것일까.

생각할수록 그 아이가 그간 법의 테두리 안에서 보호받을 수 없던 지난 시간들이 원망스럽게 느껴졌다.

노크 소리에 수아는 상념에서 벗어났다. 문이 열리고 김 간호사가 들어왔다.

"저 선생님. 환자요."

수아는 인상을 찡그렸다. 홍차 한 잔을 마시는 시간만이라도 머리를 좀 쉬게 해 주고 싶었다. 5분 정도만 시간을 벌어줄 수는 없을까, 하고 부탁하려는데 김 간호사가 밝은 얼굴로 말했다.

"드디어 저희 병원에도 유명인사가 오시는군요!"

"누군데?"

수아 역시 관심을 내비치지 않을 수 없었다. 웬만한 피부과들은 모두 연예인이나 유명인사의 협찬을 하고 있다. 무료로 시술해 주고 원장과 함께 사진을 찍어 병원을 홍보한다. 수아 역시 개원을 하고 그 방법을 생각하지 않은 것은 아니었다. 하지만 직접 기획사에 전화를 걸어 그런 제안을 한다는 것이 수아에게는 어쩐지 의사답지 않은 일이라고 생각되어 꺼리던 참이었다.

"연예인은 아니고요."

일부러 뜸을 들이는 김 간호사의 눈이 반짝였다.

"국회의원 강호성이요! 이번에 영인 시장 선거에 출마한 강호성이라고요."

"허."

자기도 모르게 수아는 날카로운 숨을 삼켰다. 정치를 하는 사람이라고 하여 특별히 굽실대는 것은 아니지만, 자신의 병원에 유명인사가, 그것도 하루가 멀다 하고 9시 뉴스에 나오는 스타 정치인이, 게다가 이번 선거에서 가장 이슈가 되고 있는 후보가 이 작은 개인병원에 오다니 믿어지지가 않기보다는, 신기했다. 물론 엄밀히 따지면 상대가 상대니 홍보 따위는 할 수도 없지만 입소문이라는 것은 무섭다. 수아는 드디어 자신에게도 운이 트이나 보다 하는 생각까지 했다.

"들어오시라고 해."

김 간호사가 황급히 나간 뒤, 수아는 옷매무새를 가다듬었다. 곧 유난히 친절한 미소를 띤 얼굴의 김 간호사가 강호성을 대동하고 원장실에 들어섰다. 수아는 자기도 모르게 벌떡 일어섰다.

강호성은 여자의 얼굴을 슬쩍 본 후, 원장실 내부를 훑어보았다. 작지만 깔끔하게 정리된 병원이다. 개원한 지 얼마 되지 않아 새것의 느낌이 강하다. 여자의 얼굴은 미인형에 가깝다. 단정하게 뒤로 묶은 머리 때문에 조금은 차가운 느낌이 들지만, 웃으면 꽤 호감을 느끼게 할 것이다. 서동현 형사같이 투박한 남자에게는 과분하다. 취향은 아니지만 저런 여자는, 침대에서 어떤 비명을 지르는지 문득 궁금해졌다.

평소에 하던 대로 강호성은 사람들의 경계를 누그러뜨리는데 좋은 미소를 지었다. 일어서서 그를 맞이한 하수아는 자신의 진료 책상 옆 의자를 가리켰다.

"앉으세요."

하수아의 손가락을 따라 시선을 옮긴 강호성은 의자를 보고는 자신도 모르게 미간을 찌푸릴 뻔했다. 등받이도 없는 원형으로 된 일인용 의자였다. 천하의 강호성을 이따위 의자에 앉히다니, 기가 막힐 노릇이었다. 병원을 가는 일은 많지 않지만, 가끔이라도 가는 날이면 병원 원장부터 박사, 과장, 그 밑의 레지던트들까지 입구에 마중 나오는 것은 물론이고, VIP실의 최고급 폭신한 소파에서 진료를 받는다. 이따위 의자는 발로 걷어차 주고 싶었다.

하지만 오늘은 여기까지 온 다른 목적이 있다.

강호성은 의자에 앉았다.

"어디가 불편하세요?"

"아, 실은 제가 심각한 알레르기가 있습니다."

소매 단추를 풀고 팔뚝을 걷어 보였다. 손목부터 시작된 흉터가 팔뚝을 따라 옷 속까지 이어져 있었다. 수아가 고개를 끄덕였다.

"그러시네요."

"심각한 꽃가루 알레르기죠. 해마다 봄이면 거의 피난을 가듯 여행을 떠날 정도로요. 요즘은 바쁘다는 핑계로 치료도 제대로 안 받고 긁어댔더니 그 지경이 됐습니다."

그의 말대로 상처는 너무 긁어서 피가 터진 곳도 많았다. 이 정도면 꽤나 괴로울 것이다. 게다가 쉽게 치료되지 않는다는 것 역시 본인이 너무 잘 알고 있을 것이다.

"일단 상처를 소독하고 약을 드릴게요."

"약은 제 주치의로부터 받고 있습니다. 상처 소독만 부탁드립니다."

그 말에 수아가 살짝 미소를 지었다. 뭔가를 묻고 싶은데 주저하는 듯한 어색한 미소였다. 잠시 생각하는 듯하더니 이내 입을 열었다.

"그러게요. 사실은 강호성 님 같은 분은 당연히 주치의가 있을 텐데 왜 이런 작은 병원에 오셨나, 궁금했어요."

"서동현 형사, 와이프 되시죠?"

강호성의 입에서 서동현의 이름이 나오자 하수아는 적잖이 놀라는 눈치였다. 하지만 예의 매력적인 미소로 차분히 대답했다.

"와이프였던 사람이죠."

"그래도 서동현 형사가 마음을 많이 쓰고 있던데요."

수아의 얼굴에 미소가 떠올랐다. 행복해 보이는 미소다. 강호성은 회심의 미소를 지었다. 정태용 보좌관의 조사에 의하면 이혼 후에도 좋은 관계를 유지하고 있다고 했다. 그것이 어떻게 가능한지 강호성은 이해가 되지 않았지만 하수아라는 인물은 서동현 형사를 괴롭히는 데 꽤 좋은 소재가 되어 줄 듯했다. 지금 하수아의 미소를 보니 그 생각에 더 확신이 들었다.

"혹시 그 사람이 부탁하던가요?"

병원에 유명인이 들락거리면 좋은 홍보가 된다. 애초에 강호성 역시 그것을 노렸다. 생각한 대로 얘기가 잘 흘러가고 있다.

"아뇨. 특별히 부탁한 것은 아닙니다."

"아, 그런가요? 그런데……."

아무래도 궁금해서 참을 수가 없는지 수아가 말했다.

"동현 씨하고는 어떻게 알고 지내는 사이세요?"

강호성이 눈을 동그랗게 떴다. 그 얼굴을 보고 수아가 당혹해하며 손을 내저었다.

"아니, 아니요. 한 번도 선생님에 대해 들은 적이 없어서요. 그리고 허구한 날 경찰서에만 붙어 있는 사람이 어떻게 선생님 같은 분과 아는지 궁금해서요."

"제가 그 친구에게 이런저런 도움을 좀 많이 받았지요."

"아."

수아는 고개를 끄덕였다. 궁금하긴 하지만 더 자세히 묻는 것은 실례라고 생각했다. 서동현이 특별히 부탁한 것은 아니지만 '이런 저런 도움을 좀 많이 받은'터에 그가 '상당히 마음을 쓰는 이혼한 아내'에게 도움을 주고 싶어서 들려준 것 같다고 생각했다.

일상적인 대화 몇 마디가 더 오고 간 후 수아는 치료를 시작했다. 상당히 심한 알레르기다. 근본적인 치료는 어려워도 간지러움을 완화시켜준다든가, 알레르기 물질에 노출됐을 때 심장마비까지 가는 불상사가 생기지 않도록 약을 처방할 수는 있겠으나, 강호성의 말대로 그는 대한민국에서 둘째가라면 서러워할 주치의가 붙어 있는 몸이다. 변방의 작은 개인병원 의사인 본인은 본분에 맞게 그저 강호성이라는 사람이 자신의 병원에 와준 사실에만 감사해 하며 상처 소독이나 해 드리는 것이 주제에 맞다는 생각이 들었다.

소독을 하고 연고를 발라주었다.

"치료를 한동안 받지 않으셨네요. 아무리 바쁘시더라도 치료는 꼬박꼬박 받으세요. 지금도 무척 심하지만 더 심해지면 곤란하시잖아요."

"그러죠."

강호성이 자리에서 일어났다. 수아도 그를 따라 일어섰다. 강호성이 손을 뻗어 악수를 청했다.

"만나 뵙게 돼서 반가웠습니다."

"저야말로 영광입니다. 이번 선거에서 꼭 좋은 결과 있으실 겁니다."

"감사합니다."

"그 사람한테는 오늘 다녀가셨다고 잘 전하겠습니다."

순간 강호성의 눈에 살기가 스쳤다. 그는 입술을 끌어올려 차갑게 웃었다.

"그러면 이 말을 꼭 전해주십시오. 그동안 고마웠다고 말입니다. 그간의 은혜는 어떻게든 꼭 갚겠다고도요."

그 시각 서동현은 경찰서 벽에 걸린 TV를 보고 있었다. 9시 뉴스에서 특별기획으로 마련한 **지방선거! 그 화제와 이슈**라는 코너였다. 선거 시즌이니, 선거 유세나 공약 등등 하루가 멀다 하고 화젯거리가 속출한다. 그래서 날마다 가장 사람들의 흥미를 끌 만한 뒷이야기들을 조명하겠다는 취지로 만든 코너였다. 오늘은 인터넷 상에서 화제를 불러일으킨 강호성의 신발에 대해 방송하고 있었다. 강호성이라는 이름 하나만으로도 서동현은 하던 일을 멈추고 TV를 시청했다.

─오늘의 지방선거 관련 화제 뉴스는 단연코 강호성 후보의 구두였죠? 이슈의 시작은 한 네티즌이 올린 게시물 하나였는데요.

때마침 사무실의 문이 열리고 지신우가 들어왔다. 영인 중앙시장 인근 연쇄 아리랑치기 사건의 참고인 조사를 마치고 들어오는 길이었다. 지신우는 들어오기 무섭게 서동현의 옆으로 바짝 붙어섰다. 목소리를 낮추고 말을 걸어왔다.

"강호성한테 아직도 관심 있는 거 걸리면 좀 안 좋지 않을까요?"

260

서동현은 TV에서 시선을 떼지 않고 심드렁하게 대꾸했다.

"나 어차피 이렇게 생겨먹은 놈인 거 모르냐. 그리고 여기 우리 형사팀 애들밖에 없다. 내일 경찰서장이 나 불러올리면 여기 있는 놈들 중 한 놈 아니겠냐."

마치 들으라는 듯 큰 목소리였다. 지신우는 주변을 둘러보았다. 전화를 받는 김 형사, 서류 작성을 하는 신 형사 등 몇몇의 형사들이 움찔하더니 고개를 돌리는 것이 보였다. 못 말린다 생각하며 씨익 웃던 지신우도 자연스레 TV 화면에 시선을 던졌다.

화제가 됐다는 강호성의 사진은, 시장선거 후보연설 등 이번 지방선거와 관련된 행보 때마다 나오는 화면 캡쳐본이었다. 빨간색 동그라미로 강호성이 신은 구두를 강조해 놓았는데 모두 같은 구두였다. 신은 지 적어도 3, 4년 이상은 되어 보이는 낡은 구두였다.

그러니까 '최고의 위치에서도 가난한 여인을 사랑한, 정의의 사도, 여러분의 강호성 후보는 심지어 소박하기까지 하답니다'를 대놓고 보여주는 사진이었다.

"저거 쇼예요, 쇼."

서동현도 그럴 거라고 생각했다. 처음 후보로 나왔을 때부터 일부러 그런 반응을 노린 거라고 생각한다. 아니, 거의 확신한다. 저런 게시물을 올린 사람 역시 강호성의 당 쪽 사람일지도 모른다고 생각했다. 화제를 만들기 위해 못 갈아 신었고, 지금은 화제가 되었으니 이래저래 갈아 신고 싶어도 못 갈아 신을 것이다.

서동현은 그들의 보여주기 식 쇼 놀음에 그만 웃음을 터뜨리고 말았다.

그러나 순간 그의 웃음이 멈추었다. 서동현은 다시 화면으로 눈을 가져갔다. 어느새 화제와 이슈 코너는 끝나고 다른 소식을 전하고 있었다. 그는 낮은 신음을 흘리며 의자를 빙글, 돌려 컴퓨터를 켰다. 인터넷에 접속했다. 검색어를 입력하기도 전에 검색어 순위에 **강호성 구두**가 랭크되어 있었다. 재빠르게 클릭했다.

검색되는 이미지 하나를 클릭했다.

"왜요? 뭐가 있어요?"

지신우가 관심을 가지며 물어왔지만 서동현은 묵묵부답이었다. 그는 화면 속을 날카롭게 노려보았다.

장옥란의 목을 조른 끈은 굉장히 얇고 단단한 끈이었다. 하지만 살해도구로 보이는 물건은 집안에서 보이지 않았다. 진짜로 주미란이 장옥란을 교살하고 자살한 것이라면, 끈을 굳이 숨겼을리가 없다. 그렇다는 것은 누군가 그 끈을 가지고 갔다는 의미이며, 그자가 바로 장옥란을 죽인 진범이라고 보아도 무방하다.

그렇다면 진범은 그 끈을 어떻게 처리했을까? 일반적으로는 증거가 될 수 있는 물건이니 찾을 수 없는 곳에 버릴 것이다. 고작해야 끈 정도이니 태워버릴 수도 있고, 길가에 버려진 종량제 봉투에 쑤셔 넣었을 수도 있다.

하지만 그럴 수 없는 경우가 있다.

갈아 신고 싶어도 갈아 신을 수 없는 구두.

"저거다."

서동현은 스마트폰을 꺼내 인터넷을 실행시켰다. 검색창에 강호성의 구두를 입력하여 어렵지 않게 조금 전 컴퓨터로 본 사진을 찾을 수 있었다. 그는 사진을 다운받은 후, 스마트폰 메신저로 김 박사에게 곧장 전송했다. 김 박사가 문자를 확인하는 것을 차마 기다리지 못해 바로 전화를 걸었다.

— 여보세요?

"박사님, 서동현입니다. 지금 휴대폰으로 사진 한 장 보냈는데 확인 부탁드립니다."

느닷없는 요청이었다. 전화기 너머에서는 지금 어떤 상황인지 파악하려는 듯 잠깐의 침묵이 흘렀다. 서동현의 목소리가 심상치 않음을 느꼈을 것이다.

— ……뭘 확인하면 되는데?

"제이럴 타운에서 교살당한 장옥란 기억하시죠? 제가 보내드린 사진 속의 구두끈이 혹시 살해에 사용된 것이 아닌가 해서요."

— 일단 한번 보지.

김 박사는 곧 다시 걸겠다고 하며 전화를 끊었다. 기다리는 시간 동안 애가 탔다. 지신우가 무슨 일인지 궁금해 옆에 바짝 붙어선 채 설명을 기다렸지만 서동현은 꼼짝 않고 전화기만 노려보았다.

십 분쯤, 아니 그 보다 더 짧았을지 모르는 시간이 지난 후 김 박사가 다시 전화를 걸어왔다.

— 가능성은 있어 보여. 하지만 실물을 보지 않고서야 확신할 수는 없어. 사진도 흐릿하고.

작은 사진을 확대한 것이라 화질이 좋지 않다.

"사진만으로는 어떻게…… 증명할 방법은 없는 거군요."

— 방법은 하나지. 그 신발 끈을 입수해야 해. 실제 상흔과 대조도 해보고. 만약 신발 끈에 피해자의 혈흔 같은 게 묻어 있다면 그야말로 빼도 박도 못하는 거지.

강호성이 매일같이 신고 다니는 신발의 끈을 입수하는 건 가능성 제로의 일일 것이다. 서동현의 침묵으로 좌절감을 알아챈 김 박사가 힘을 주어 말했다.

— 중요한 건 가능성이 있다는 거지.

서동현은 신음을 흘렸다. 감사하다고 인사를 한 후 전화를 끊었다. 득달같이 지신우가 왜 그러냐고 재차 물었다. 서동현은 의자를 박차고 일어섰다. 당장 강호성의 집으로 가야 한다. 어렵겠지만 무슨 수를 써서라도 구두끈을 입수해야 했다. 서동현은 지신우에게 강호성의 집으로 가야 한다고 지시하려 했다.

그때 휴대전화가 울렸다. 집중하려던 때에 울리는 휴대폰이 짜증스러웠지만 발신자가 수아임을 알고 지신우에게 기다리라고 손짓한 뒤 휴대폰을 열었다. 서린 보육원과 관련된 이야기일지도 모른다.

"여보세요?"

— 오! 친절한 내 전남편 서동현 씨!

어딘지 모르게 신이 난 듯 들뜬 목소리였다. 서린 보육원과 관련된 이야기는 아닌 것 같다. 서동현은 양해를 구하고 일찍 통화를 마무리 지어야겠다고 생각하며 물었다.

"무슨 좋은 일이라도 있으신가?"

— 오늘 병원에 누가 왔는지 알아?

은근하게 물어오는 목소리. 마음은 바쁜데 평소에는 그러지 않던 아내가 왜 이러나 싶어서 서동현은 심드렁하게 대답했다.

"장동건이라도 왔어?"

— 강호성!

아내의 들뜬 목소리가 뱉어낸 이름 석 자는 서동현의 머릿속을 새하얗게 만들었다. 서동현은 자신이 지금 들은 말이 무슨 말인지 이해하지 못한 사람처럼 되물었다.

"누구?"

— 강호성이 왔다고. 이번 영인 시장 선거에 출마한! 그 정도되는 사람이면 개인 주치의가 있지 않나? 우리 병원도 이제 입소문이 났나봐.

서동현은 어떤 말을 해야 할지 알 수 없었다. 전화기 너머에서 아내는 서동현의 침묵을 다른 의미에서 이해했는지 웃으며 말했다.

— 에이. 알아 알아. 사실은 당신 덕분인 거. 인사 전해달라고 하던데?

아내는 들떠 있었다. 그러나 서동현은 발을 헛디뎌 낭떠러지로 떨어지는 사람처럼 정신이 아찔했다.

12

끼음을 내며 서동현의 차가 도로변에 급정거했다. 뒤에서 따라 오던 차량이 성이 나서 경적을 울려댔다. 하지만 서동현은 아랑곳 하지 않고 차에서 내려 수아의 병원이 있는 건물로 뛰어 들어갔 다. 기다리라는 서동현의 전화를 받고 수아는 퇴근하지 않고 병 원에서 기다리고 있을 터였다.

두 계단씩 뛰어 올랐다. 자신의 뜀박질이 이렇게 무섭도록 느 리게 느껴지는지는 처음 알았다. 점점 수아의 병원 문과 가까워 질수록 그의 초조함은 극에 달했다.

마침내 마지막 계단까지 올랐을 때, 서동현은 주저 없이 병원 문을 박차고 들어갔다. 환자 대기소 소파에 앉아 수아는 한가롭 게 TV를 보고 있었다. 내부의 불은 대기소 것만 빼놓고는 모두 꺼놓아 어두침침했다. 이미 가운도 벗어 놓은 채 핸드백을 들고 있는 것으로 보아 서동현이 오면 바로 퇴근하려고 준비하고 있었던 듯했다.

병원 안으로 뛰어 들어온 서동현을 보고 수아가 반색해서 일어섰다. 하지만 서동현은 수아에게 눈길만 잠깐 던졌을 뿐 그녀를 지나쳐 창가로 향했다. 창에서 바깥을 내려다보았다. 이쪽을 감시하고 있는 수상한 차량이나 사람은 보이지 않는다. 서동현은 안도의 한숨을 쉬었다.

'그것은 경고였나.'

안심할 수는 없다. 경고였다면, 두 번째는 경고로 끝내지 않을 것이다. 서동현은 거칠게 커튼을 잡아채 창을 가렸다.

"왜 그래? 무슨 일 있어?"

서동현의 행동만으로도 수아의 목소리에는 알 수 없는 불안감이 어렸다.

"퇴근 준비는 다했지? 일단 나가자. 며칠, 아니 일주일, 아니 어쩌면 한 달…… 그래 한 달 정도 문 닫을 준비해."

"무슨 일이냐니까?"

"간호사가 있었던가? 연락해서 당분간 나오지 말라고 해. 여행갈 일이 있다고. 아니 그냥 그럴 일이 있다고만 말해. 어디로 가있는 게 낫겠어? 차라리 해외가 낫나? 어차피 그동안 여행 제대로 못 가봤다고 아쉬워했으니까 진짜로 여행을 가는 건 어때? 프랑스! 그래, 프랑스에 가고 싶다고 했었잖아."

"서동현!"

마치 비명 같은 수아의 고성이 서동현의 폭주를 멈춰 세웠다.

서동현은 흔들리는 눈동자를 수아에게 고정시켰다. 강호성이 이곳에 찾아온 것은 분명 경고였다. 다음 타깃은 이쪽이라고 말하는 것이다. 수아는 안 된다. 형사와 결혼했다는 죄로 외로움을 감내해야 했고, 들어오지 않는 남편의 안위를 걱정하며 불안의 밤을 지내야 했다. 결혼해서 행복하게 해 주지 못했고, 치매 어머니의 간병으로 신혼생활을 채웠다. 그때 쾌활했던 그녀는 점점 바닥으로 가라앉고 있었다. 지켜주기 위해 헤어졌다.

하지만 차마 보지 않고는 살 수가 없어서 친구라는 치졸한 이름으로 그녀의 곁에 맴돌았다. 그래도 이런 더러운 일에 얽고자 그리하였던 것은 아니다.

지켜야 한다. 무슨 일이 있어도.

"무슨 일이야 대체."

"잠깐만, 잠깐만 떠나 있어줘. 최대한 빨리 해결할게."

"말하지 않으면 따르지 않을 거야."

"수아야 제발."

서동현의 손이 떨리고 있었다. 그는 애원하고 있었다. 수아는 그에게 다가가 손을 마주잡았다.

"지금은 아무것도 아닌지 몰라도 나, 형사의 아내였던 사람이야. 당신에게 무슨 일이 있다는 것쯤은 알 수 있어. 그러니까 말해."

"말하면 두려울 거야."

"모르면 감당 못할 상상으로 더 두려울 테지. 상대가 강호성인 모양이니까."

서동현과의 결혼 생활 내내 그러했다. 모르느니만 못한 시간들이었다. 그가 어느 현장에 나가 어떤 범인을 쫓고 있는지만 알아도 불안은 극심해졌다. 그 불안이 화가 되고, 이내 그의 인생과 그의 직업적 의식에까지 간섭하기 시작했다. 어쩌면 그런 자신이 두려워져 그녀는 그의 손을 먼저 놓아버린 것인지도 몰랐다.

그 번민을 아는 서동현이기에, 그는 각오해야 했다.

이 일에 아내를 끌어들인 것 자체가 잘못이었다. 이제는 알리지 않을 수 없다. 하지만 반드시 그녀를 지켜낼 것이다.

서동현은 아내의 눈을 힘 있게 응시했다. 아내 역시 불안을 보이지 않는 눈으로 그의 시선을 맞받았다.

잠시 뒤, 두 사람은 소파에 마주 앉아 있었다. 서동현은 차분히 이야기를 시작했다. 처음 이 사건이 시작된 것부터 현재에 이르기까지. 그리고 최진영이라는 아이가 누구인지, 그 아이를 그렇게 만든 것이 누구인지. 그 일에 얼마나 많은 사람들이 얽혀 있는지.

수아는 경악했고, 분노했고, 치를 떨었고, 몸이 떨렸고, 슬펐고…… 그리고 무서웠다. 자신의 뒤에서 평생을 희생한 어머니를 죽이고, 아내를 죽이고, 불쌍한 어린아이를 데려다가 성욕을 채우고, 그 비밀을 파헤치려는 기자를 죽이려 하고, 모든 사람들의 앞에서 멀쩡한 얼굴로 웃고, 신뢰를 바라고, 젊은 사람들의 멘토라는 가면을 쓴 채 언론을 호도했다. 그런 사람을 상대하고 있는 것이다. 그리고 다음 타깃은 본인일지도 모른다.

차분한 척, 그녀는 테이블 위의 찻잔에 손을 뻗었다. 찻잔을 쥐는 손이 가녀리게 떨리는 것을 서동현은 마음 아프게 지켜보았다.

"시기도 시기니까 그 쪽에서도 함부로 나설 수는 없어. 너무 겁먹을 건 없어. 당분간만……."

"선거가 끝나면 어떻게 되는데?"

그의 말허리를 자르고, 침착하게 현실을 말하는 수아의 얼굴을 보며 서동현은 입을 다물었다.

"그 사람이 당선이라도 되면 어떻게 되는 건데……."

눈물이 차올라 있는 수아의 눈을 응시하면서 서동현은 자책했다. 왜 이 여자는 강하다고 생각해 왔을까. 왜 그런 도움을 받겠다고 생각했을까. 그는 어떠한 말도, 변명도 내뱉을 수가 없었다. 그저 고개를 숙였을 뿐이었다.

가슴을 짓누르고 숨조차 쉬기 어려운 침묵이 묵직하게 공간을 억눌렀다. 시계 초침 소리만 그곳을 허망하게 부유할 뿐이었다. 차는 차갑게 식어가고 있었다. 어쩌면 지금 저 창밖에 그들이 두려워하는 그 어떤 것이 기다리고 있는지도 몰랐다.

한참의 침묵 끝에 수아가 나직한 목소리로 먼저 입을 열었다.

"당분간이라고 했지?"

서동현은 고개를 끄덕였다.

"반드시 해결할 거지? 밝혀낼 거지?"

"약속할게."

목숨을 걸고라도 지켜낼 약속이라고 서동현은 생각했다. 그의 대답을 들은 뒤에야 수아는 희미하게 미소 지었다.

"당신이 시키는 대로 할게. 단, 예정대로 내일 진영이를 데리고 나온 후에."

"수아야."

서린 보육원에, 그것도 최진영에게 주목하고 있다는 사실과 그

전방에 수아의 존재가 드러난 이상 계획은 보류하는 것이 맞다. 아니, 다른 이유를 모두 차치해 두고라도 수아를 더 이상은 이런 일에 발을 들이게 해선 안 된다. 오늘 느낀 후회와 불안을 다시 느끼고 싶지 않았다.

"말리지 않아 줬으면 좋겠어. 난 의사야. 하지만 그전에 어른이야. 아이를 보호해야 할 의무가 있어. 그러지 않으면 평생 후회하게 될 것 같아. 내일 그 아이를 데리고 나올게. 오래 안 걸려. 오전에 갈 거야."

그녀의 말투와 눈빛에서 단호한 의지가 비쳤다. 수아는 어떤 수를 써서든 진영이를 빼내올 작정이었다. 한 번 마음 먹으면 하고야 마는 그녀의 성격을 잘 알던 서동현은 차마 더 이상 말릴 수 없었다.

내일은 꽤 긴 하루가 될 것 같았다.

다음날 아침 일찍 경찰서로 출근한 서동현은 지하에 있는 취조실로 지신우를 불러 내렸다. 방음도 확실한 취조실이 비밀리에 단둘이 회의를 하기에는 가장 적합했다. 지신우가 주변을 살피며 취조실 안으로 들어오자 서동현은 본론을 꺼냈다.

"강호성의 구두를 입수해야 해. 어떤 수를 쓰더라도. 설령 그게 불법적인 거라도 말이야."

"구두요?"

"어. 구두. 정확히 말하면 구두끈."

서동현은 지신우에게 자신이 왜 구두를 입수해야 하는지에 대해 설명하였다. 설명을 듣는 지신우의 표정이 놀람으로 가득했다.

"신발은 갈아 신지 못했어도 구두끈은 이미 교체했을지도 몰라요. 구두끈이라는 거 거의 다 비슷하지 않나요?"

서동현은 고개를 끄덕였다.

"그럴 가능성도 있어. 하지만 그렇지 않을 가능성도 똑같이 절반의 확률로 있어. 실제의 범죄 사건에서 범죄 도구나 증거가 될 만한 것들을 버리지 않는 사례들만 봐도 그렇지. 중, 고딩들이 성적표를 버리는 놈도 있지만 숨겨두는 놈들도 있는 것과 마찬가지랄까. 어쨌든 도박이긴 하지만……."

"그 구두끈에서 장옥란의 유전자, 즉 교살 당시 피부조직이나 혈흔 같은 것이 나와 준다면 게임은 끝인 거죠."

"그렇지."

"하지만……."

어두운 얼굴로 지신우가 턱을 괴었다.

"이건 완전 호랑이 목에 방울 달기네요. 하루도 빠짐없이 신는 구두를 어떻게 입수하죠?"

서동현 역시 그 부분에서 막다른 길에 부딪혔다. 강제적으로 들이닥쳤다가 구두끈에 주목한다는 사실을 알면 강호성은 증거를 은폐해 버릴 것이다. 어쩌면 그 구두끈은 마지막 남은 반전의 기회인지도 몰랐다. 그런 기회를 섣부르게 날리고 싶지 않았다.

생각에 빠졌던 지신우가 확신 없는 목소리로 말했다.

"그 집 가사도우미, 방옥순에게 도움을 요청해 보면 어떨까요?"

서동현은 고개를 저었다.

"이미 강호성의 꼭두각시야. 도와줄 리 없어. 오히려 스스로 그 증거를 은폐하려 들지도 몰라."

"그럼 방법이 없네요."

지신우가 깊은 한숨을 내쉬었다.

"아니, 가능성은 크지 않지만 방법이 한 가지 더 있어."

"뭔데요?"

"일단 신발 끈에 대한 일은 비밀에 부쳐두고, 이 사건을 공개적으로 수사할 기회를 잡는 거지."

"이미 경찰서장이 내사 종결까지 시킨 일이에요. 그럴 방법이 있을 리가 없잖아요."

"있어."

서동현은 단호하게 말했다. 지신우가 의혹 섞인 눈으로 보았다.

"일단 여론에 우리가 가진 의혹들을 흘릴 수도 있지. 대민일보라면 협조할 거야. 제보처는 극비리에 해 줄 거야."

"그리고요?"

어리둥절하게 쳐다보는 지신우의 얼굴을 보면서 서동현은 웃었다.

"그러고는 없어."

"없다고요?"

"응. 없어. 대민일보에서 제대로 보도를 해 준다면 하루아침에 세상은 발칵 뒤집힐 거야. 근거가 아주 없는 이야기가 아니니까, 국민들도 극렬하게 일어나 줄 테고. 그리고 그들이 나서겠지."

"그들?"

"야당."

아, 하고 지신우는 신음을 흘렸다. 강호성이 언제라도 무너지길 기다리는 인사들이니 그 정도의 거대한 미끼를 놓칠 리가 없다. 정의를 위한 길이든, 선의를 위한 길이든, 자신들의 이득을 위한 길이든 그들은 자신들의 안위와 정치적 사활을 걸고 강호성을 찢어발길 것이다.

그리고 아동 성학대라는 이름의 발화성 물질이 분연히 일어난 그 불길 옆에 반드시 있을 것이다.

제보한 사람이 그라는 걸 위에서 알아내지 못할 리가 없었다. 서동현은 옷을 벗을 각오까지 하고 있었다. 브레이크가 고장 난 차를 멈춰 세우려는데 아무런 피해나 상처도 입지 않길 바랄 수는 없다.

그때 휴대전화가 울렸다. 수아였다. 서동현은 자동적으로 시간을 확인했다. 지금쯤 서린 보육원에 도착할 시간이었다. 전화를 한다면 데리고 나온 뒤에 할 거라고 생각했는데, 생각보다 이른 전화에 어쩐지 불안했다.

"응, 말해. 수아야."

하지만 전화기 너머에서는 수아의 목소리 대신 흐느낌 소리가 들려왔다. 그것은 자신이 뛰어 넘을 수 없는 절벽 앞에서 느끼는 두려움과 공포와 절망감 대신 지르는 비명 같은 것이었다.

"무슨 일이야!"

서동현의 재촉에 수아의 울음소리는 더욱 격렬해졌다. 그녀의 거친 흐느낌 간간이 들려오는 말소리에 서동현은 망연자실해졌다. 그는 수아를 달래야 한다는 생각도 하지 못한 채, 전화기를 든 손을 늘어뜨렸다. 전화기가 그의 손에서 맥없이 떨어졌다. 지신우가 놀라서 물었다.

"무슨 일이에요?"

서동현의 눈은 공허했다. 아무리 가려 해도 다가가 지지 않고, 아무리 지키려 해도 지켜지지 않는다. 또, 하나의 진실이 사라져 가려 한다.

"애를, 진영이를 해외 입양시켜 버렸어. 이렇게 갑자기, 어떻게 된 건지 몰라. 절차를 제대로 지킨 건지도. 여기에 있는 보육교사도 자세히는 모르는 것 같고. 오늘 아침 10시 비행기래. 이미 여기서는 떠났어. 이 사람들, 인간도 아니야!"

머릿속에서 울음 섞인 수아의 목소리가 울렸다. 서동현은 멍하니 벽에 걸린 시계를 보았다. 순간 그의 눈에 살기가 스쳤다.

"강호성 위치 파악해 놔. 전화할 테니까."

"네? 그건 왜요?"

서동현은 의자에 걸쳐두었던 점퍼를 들고 주저 없이 사무실을 박차고 달려나갔다. 뒤에서 지신우의 외침이 들렸지만 멈추지 않았다.

* * *

검은색 승용차가 거칠게 경찰서의 주차장을 빠져나갔다. 입구에 이르렀을 때 들어오던 행인이 화들짝 놀라 비켜섰다. 서동현은 경적을 요란스레 울리면서 도로로 진입해 들어갔다. 그는 아랫입술을 꾹 깨물었다. 엑셀을 더욱 힘주어 밟았다. 차량이 앞으로 튀어 나갔다. 찌푸린 미간이 풀어질 줄을 몰랐다.

어제 수아가 서린 보육원에 찾아갔을 때 보육원장은 내일 데려가라고 말했다. 그리고 하룻밤 사이 일을 꾸민 것이다. 왜 그럴 거라고 생각하지 못했을까. 서동현은 자신의 어수룩함에 화가나 손바닥으로 핸들을 쳤다.

앞에서 미적거리는 경차를 향해 경적을 울려댔다. 고개를 흘끗 돌려 왼쪽의 좌회전 차선이 빈 것을 확인하고 들어갔다가 다시 경차 앞으로 끼어들었다. 그의 곡예운전에 놀란 경차 운전자가 급 브레이크를 밟으며 경적을 울렸지만 서동현은 더 빠르게 주행했 다. 곡예운전은 계속해서 이어졌다.

인천 국제공항에는 미리 연락을 받고 대기하고 있던 복지회 입 양담당자가 공항에 들어선 보육원장을 보며 손을 들었다. 풍채가 좋은 남자였다. 웃음을 흘리며 보육원장과 악수했다. 이 곳이 어 디인지, 왜 이곳에 왔는지 알지 못하는 최진영은 주변을 흥미롭게 둘러보다 덩치 큰 남자를 보고는 겁에 질려 걸음을 멈추었다.

서울 도심의 아침 시간은 주차장을 방불케 했다. 더군다나 어 디선가 사고가 났는지 움직일 기미를 보이지 않았다. 그때 옆으 로 버스 한 대가 지나갔다. 그는 잠시 멈칫했지만, 경광등을 꺼내 창을 열고 차 위에 올렸다. 그리고 사이렌을 울린 뒤 버스전용차 로로 진입해 내달렸다.

최진영을 질질 끌다시피 한 서린 보육원장은 남자에게 몇 마디 말을 건네었다. 그러고는 최진영을 가리켜보였다. 자신을 향해 히 죽 웃는 남자를 본 진영은 어쩐지 도망가고 싶어졌다. 하지만 보

276

육원장이 아이의 고사리 같은 손을 우악스럽게 쥐고 있었다. 그리고 그 고사리 손을 이제 남자에게 넘기려 한다. 진영은 그 손을 잡으면 안 될 것 같다는 생각에 폈던 손을 주먹 쥐었다. 남자는 진영의 손목을 잡아 쥐었다. 진영은 울음을 터뜨리고 말았다.

서동현이 운전하는 차가 굉음을 내며 공항 앞에 멈춰 섰다. 주차 안내를 위해 관계자가 다가왔지만 그는 조금의 관심 둘 새 없이 차를 그대로 버려두고 뛰어올라갔다. 공항 안은 복잡했다. 사람도 많았다. 그는 두리번거리기 시작했다.

진영의 소리 없는 울음은 다른 사람들에게 그다지 관심거리가 되지 않았다. 아무런 도움을 받지 못할 거라는 것을 진영은 알고 있었다. 서린 보육원의 그 방에 끌려 들어갈 때마다 그랬던 것처럼. 남자는 진영을 탑승장 안으로 끌었다. 진영은 최대한 엉덩이를 빼고 버텼다. 작은 발이 바닥에 질질 끌린 채로 탑승장 안에 끌려들어 갔다.

서동현은 에스컬레이터에 올라 인파를 물리치며 위로 달려갔다. 그때 미국행 비행기를 이용하는 탑승객은 속히 출국 준비를 마무리 지으라는 안내방송이 들렸다.

진영의 뒤로 탑승장 게이트 문이 닫혔다.

에스컬레이터에서 내려 탑승장을 향해 달려갔을 때, 서동현은 걸음을 멈추었다. 거친 숨이 목구멍을 타고 터져 나왔다. 그의 눈이 분노로 타올랐다. 저 앞에서 서린 보육원장이 걸어오고 있었다.

그녀는 혼자였다.

검은색 투피스 정장을 입고, 검은색 구두를 또각거리며 다가오고 있었다. 그녀는 이내 망연자실한 서동현을 발견했다. 처음엔 좀 놀란 듯싶더니 이내 붉은색 립스틱을 칠한 입술을 끌어올려 웃었다.

"좀 늦으셨네요. 벌써 비행기는 출발했는데."

그녀는 검지를 하늘로 치켜세웠다. 그 손가락 뒤로 보이는 유리창 너머로 진영이가 탔을지도 모를 비행기가 이륙하여 상공을 향해 날고 있었다.

그 순간 서동현의 이성이 끊어졌다. 그는 서린 보육원장에게 와락 달려들어 멱살을 쥐고 벽으로 밀어붙였다. 주변에서 비명이 터졌다. 경비원을 찾는 사람도 있었고, 도와야 하는 거 아냐, 하고 웅성이는 소리도 있었다.

서동현은 울분을 삼켰다. 도움은 진작 주었어야 했다. 어떤 도움도 받지 못하고 스러져간 어린 영혼에게 주었어야 했다.

"형사가 공항에서 난동 부렸다고 기사 나고 싶어요? 나는 댁이랑 9시 뉴스에 동반 출연하고 싶지 않은데?"

여유작작한 태도로 원장이 말했다. 서동현은 그녀의 멱살을 더욱 움켜쥐었다. 그는 이를 갈듯 말했다.

"당신이 인간이야? 네가 사람이냐고!"

"무슨 소린지 모르겠네?"

"날 너무 우습게 봤지. 내가 이대로 넘어갈 줄 알아? 증거 인멸하겠다고 그 어린애를 짐짝처럼 해외 입양 시켜? 아마 당신들 절대 제대로 된 절차는 밟지 않았겠지. 대대적인 조사, 기대해도 좋을 거야."

후, 웃으며 원장은 그의 손을 밀쳐냈다. 그러고는 흔들림 없이 옷매무새를 가다듬었다. 벽에서 등을 떼고 허리를 폈다. 서동현을 올려다보며 얼굴을 바짝 붙였다.

"저 아이의 입양에 한 치라도 잘못된 점이 있다면 고발하세요. 당신이 어디까지 할 수 있는지는 모르지만."

원장은 피식 웃으며 서동현을 스쳐 지나갔다.

"거기서, 이 개만도 못한 년아!"

서동현의 고함이 공항을 흔들었다. 또각거리며 공항을 가로질러 나가던 원장의 구두가 우뚝 멈추었다. 그녀는 미소를 잃지 않았다. 천천히 몸을 돌려 원장은 다시 서동현의 앞에 가 섰다. 곧 웃음이 사그라지고 서늘한 얼굴이 되었다. 이것이 진짜 원장의 얼굴이었다. 원장은 자신의 얼굴을 서동현의 얼굴에 바짝 갖다 대고 나직한 목소리로 말했다.

"개가 되든, 개보다 못한 년이 되든, 살아남는 게 먼저야. 할 테면 하라고. 물론 당신이 지금의 위치에 계속 있을 수 있다는 전제 하에."

원장은 허리를 곧추세우고 자세를 바로 했다. 무서운 얼굴로 노려보고 있는 서동현을 향해 미소를 지어보였다. 그걸로 끝이었다. 원장은 몸을 돌려 유유히 출입구를 향해 걸었다. 아무 일도 없었던 것처럼.

걸으면서도 그녀는 뒤에서 꽂히는 서동현의 시선을 느꼈다. 하지만 그는 여기까지일 것이다. 자신의 말대로 그는 아무것도 하지 못할 것이다. 강호성이 좌지우지 하는 대로 흔들릴 것이고 살아남기 위해 발버둥칠 뿐일 것이다.

이곳은 대한민국이다. 아무도 모르는 사이 1퍼센트의 손이 대한민국을 움직이고, 대한민국은 그들을 위해 나머지 99퍼센트를 장악한다. 99퍼센트가 깨닫지 못하는 새에 1퍼센트는 그들을 지배하고 뜻대로 움직이게 한다. 그 결과 쓰레기 같은 강호성은 청년층의 멘토로 불리고, 이 시대의 마지막 순수한 정치인으로 인식된다. 언론을 장악하고 국민을 세뇌시킨다. 그것은 강호성에게 아주 쉬운 일일 것이다.

강호성은 쉽게 무너지지 않는다. 1퍼센트에 속한 나머지들이 강호성을 둘러싸고 지키고 있다. 강호성이 무너지면 자신들의 위치도 흔들린다는 것을 알고 있다.

공항을 벗어나는 원장의 뒷모습이 시야에서 완전히 사라지자, 서동현에게 현실의 파도가 엄습했다. 최진영을 지키지 못했다. 길을 잃은 사람처럼 그는 비틀거리다 쓰러지기라도 할 것처럼 벽에 기대었다.

정말 변하지 않을까?

아무것도 할 수 없는 것일까?

범죄를 막기 위해 형사가 되었다. 하지만 원장의 말대로 정녕 아무것도 할 수 없는 것인가.

서동현은 주먹을 움켜쥐었다.

"개소리하지 마."

그는 결심한 듯 걸음을 옮기기 시작했다. 주머니에서 휴대폰을 꺼내 통화 버튼을 눌렀다.

"지신우! 강호성의 현재 위치 알아냈나?"

— 현재는 자택에 있는 걸로 확인됐습니다. 하지만 언제까지 있을지는 모르겠습니다. 한창 바쁜 시기니까요

서동현은 이를 갈며 공항을 뛰쳐나갔다.

다른 입주민의 통행을 틈타 서동현은 강호성의 집으로 곧장 올라갔다. 초인종을 눌렀을 때 나온 것은 방옥순이었다. 현관문을 연 방옥순은 서동현을 보고 놀라 흠칫하는 내색이 역력했다. 강호성이 거실에 있는지 방옥순이 거실 쪽으로 얼굴을 잠깐 돌려 눈치를 보았다.

"눈치 볼 거 없습니다. 집에 있는 줄 알고 만나러 온 거니까요."

방옥순을 제치고 안에 들어가려 했다. 방옥순은 서동현을 가로막았다. 아마도 그의 얼굴에서 심상찮은 기운을 느꼈을지도 모른다. 당연하다. 서동현은 당장에라도 집안으로 뛰어들어 강호성을 산산조각 내어주고 싶은 심정이었다.

만약 법이, 사회가, 국가가 그를 처벌하지 못할 바에야 지금 안으로 쳐들어가 그의 목숨을 끊어버리는 것이 나을지도 모르는 것 아닌가.

"비켜요."

하지만 방옥순은 물러서지 않으려 했다. 힘 있는 눈으로 서동현을 노려보았다. 마치 치기 어린 아이를 혼내기라도 하는 듯한 얼굴이었다.

"하지 마세요. 벌하는 건 당신이 아니에요."

서동현은 아랑곳 않고 방옥순을 밀치고 안으로 들어섰다. 운동화를 신은 채로 거실에 올랐다. 분명 현관에서 들리는 소란스러운 소리를 들었을 텐데도 강호성은 소파에 기대어 앉은 채 정면의 발코니 창을 응시하고 있었다.

"또 무슨 일인가."

"당신이 인간이야?"

그때 서동현을 말리려 방옥순이 따라 들어왔다. 강호성은 손을 들어 서동현을 잡아당기는 방옥순을 제지하고 여유로운 목소리로 말했다.

"아줌마는 가서 일봐요."

방옥순은 머뭇거렸다. 서동현과 강호성을 마뜩잖은 눈으로 번갈아 보더니 할 수 없다는 생각이 들었는지, 목례를 하고는 바닥에 두었던 박스를 가슴에 그러안고 밖으로 나갔다. 박스에 **경북 봉화 영농조합**이라고 크게 적혀 있었다. 택배를 받은 박스 그대로인지 화물 운송장이 붙어 있는 채였다.

방옥순이 나가는 것을 확인한 강호성의 얼굴이 석고상처럼 굳었다. 하지만 무슨 생각이 들었는지 곧 후, 하고 웃었다.

"조사가 계속 진행되고 있는 것도 아니고, 매번 이렇게 불쑥 불쑥. 어떻게든 돌아가신 제 어머니와 아내를 위한 일이라면 협조하겠지만, 이런 식이라면……."

"서린 보육원 최진영."

아주 잠시, 강호성의 어깨가 움찔하는 것을 서동현은 분명 보았다. 그것이 마지막 남은 그의 양심의 죄책감이라고 기대하기는 어려웠다. 그는 곧 후, 하고 웃음을 내뱉었기 때문이었다.

"그게 누군지 나는 모르겠는데요."

"대민일보 박계류 기자."

강호성이 소파에서 일어섰다. 그는 서동현 쪽으로 몸을 돌려 세웠다. 차가운 눈이 서동현의 얼굴을 훑고 지나갔다.

"나는 지금 당신이 무슨 얘기를 하는지 모르겠다고 말했습니다. 내가 지금 알겠는 건, 대한민국 국민의 지팡이라고 하는 형사 하나가, 이 강호성의 집에 무단으로 들어와 예의라고는 눈 씻고 찾아볼 수 없는 태도로 억지를 쓰고 있다는 겁니다."

서동현은 물러서지 않았다.

"주미란."

"이보세요."

"그리고 당신…… 어머니."

순간 강호성의 얼굴이 일그러졌다. 눈에 살기가 서렸다. 평정을 유지하던 여유작작한 태도도 보이지 않았다. 브라운관에서 공개 연설을 하면서 짓는 서글서글한 미소를 가진 사람과 동일인물이 라고는 생각할 수 없을 정도였다. 처음으로 이 사람이 무섭다고, 서동현은 느꼈다.

그때 피할 사이도 없이 강호성이 서동현의 멱살을 쥐고 벽으로 밀어붙였다. 벽에 등을 강하게 부딪쳤다. 멱살을 쥐고 있는 강호 성의 팔이 서동현의 목을 강하게 눌렀다. 깊은 신음이 그의 목 언 저리에서 간신히 새어 나왔다. 강호성은 차갑게 웃었다. 그러고는 그의 주머니를 뒤지기 시작했다. 얼마 지나지 않아 서동현이 미리 준비해 둔 녹음기가 강호성의 손에 들렸다.

녹음기가 있을 거라고 눈치 채고 있었던 모양이었다. 느닷없는 방문에도 여유로운 자세로 꼬박꼬박 존댓말을 붙이며 부정한 이유를 알 수 있었다

하, 하고 강호성이 웃었다. 붙들었던 그의 목을 놓았다. 숨통이 트인 서동현이 허리를 굽히고 받은 숨을 내뱉었다. 강호성은 아랑곳하지 않고 녹음기를 든 채로 소파에 앉았다. 그러고는 아주 느릿하게, 녹음기를 자신이 마시던 찻잔에 담갔다.

강호성은 그 찻잔을 들어 한 모금 마셨다.

"확실히 눈치는 빠른데 말이야. 날 잡으려면 조금 더 빨랐어야지."

서동현은 지독한 좌절감에 이를 악물었다. 녹음기라는 얕은 수로 그를 잡을 수 있을 거라고 생각하지는 않았다. 하지만…… 정말 그를 잡을 방법은 없는가.

그때 휴대전화의 벨소리가 들렸다. 강호성의 것이었다. 수신인을 확인하고 강호성은 전화를 받았다.

"그래. 미리 얘기했던 대로 오늘 운전은 강연장까지 내가 직접할 거야. 기자들은? 좋군. 알겠어."

그는 비열하게 웃었다. 세상을 속일 생각을 하는 그의 표정이 얼마나 가식적이고 극악한가. 전화를 받고 있는 저 여유로운 손으로 많은 사람들을 죽음으로 내몰았다. 죽는 순간까지 아들만을 위해 살았던 자신의 어머니까지도.

그런데 문득, 그는 잊고 있었던 하나의 사실을 깨달았다. 풀리지 않았던, 별것 아니겠지, 하고 넘겼던 하나의 서글픈 사실.

"이상하다 생각했지."

혼잣말 같은 서동현의 중얼거림에 전화를 끊던 강호성이 고개를 돌렸다. 무슨 소리인지 모르겠다는 강호성의 표정을 보면서 서동현은 가슴이 무겁게 짓눌려지는 기분을 느꼈다.

Diary

매섭게 노려보는 시어머니의 눈빛에 자꾸만 움츠려 드려는 나를 연신 다독여야 했다. 더 이상 물러서지 말자. 물러설 필요 없다. 두려워하지 말자. 죽음 앞에서 어떤 것이 더 두려울까.

"그래서 네가 지금 감히 내 아들에게 무슨 짓을 하려고……."

시어머니의 목소리가 매섭게 공기를 가르는 순간이었다. 비밀번호 키를 누르는 기계음이 들리고 현관문이 열렸다. 서산댁이었다. 심상찮은 내부의 공기를 느꼈는지 서산댁이 들어오다 말고 멈칫했다.

"쓰레기 좀 버리고 오느라고."

내가 일어섰다.

"수고하셨네요. 어머니, 저는 이만 먼저 들어갈게요. 안녕히 주무세요."

목례를 살짝 한 뒤, 나는 방으로 향했다. 뒷덜미에 꽂히는 시어머니의 시선을 느낄 수 있었다. 머리채를 잡아당길 것 같은 기분이었다. 자꾸만 빨라지려는 걸음을 애써 억누르며 천천히 방으로 향했다. 그 순간이 영원처럼 이어질 것 같은 기분이었다. 이내, 방 앞에 다다라 문의 손잡이를 잡아 쥐었을 때 시어머니의 목소리가 들려왔다.

"나중에 다시 얘기하자꾸나."

"안녕히 주무세요."

방 안으로 들어오자마자 침대 위에 주저앉았다. 무릎이 덜덜 떨렸다. 힘이 완전히 빠져나가 다시 일어나래도 일어나지 못할 것 같았다.

분명 시어머니는 모든 것을 알게 된 것이다. 불안감이 엄습했다. 그것은 공포에 가까웠다. 내가 탄 택시를 쫓아오던 검은 차를 떠올렸다. 분명 미행이었다. 만약 그대로 우체국으로 향했다면 우편물을 발송하기도 전에 어떤 일을 당할지 몰랐다.

제보는 더 이상 쉬운 일이 아닐 듯했다. 이제부터는 일거수일투족을 감시당할 것이다. 입주 가정부인 서산댁이 있는 동안은 자신에게 심한 일은 하지 않을 것이다. 아무리 서산댁이 입이 무거운 사람이래도 타인 앞에서 자신의 밑바닥을 드러내 보일 사람은 아니었다. 하지만 모든 것에 감시를 당하며 이 집안에서 나는 죽어갈 것이다. 아무것도 하지 못한 채, 그들의 아래에서 꽃 같은 아이의 영혼이 스러지는 것을 알면서도.

그때 노크 소리가 들렸다.

"작은 사모님, 저예요."

서산댁이었다. 나도 모르게 큰 한숨을 내쉬었다. 이렇게 긴장하고 있으면서도 저 사람들의 발목을 붙잡으려고 한 것이 어쩌면 바보 같은 생각이었는지도 모른다.

"들어오세요."

문을 열고 들어온 서산댁은 조심스레 들어와 내 안색부터 살폈다.

"괜찮으세요?"

"왜요?"

"무슨 일이 있으셨던 건가 해서요."

쓰레기를 버리고 들어왔을 때 두 사람 사이에 감도는 분위기가 심상치 않음을 느꼈던 모양이었다. 아무래도 시어머니에게 꾸중을 들은 것 같은데 혹시 상처받지는 않았을까 걱정했던 것이었다. 눈물이 왈칵 쏟아지려는 것을 꾹 참아야 했다. 이 집에서도 자신을 걱정하는 사람이 있다는 사실에 마음의 위안을 받았다.

"괜찮아요. 별일 없어요. 자주 있었던 일이잖아요. 어머니가 저 편잔주는 거."

"그건 그렇지만."

서산댁의 얼굴을 물끄러미 보았다. 이 집안에서 유일한 위안. 나를 진심으로 걱정하는 유일한 사람. 한때 이 사람이 나의 친어머니라면 얼마나 좋을까 하고 생각한 적도 있었다. 이 사람이라면, 어쩌면 나를 도와줄 수도 있지 않을까. 결정을 내릴 순간이 된 건지도 모른다는 생각이 든다.

시어머니가 선택한 입이 무거운 사람.

"저, 아주머니."

"네?"

"침대 밑에 제가 넣어놓은 서류가 있어요. 지난번에 보셨죠? 그거 남편이나 시어머니가 보면 좀 그래서요."

미리 사본을 만들어 두기를 잘했다. 원본을 빼앗길 때를 대비해두어야 한다.

"네에."

길게 설명을 요구하지는 않는다. 미루어 짐작건대, 뭔가 두 사람에게 비밀로 할 만한 서류가 있는 거라고 생각하는 것이다. 무엇인지 알아야 할 이유는 자신에게 없다고 생각하니 묻지 않는 것이다.

"그걸 제가 어디에 좀 맡겨두고 싶은데요, 시어머니나 남편 있을 때는 좀 그래서요. 내일이라도 청소하시면서 살짝 꺼내서 일단 좀 치워주시면 안 될까요?"

"중요한 거라면 직접 치우셔야……."

"일단 부탁드릴게요. 저 말고 다른 사람들에게는 절대 이야기하지 마세요. 어떤 일이 있더라도요. 제가 치울 수 있다면 하겠지만 혹시라도 제가 그럴 상황이 안 될 수도 있으니까요."

그럴 수 없는 상황이 뭔지 서산댁은 되묻고 싶어 하는 듯했다. 그러나 잠시 주저하다 이내 못 이기고 고개를 끄덕였다. 사실 나도 그 순간 왜 '그럴 상황이 안 될 수도 있다.'고 말했는지 의아했다. 어쨌든 서산댁의 대답에 마음이 놓였다.

"그럼 가서 쉬셔요. 저 걱정해 줘서 고마워요."

"네. 아, 그리고."

서산댁이 깜박 잊었다는 얼굴로 말을 이었다.

"큰 사모님께서 딸기 좀 사오라고 하시네요. 단지 내 마트에는 없고 큰 마트가야 할 것 같은데, 혹시 필요한 것 있으면 사다드릴게요."

"딸기……."

시어머니가 딸기를 좋아하셨던가? 이렇게 늦은 시간에 일부러 아주머니를 보내실 만큼? 가슴속에서 피어오르는 의혹과 함께 불안함이 일렁였다. 그 일렁이는 불안감은 공포를 안고 있었다.

"왜요?"

서산댁이 걱정스러운 얼굴로 내 표정을 살폈다. 필시 그 두려움이 얼굴에 나타났을 것이다. 나는 얼른 표정을 바꾸고 고개를 저었다.

"아니에요. 다녀오세요."

"네, 그럼."

고개를 갸웃하면서도 서산댁은 나에게 인사하고 방 밖으로 나갔다. 잠시 뒤 방문 밖에서 서산댁이 현관문을 열고 나가는 인기척이 들려왔다. 집 안이 고요해졌다. 불안감이 다시 증폭된다. 나는 다이어리를 꺼냈다. 검은색 펜을 한 손에 쥐고 다이어리를 펼쳤다.

그때 노크 소리가 들렸다.

심장이 쿵, 하고 내려앉았다.

"새아가."

손에 들고 있는 펜이 다이어리 위에서 점을 찍은 채 더 나아가지 못하고 있다.

"새아가, 잠깐 나와보거라."

오늘 어머니의 상태는 나쁘지 않아 보인다. 나를 부르는 목소리에 힘이 있다.

그에 비하면 나는 하루하루 착실하게 죽음 앞으로 다가서고 있다. 나는 그것이 불안하다. 나의 시간이 얼마 남지 않았음을 느끼고 있다. 나에게 죽음은 어떤 식으로 찾아올까.

13

　"당신 어머니. 보통 목이 졸리면 사람은 괴로움에 몸부림치면서 많은 흔적을 남기지. 저항하느라 범인의 몸에 상처를 낸다든가, 감긴 줄을 목에서 떼어내려고 하다가 자기 목에 심한 상처를 남기지. 그런데 당신 어머니, 장옥란은 오히려 허벅지에 상처가 있었어. 손톱에 남아 있는 피부조직과 혈흔으로 볼 때 분명 자신의 손으로 낸 상처였지. 꽤나 깊은 상처."

　"무슨 소리를 하는지 모르겠군."

　"죽을 힘을 다해 참은 거야. 자신이 살아남지 않으려고. 아들이 자신의 죽음을 원하니까."

　강호성의 눈빛이 흔들렸다. 그는 그 밤을 떠올리고 있었다. 분명 이 자리에서였다. 돌아서는 어머니의 목에 강호성은 신발에서 빼온 신발 끈을 걸었다. 저항은 거셌다. 그럼에도 몸은 버둥거렸지만 서동현의 말처럼 줄을 잡아떼려고 힘을 쓰지는 않았다.

그러니까, 어머니는 목에 줄이 걸리는 순간 아들의 생각을 모두 읽었을 것이다. 숨이 막혀 괴로웠지만, 그럼에도 자신이 아들의 계획에 따르지 못할까 봐, 죽지 못할까 봐, 허벅지를 뜯어가며 발버둥치지 않으려 애썼던 것이다.

어머니의 정은 대단한 것이었지만 따뜻하지는 않았다. 어린 시절에 나약한 소리라도 할라치면 가차 없이 매를 들었다. 어머니가 그에게 원하는 것은 1등이었다. 그의 앞에는 늘 레일이 놓여 있었다. 어머니가 놓은 레일. 그 레일을 벗어날 방법은 애초에 없었다.

그는 고개를 숙였다.

어쩌면 그런 어머니를 증오했을지도 몰랐다. 하지만 여전히 그는 어머니가 놓았던 레일에서 내려오지 않고 있다.

서동현은 강호성의 손끝이 미세하게 떨리는 것을 보았다. 아무리 그런 어머니였을지라도, 마지막에는 자식을 위해 죽음을 택한 어머니다. 그 모정 앞에 무릎을 꿇는 것은 어찌 보면 당연한 일이었다.

그런 생각을 한 순간, 강호성이 천천히 고개를 들었다. 그의 표정을 본 순간 서동현은 경악했다. 그는 차갑게 미소 짓고 있었다.

"자기 몫을 다하셨군."

그것이, 어머니의 죽음에 대한 강호성의 평가였다.

강호성의 모든 삶이 오로지 대한민국의 권좌를 차지하기 위해 세팅되어 있었다. 어머니의 삶 역시 그러했다. 모든 삶을 자신의 아들이 최고의 자리에 오르도록 바쳤다. 하지만 그 계획 앞에 차질이 생겼다. 지금껏 그래 왔듯 어머니는 자신의 모든 것을 바쳐

아들을 지켜내려고 했던 것뿐이다. 그것이 마지막까지 지켜야 할 신념이었을 것이다.

가슴속의 무거운 짐을 저 아래까지 밀어놓고, 움켜쥐듯 느껴지는 심장의 통증에도 외면하고서, 강호성은 웃었다. 죄책감은 어머니가 설치한 레일 위에는 존재하지 않는다.

"구제 불능이군."

"이 세상에서 누군가를 구제할 수 있는 사람은 없어. 신도 불가능한 일이지."

현관문이 열렸다. 두 사람 사이에 팽팽하던 기류가 잠시 흩어졌다. 들어온 것은 방옥순이었다.

"차 시트 갈았습니다."

방옥순의 손에는 헌 시트가 들려 있었다. 강호성은 만족스러운 웃음을 띠며 자리에서 일어섰다.

"아주 감동적인 조언 잘 들었습니다. 하지만 제가 바빠서 이만 실례해야겠군요. 사랑하는 아내가 마지막 죽기 전 저를 위해 특별 제작한 시트가 오늘 도착했더군요. 그걸 깔고 오는 강호성 후보를 찍기 위해 기자들이 모여 있어요."

서동현은 아랫입술을 깨물었다. 그 모습을 보고 강호성이 비죽 웃으며 그의 옆을 지나갔다. 당장에라도 그를 잡아 세우고 한 대 쳐주고 싶은 충동에 서동현은 주먹을 꾹 쥐었다.

"이거, 가지고 가세요."

강호성이 나간 뒤 방옥순이 서동현을 불렀다. 뒤를 돌아보니, 방옥순이 작은 상자 하나를 내밀고 있었다. 서동현은 피식 웃으며 원망스럽게 방옥순을 노려보았다.

"뭐하시는 겁니까?"

"이 안에 사장님께 드렸던 작은 사모님의 다이어리랑……."

기가 막혔다. 이제 와서 죽은 주미란의 다이어리 따위가 무엇에 필요가 있단 말인가. 방옥순이 조금만 도와주었어도 이 상황은 조금 달랐을지도 몰랐다. 신발끈도 입수하기 쉬웠을 것이다. 경찰서장을 움직이는 것쯤은 쉬운 사람이니, 강호성의 손에 수갑을 채우기까지 쉽지 않았을 것이다 하더라도 조금쯤은 다른 결과가 나왔을지도 몰랐다. 하지만 방옥순이 강호성에게 붙는 바람에 모든 일은 어그러졌다. 잊어버리려 해도 뒤따르는 원망을 어찌하지 못했다. 대체 무엇 때문에, 얻을 것이 무엇이 있어서 강호성에게 붙은 것인지 서동현은 점점 이해할 수가 없어졌다. 단지, 먹고 살기 위해서, 직장을 잃을 수 없었기 때문이었다는 것인가.

"이제 와서 그런 건 아무런 필요도 없어졌습니다."

"나중에라도 필요하게 될 거예요."

"하!"

기가 막혀서, 터트리지 않으면 가슴이 터질 것 같아 내던지는 서동현의 거친 숨에도, 방옥순은 물러서지 않고 상자를 내밀었다. 그런 방옥순을 잠시 노려보다가 서동현은 낚아채듯 상자를 받아 들고 주저 없이 강호성의 집을 나섰다.

현관문을 나서며 얼핏 뒤를 돌아보았다. 거실 한가운데 서서 방옥순은 알 수 없는 표정으로 문이 닫히는 내내 이쪽을 바라보고 있었다.

주차된 차에 올라타며 서동현은 방옥순에게 받은 상자를 뒷좌석에 던져 놓았다. 주미란의 다이어리는 이제와 필요 없었다. 남편에 대한 원망으로 가득 찬 다이어리는 사건의 발단으로 볼 수는 있겠으나 증거는 될 수 없다. 이제와 무슨 죄책감으로 다이어리를 내민 건지는 몰라도, 이미 필요하지 않다.

시동을 걸고 차를 출발시키며, 핸즈프리에 손을 뻗었다. 지신우의 번호를 누르고 이어폰을 귀에 꽂았다. 신호가 얼마쯤 간 뒤 지신우가 전화를 받았다.

"박계류 사건 때 대민일보사 사장한테 명함 받은 거 있지? 전화번호 좀 찍어."

— 선배.

지신우는 낮은 음성으로 그를 불렀다. 이미 진영이 입양 보내진 뒤부터, 서동현이 강호성의 집에 쳐들어갔을 때부터, 이 일에 얽힌 매듭은 죽었다 깨어나도 풀 수 없다는 것을 예감하고 있었다. 그리고 서동현이 지금 무슨 일을 하려는 건지도.

— 그만합시다.

"전화번호, 찍어."

— 다쳐요. 그 인간은 진짜라고요.

"전화번호 찍으라고 이 개자식아!"

벼락 같은 소리를 내지른 뒤 서동현은 귀에 꽂은 이어폰을 빼 거칠게 집어 던졌다. 피가 역류하는 것 같았다. 자신을 걱정하는 지신우의 마음은 이미 잘 알고 있다. 처음엔 언론에 흘려 국민적 분노를 일으켜 보자는 그의 계획에 지신우도 찬성했었다. 하지만 최진영이라는 아이까지 그렇게 만들어 버린 것을 알고 나서 지신우는 두려움이 생긴 것이다. 강호성은 자신의 잡힌 발목을 빼는 일이라면 무슨 짓이든 할 것이다. 자신이 억울하다면야 명예훼손으로 고발해 시시비비를 밝히면 되겠지만 밝혀서는 안 되는 것이 있다는 것을 강호성이 가장 잘 알고 있다. 그렇다면 그는 차선책으로 무엇을 선택할 것인가.

개죽음이다. 두려움은 지신우만 느끼고 있는 것은 아니었다.

그는 핸들을 거세게 내리쳤다.

그 자식을 벌할 방법은 정말 없단 말인가.

'하지 마세요. 벌하는 건 당신이 아니에요.'

갑자기 조금 전 방옥순의 말이 머릿속을 스쳤다. 아무렇지 않게 넘긴 그 말이 이제와 마음에 걸렸다. 가슴속이 불안감으로 일렁였다. 불길한 생각이 들었다. 외면하고 싶은 '혹시'의 생각이 고개를 쳐들었다.

벌하는 건 당신이 아니다. 그렇다면 누구란 말인가?

'얼마 남지 않음을 느낀다. 이제는 결심할 때가 되었다. 남편의 배를 가르면 뭐가 나올까. 추악한 욕망, 불결한 어둠, 배신, 교만, 비틀린 욕정. 밭은 숨을 내뱉을 때마다 그것들을 한꺼번에 울컥, 쏟아낼 것이다. 나는 마침내 남편을 죽이기로 결심했다. 어차피 법은, 그를 옭아 맬 수 없다.'

'주미란?'

브레이크를 밟았다. 날카로운 소리를 내며 자동차가 급정거했다. 뒤따라오던 차에서 화들짝 놀라 피하고는 경적을 거세게 울려댔다. 차선을 변경해 서동현의 옆을 지나가면서는 유리창을 내리고 욕을 해댔다. 하지만 서동현은 거기에 관심을 둘 겨를이 없었다.

주미란의 복수를 방옥순이 대신 해 준다는 건가, 하고 순간 생각해 봤지만 그는 고개를 저었다. 주미란의 복수를 하려는 마음이었다면 오히려 자신을 도왔을 것이다. 하지만 방옥순은 그러지 않았다.

'어차피 법은, 그를 옭아 맬 수 없다.'

방옥순은 서동현이 수사하는 것마다 막히는 것을 보고 그 복수를 이루어 주지 못할 거라고 생각했을 것이다. 그 복수를 방옥순이 대신 한다? 하지만 그것은 주미란의 복수를 방옥순이 대신 해 주는 것뿐이다. 벌하는 건 당신이 아니다, 라는 말은 자신이 대신하겠다는 말이 아니었다.

'주미란이 복수를 한다……'

하지만 주미란은 죽었다. 이제와 그녀가 복수를 할 방법은 없지 않은가. 머릿속이 혼란스러웠다. 두 손으로 머리를 감싸 쥐고 헝클어뜨렸다. 고개를 드는 순간 떠오르는 생각에 서동현은 뒤를 돌아보았다. 뒷좌석에 방옥순이 건넨 상자가 있었다.

그는 황급히 내려 뒷좌석의 문을 열고 상자를 꺼냈다. 뚜껑을 열자 다이어리가 가장 먼저 보였다. 하지만 다이어리 말고도 잡다한 것이 있었다. 길이가 15센티가 조금 넘는 정도인 강호성의 트로피, 그리고 개켜놓은 손수건과 다이어리, 신문에서 오려낸 오래된 기사였다.

서동현은 기사를 집어 들었다. 예전 방옥순과 우연히 서린 보육원 앞에서 만나 다이어리의 존재를 처음 알았을 때, 다이어리 사이에 끼어 있던 신문 기사가 떠올랐다. 방옥순은 황급히 그것을 감췄었다. 그는 기사를 읽기 시작했다.

기사는 국과수 제1호 법의관 문국진의 인터뷰 기사였다. 책 발간을 앞두고 이루어진 것이기는 했지만 오랫동안 법의학자로 살면서 흥미진진한 사건들을 많이 겪어온 사람이었기에 전체적으로 사람들 시선을 끌만한 특이한 사건에 대한 인터뷰였다. 거기에 덧붙여 처음 법의학 길로 들어서게 된 이유라든가, 선진국과 우리나라의 법의학을 대하는 자세 차이 등에 대한 내용이 주를 이루었다.

서동현은 고개를 갸웃했다. 이번 사건과는 별로 상관이 없는 것 같다고 생각했다. 그런데 그때였다. 기사의 맨 아래에 그의 눈길을 잡아끄는 것이 있었다.

문국진의 그때 그 사건

그것은 아마 책에도 실려 있는 내용으로, 문국진에게도 손에 꼽을 만큼 특이하면서도 읽는 사람으로 하여금 흥미를 불러일으킬 만한 사건 소개였다.

시골에서 상경한 사업가가 창경원에 놀러 갔다가 처음 만난 여인과 여관에서 하룻밤을 묵었는데, 그 다음날 시신으로 발견되었다는 이야기였다. 처음 듣는 사람들은 여인이 살해했거나 본처와 치정 다툼이 일어나 변을 당한 것 아니냐고 생각할 터였다. 하지만 문국진이 부검으로써 밝혀낸 사실은 놀라웠다고 한다.

'과민성 쇼크사?'

남자는 심각한 알레르기가 있었다고 했다. 꽃가루 알레르기가 있던 그가 메밀 껍질이 가득 든 여관 베개를 베고 잤다가 변을 당했다는 것이다.

'설마!'

서동현은 방옥순이 들고 나가던 택배 박스를 떠올렸다. '경북 봉화 영농조합.' 그는 서둘러 스마트 폰을 꺼내 인터넷을 켜고 검색했다. 경북 봉화 영농조합의 사이트가 나왔다. 그의 눈길을 잡아 끈 것은 아래쪽에 있는 뉴스기사들이었다.

전국 최대 규모 메밀 축제 열려……

그 기사를 클릭하여 읽어 내리자 중간쯤에 경북 봉화 영농조합이라는 단어가 나왔다. 이번 행사의 후원사 중 하나로, 조합에서도 메밀로 만든 갖가지 생활용품들을 제작 판매해 축제의 질을 높였다는 기사였다.

인터넷을 끄고 단축번호를 눌러 전화를 걸었다.

— 어떻게 됐어?

다급히 물어오는 수아의 목소리를 듣고서야 서동현은, 진영이 강제로 입양을 당한 사실을 그에게 전하고 내내 걸려올지도 모르는 전화를 기다리고 있었다는 것을 깨달았다.

— 진영이는…….

"그 얘기는 나중에 하자. 급하게 물어볼 것이 있어. 강호성 말이야. 너한테 진료 받으러 갔을 때."

수아는 침묵했다. '나중에' 해야 할 진영이와 관련된 이야기가 좋지 않은 것임을 예감한 듯했다.

"피부병이 있었다고 했나?"

— 알레르기가 있었어. 아주 심각한.

"어떤 거야? 뭐에 대한 알레르기였지?"

대체 왜 그런 것을 물어보는지는 알 수 없었지만 수아는 서동현의 말투만으로 그가 굉장히 긴장하고 있다는 것을 느끼고 바로 대답해 주었다.

— 꽃가루 알레르기였어.

"혹시 그 꽃가루 알레르기 말이야. 메밀에는 어떨까? 반응할까?"

— 메밀? 그럴 수 있지.

심장이 쿵, 하고 떨어지는 것 같았다. 불안은 불길했고, 불길은 적중했다. 머릿속이 혼란스러웠다.

— 그러고 보니 이상한 게 있었어. 그때는 이상하다고 생각하지는 못했는데 지금 생각하니 그러네.

"뭔데?"

— 그때 진료받으러 왔을 때 보니 최근에 피부 발작이 있었던 적이 있는 것 같았어. 어차피 담당의가 따로 있는 사람이고 해서 약만 발라주고 말았는데, 꽃가루가 있는 계절도 아니고 이 정도로 심한 건 좀 이상하다 생각했지. 뭘 먹었나 싶긴 한데, 그 정도 알레르기 있는 사람은 밖에서 사 먹는 음식은 뭐든 조심하거든. 심한 사람은 호흡 곤란은 물론이고 죽음에 이르기도 하니까.

알겠다, 고 대답하고 서동현은 전화를 끊었다. 대충 주머니에 쑤셔 넣고 그는 도로가에 주저앉아 머리를 감쌌다.

방옥순이라는 존재를 너무 간과했다.

방옥순은 그저 피해자들의 최측근에 있는 사람이 아니었다. 그때 서동현의 눈에 상자 바닥에 깔려 있던 종이들이 보였다. 서동현은 그것을 집어 들었다. 다이어리 속지였다. 그의 손이 떨려왔다. 그것은 주미란의 일기장 뒷부분을 찢어낸 것이었다. 강호성이 만난 사람, 했던 대화들이 간략히 적혀 있었고, 그가 진영에게 했던 일들과 그것에 대한 원망이 가득 적혀 있었다. 무엇보다 놀라운 것은 음식에 메밀을 조금씩 넣은 뒤 강호성이 보인 알레르기 반응의 정도가 적혀 있었다. 언젠가 지신우와 했던 대화가 머릿속을 흔들었다.

'일기장이 이게 전부일까요? 다이어리가 스프링으로 고정된 형식이라 뜯어내도 티가 안 날 것 같긴 한데.'

'그 일기장은 강호성도 몰랐던 거였어. 찢어낸다면 그 일기장을 가지고 있었던 방옥순뿐인데, 방옥순이 찢어낼 이유가 없지. 그건 아닐 거야.'

한 가지 생각을 해보았다. 만약 방옥순이 주미란을 죽인 범인이 강호성이라는 것을 알고 그를 죽이려 한다면, 대체 그녀는 어떻게 강호성이 범인이라는 것을 알았던 걸까.

방옥순은 슈퍼에 들렀다가 돌아왔을 때, 강호성이 생각지도 못한 어떤 흔적을 보고 범인을 알아차렸을 것이다. 하지만 도대체 왜 이런 일이 일어난 것인지 알지 못했고, 강자인 강호성을 상대로 할 두려움에 나서지 못하고 있었을 것이다. 그런 와중에 다이어리를 발견하고 주미란이 강호성에 대해 평소에 느껴왔던 악의와 살의들을 확인했던 것이다. 주미란이 마음속 은인이었던 방옥순에게는 그 고통을 자신의 뼈에 새기는 듯 함께 느꼈을지도 모른다.

주미란은 강호성을 죽이고 싶었다. 실질적인 죽음이 아니라 이 사회에서의 영원한 매장. 그 원을 자신이 이루어줘야 한다.

그러던 와중 서동현을 만났다. 이 사건의 핵심을 건드리고 있는 형사의 존재에 방옥순은 기뻤다. 모든 것을 털어놓고 싶었지만, 가만히 그를 지켜보았다. 역시 기대는 물거품이었다.

경찰서 수뇌부의 지시로 사건은 무마되었고, 그는 언론을 호도하고 시민을 선동해 후보직 사퇴를 철회하고 선거 활동을 이어나갔다. 그의 뒤를 파헤치던 유력 일간지의 기자도 그들의 검은 손에 의해 목숨을 잃을 지경의 심각한 부상을 당했다. 진영이의 작은 영혼은 그의 발 아래에서 유린당했다.

방옥순은 생각했을 것이다. 역시 작은 사모님의 생각이 맞다. 이 나라는 안 된다. 이 나라는 강호성을 벌할 수 없다. 법은, 그를 옭아맬 수 없다.

그래서 주미란이 사망 직전 계획하던 생각을 이행했다. 주미란이 메밀 껍질로 만든 제품 제작을 의뢰한 것은 다이어리에 적혀 있었을 것으로 예상한다. 전화를 해서 확인했고, 어쨌든 물건을 받았다는 것이다.

강호성의 피부에 있었다는 얼마 되지 않는 상처.

그것은 아마도 주미란이나 혹은 방옥순이 실험했던 거라 생각한다. 아주 극소량에도 얼마나 반응하는지 알고자, 메밀 껍질을 이불에 조금 던져 놓았거나 음식에 메밀 성분을 소량 섞었을지도 모른다. 어쨌든 실험은 방옥순에게 확신을 주었다는 것이다.

"시트."

시트라면 엄청난 양의 메밀 껍질이 들어갔을 것이다. 수아의 말에 의하면 강호성 정도의 알레르기라면 호흡 곤란은 물론이고 죽음에까지 이를지 모른다고 했다. 강호성은 오늘 직접 운전대를 잡았다.

'위험하다!'

그는 황급히 운전석의 문을 열었다. 갑자기 문을 벌컥 여는 바람에 바짝 붙어 오던 차가 크게 경적을 울리며 지나갔다.

순간, 서동현은 멈춰 섰다.

과연 그를 살리는 것이 맞는 것인가.

평생 그에게 이용당한 주미란은 살해당했다.

평생 그를 위해 헌신한 장옥란도 살해당했다.

사건 당일 강호성의 행적을 증명할 수 있는 실마리는 사라졌다.

그의 뒤를 캐던 대민일보 박계류도 겨우 목숨만 건졌을 뿐이다.

아무런 죄도 없이 세상에 태어날 때부터 버림을 알아버린 어린 영혼은 무참히 짓이겨 지고, 제 나라에서 또다시 버려졌다.

그럼에도 대한민국 국민은 그를 연호하고 있을 것이다. 모두 그에게 철저히 속는 것이다.

주미란의 생각이 맞다.

강호성은, 이 나라가 어찌하지 못할 것이다.

그가 살아있는 한, 찢기는 영혼들은 여기서 그치지 않을 것이다.

그를 구하는 것이 맞는 것인가.

서동현은 혼란스러웠다. 운전석 문을 열던 손이 스르르 미끄러졌다.

제3은파 고속화도로를 강호성의 차가 빠르게 달리고 있었다. 속도기가 90을 가리켰다. 속도제한 80이라고 바닥에 새겨진 글자가 강호성의 차 밑으로 빨려 들어가듯 사라졌다. 선거 전에는 모든 일에 조심하는 강호성이었지만 지금은 약간의 흥분을 누르지 못하고 있었다.

선거가 코앞이다. 이제 다 왔다.

그런 생각이 그를 쾌감에 젖게 했다. 아무도 그를 제지할 수 없었다. 여기에 오기까지 아찔한 순간도 있었으나, 보기 좋게 본때를 보여주었다. 절망하는 서동현의 얼굴이 눈앞에 떠오르자 아드레날린이 솟구치는 기분이었다.

강호성은 액셀러레이터에 올려놓은 발에 힘을 조금 더 주었다. 차의 소음이 조금 높아지며, 앞으로 튕겨나가듯 속도가 더욱 빨라졌다. 눈앞에 검은색 국산 승용차가 보였다. 속도를 별로 낼 생각이 없어 보였다. 강호성은 능숙하게 운전대를 움직여 속도를 줄이지 않은 채로 2차로에서 추월차로인 1차로로 들어갔다. 보기 좋게 검은 승용차를 따돌리고, 다시 2차로로 들어갔다.

200미터 앞쪽에 제2은파 고속화도로와의 합류 지점이 있다. 제2은파 고속화도로에서 이쪽으로 진입하는 차량이 보였다. 속도가 현저히 늦춰진 차량이었다. 그 차를 피해 추월차로로 다시 들어간 뒤, 뒤에서 오는 차들을 유의해 다시 2차로를 탈 예정이었다.

'뭐지?'

눈앞이 흔들린 것 같았다. 아니, 느낌뿐만이 아니었다. 왼쪽으로 흘러가는 산의 경치가 두 겹으로 보였다. 어지럽다, 그런 생각이 든 순간 눈앞이 혼탁해졌다. 갑자기 가슴이 답답해졌다. 평소 있는 증상이 아니었다. 정신을 차려보려고 고개를 세차게 저었지만, 눈앞의 어지러움은 더욱 심해지기만 했다.

구역질이 밀려왔다. 몸이, 피부가, 아니 그보다 더 깊은 곳이 따끔거렸다. 심장을 누군가 온 힘을 다해 쥐고 있는 것처럼 격렬한 통증이 밀려들었다. 숨이 잘 쉬어지지 않았다. 밭은 숨을 내쉬었다. 그래도 숨이 터지지 않았다. 그는 목을 잡아 뜯었다.

혼탁한 시야 사이로 정면이 보였다. 어느새 제2은파 고속화도로에서 합류한 차량이 눈앞에 와 있었다.

추월차로로 차로를 변경하지 않았다는 것을 깨달았다.

택배기사 김석남은 오늘 기분이 좋았다. 새벽부터 일한 덕분에 미배송 물량도 확 줄은 데다, 운 좋게도 오늘 따라 도로가 많이 막히지 않았기 때문이었다.

그는 라디오의 볼륨을 올렸다. 좋아하는 트로트가 나오고 있었다. 요즘은 라디오도 다 젊은이들의 취향에 맞춰 아이돌 가수들의 노래만 틀어서 영 재미가 없었지만, 그래도 이 시간만큼은 성인가요를 틀어주는 프로그램이 아직 명맥을 유지하고 있었다.

노래를 따라 흥얼거리며, 오늘 점심은 뭘로 때워야 할지 생각했다. 며칠째 라면만 먹었는데 오늘은 김치찌개 백반 정도는 먹을 시간이 될 것 같다는 생각에 절로 흥겨워졌다.

"에? 뭐야?"

그는 앞서 가던 차량에서 이상을 느꼈다. 검은색 중형차가 똑바로 가지 못하고 비틀거리는가 싶더니 크게 갈지자를 그렸다. 주변에서 빵빵거리며 지나갔지만 잠깐 피했을 뿐 나아지는 것 같지는 않다.

'졸음운전인가.'

거의 하루 종일을 차에서 보내는 김석남에게는 남일 같지 않았다. 옆으로 조심히 지나가면서 크게 경적을 울려 차를 멈춰 서게 해야겠다고 생각했다. 그는 속도를 높였다.

"어……"

한순간 그는 브레이크를 밟았다.

쾅!

굉음이 이어졌다. 중형차가 앞에 있는 차량과 충돌한 것 같았다.

중형차는 한 번 더 갈지자를 그리는가 싶더니 왼쪽 중앙분리
대를 들이받고 크게 회전했다. 그러고는 그대로 오른쪽 가드레일
로 돌진했다. 가드레일을 뜯고 차는 공중으로 날아, 그대로 곤두
박질 쳤다.

김석남은 자신의 눈앞에서 벌어진 상황에 입을 다물지 못했다.
하지만 얼른 정신을 차리고 휴대폰을 꺼내들었다. 119를 누르려
는데, 어디선가 이미 알고 온 듯이 경찰차 사이렌 소리가 들렸다.

강호성의 집으로 형사들이 급파되었을 때, 방옥순은 집 안에
없었다. 서동현의 지시를 직접 받았던 지신우는 곧장 주변 탐색
을 지시했다. 지신우는 강호성의 집 거실에 서서 생각했다. 자신
이 방옥순이라면 그 다음으로 무엇이 하고 싶을까.

지신우는 머릿속을 스쳐가는 한 가지 단어에 온몸이 굳어 버
릴 것만 같았다.

'죽음'

하지만 자살이 먼저일 거라고 생각되지 않았다. 그녀에게 자살
이 가장 필요했다면 집 안에서 벌였을 것이다. 그렇다면 어디인가.
뭘 원했는가.

보고 싶을 것이다. 자신이 대신 이루어낸 복수의 결과가.

지신우는 곧바로 뛰어나가 운전석에 올랐다. 그러고는 강호성이 이동했을 루트를 따라 급하게 차를 몰았다. 서동현이 강호성에게 따라붙고, 자신은 곧장 이리로 왔으니 만약 방옥순이 그 뒤를 따랐다면 아직 시간이 있을지도 모른다.

방옥순을 발견한 것은 제3은파 고속화도로의 진입 전인 영인강 대교 위였다. 택시를 타고 있었다. 액셀을 힘껏 밟았다. 지신우의 차가 앞으로 튀어 나갔다. 지신우는 재빨리 차선을 바꿔 택시 앞을 막아섰다. 택시가 급정거하는 바람에 날카로운 파열음이 났다. 택시 기사의 몸이 앞으로 쏠렸다. 지신우는 재빨리 운전석에서 내려 택시로 다가갔다. 뒷자리에 앉아 있던 방옥순이 당황해하는 것이 보였다.

뒤따라 대교를 달리던 차들이 경적으로 그들을 향해 항의했다. 일단 차를 도롯가로 붙여야 했다. 사고가 날지도 몰랐다. 지신우는 운전석 쪽으로 시선을 돌렸다.

"우선⋯⋯."

그때였다.

"이봐요, 아줌마!"

택시기사의 외침에 황급히 택시 쪽으로 고개를 돌렸을 때 이미 방옥순은 택시에서 내려 대교 난간에 다리를 얹고 있었다. 그녀는 잠시 숨을 고르는 듯 보였다.

"방옥순 씨!"

순간, 방옥순은 조금의 주저함도 없이 대교 아래로 뛰어내렸다.

여기저기서 비명이 터졌다.

그때 지신우의 휴대폰이 울렸다. 뭔가에 홀린 사람처럼 지신우는 전화를 받았다.

― 결국 강호성, 사고 났어. 그쪽은 어때?

서동현의 다급한 목소리에도 지신우는 아무 대답도 할 수 없었다.

* * *

서동현 형사님께.

나에 대한 원망이 쉬이 가시지 않으리라는 생각은 하고 있습니다. 당신을 믿지 못한 것은, 이 나라를 믿지 못했기 때문입니다.

그 사건이 있던 날, 나는 집에 돌아왔을 때 처음 경찰들이 예상했던 그대로 생이 얼마 남지 않으신 작은 사모님께서, 치매에 걸리신 큰 사모님을 의원님을 위해 사망케 하시고 자살하신 거라 생각했습니다.

하지만 며칠 후, 저는 청소를 하다 발견했습니다. 장식장에 있던, 의원님의 트로피 하나에 묻어 있던 핏자국을요.

아마 큰 사모님은 그걸로 작은 사모님을 때려 기절케 했을 것입니다. 처음엔 웬 핏자국인가 했는데, 형사님께서 저에게 이 집의 모서리나 어딘가에 피가 묻은 것이 없냐고 물으셔서 상황을 알게 되었습니다.

어째서 현장 감식 때 그 핏자국이 발견되지 않았는지는 모르겠습니다만, 제 짧은 머리로는 어쩌면, 형사님들 역시 작은 사모님이 큰 사모님을 목 졸라 살해했다는 선입견을 가지고 수사하신 탓이 아닐까 생각해 봅니다.

트로피에 묻은 피는 극소량이었습니다. 아마도 큰 사모님께서 작은 사모님을 내려친 후에 닦아 내신 뒤 제자리에 돌려놓은 것이라 생각됩니다. 그렇지 않고서야 큰 사모님이 아무렇게나 던져 놓았다면 의원님이 모르셨을 리 없겠지요. 아마 경황이 없으셔서 트로피 바닥에 묻은 아주 작은 핏자국이 아직 남아 있던 것은 눈치 채지 못하셨나 봅니다.

처음엔 사건에 대해 모르는 척할 생각도 해봤습니다. 하지만 작은 사모님의 다이어리를 발견한 뒤 저는 작은 사모님이 얼마나 그분을 죽이고 싶었는지를 알게 되었습니다. 제가 뜯어내어 형사님은 보지 못하셨겠지만 거기에는 서린 보육원에 다니면서 의원님이 했던 짐승만도 못한 짓에 대한 악행도 적혀 있었습니다.

저는 즉시 트로피에 묻은 피를 닦았습니다. 그 피를 닦을 때 의원님이 들어오셨지만 아무 생각 없이 넘어가신 것 같습니다. 큰 사모님께서 매일같이 그 트로피를 닦아 오셨기 때문에 그 일을 제가 물려받아 하는 것이라 생각했겠지요.

트로피에 유전자라는 것이 남아 있을지 몰라서 상자에 넣었습니다. 그 당시 피를 닦았던 수건도 빨지 않은 채 잘 보관해 두었다가 함께 동봉합니다.

서동현 형사님께서 다른 경찰이나 권력을 가진 자들과는 달리 그 분의 죄악을 밝히려 한다는 것을 알고, 또한 그것이 진심임을 알고 너무 기뻤습니다. 적어도 그 분을 무너뜨리지는 못하더라도 흠집 정도는 내어줄 수 있겠다고 생각했습니다.

하지만 사건이 아무 일없이 종결되는 것을 보면서, 그분의 뒤를 캐던 기자님이 사고를 당하는 것을 보면서 나는, 역시 어쩔 수가 없구나 하고 생각하게 되었습니다.

　그래서 어떻게든 의원님 곁에 남아 있어야 했습니다. 어떻게든 의원님께 믿음을 심어줘서 옆에 남아 있어야 사모님의 의지대로 그분을 벌할 기회를 잡을 수 있을 테니까요. 작은 사모님이 의원님을 잡으려고 만든 서류의 복사본을 의원님께 전달하며 믿음을 준 덕분에 저는 그 집에 남아 있을 수 있었고, 서린 보육원의 최진영이라는 아이를 보면서 저는 그 계획에 더욱 확신을 가졌고, 형사님께는 죄송하지만 제 선택이 옳았다고 깨달았습니다.

　의원님의 시트 소재로 사용한 메밀 껍질에 관련된 계획도 모두 다이어리에 적혀 있던 것을 이행한 것뿐이었습니다. 기억하시는지도 모르겠지만, 지난번 말씀드렸던 대로 의원님을 벌하는 것은 사모님의 마지막 원이셨습니다. 그분을 벌할 수 있는 것은 사모님 한 사람뿐, 그래서 직접 이행해 드리는 것이 맞는다고 생각했습니다. 제가 뜯어낸 사모님의 일기를 상자에 같이 동봉했습니다.

　형사님은 이런 저를 이해하지 못하시겠지요.

　작은 사모님이 아무리 제가 모시는 분이고, 또한 같은 여자의 입장으로 동정한다 해도 사람을 죽이는 일까지 해 줄 수 있는지요.

　어쩌면 이미 알고 계실지도 모르겠지만, 분명 저는 작은 사모님께 은혜를 입었습니다.

　제 아들은 쓰레기였습니다. 쓰레기보다 못한 인생을 살았고, 그러다 식물인간이 되어 겨우 목숨만 부지했습니다. 그동안 밀린 병원비를 모두 사모님께서 대어주셨습니다. 제 경제력으로는 어림도 없었을 것입니다. 아마도 작은 사모님이 아니었다면 제 아들은 죽을 때까지 쓰레기처럼 난방도 안 되는 차가운 방바닥에 드러누워 죽어갔겠지요. 작은 사모님 덕분에 제 아들은 그나마 사람답게, 간병인의 보살핌을 받으면서 지낼 수 있었습니다.

저는 작은 사모님께 많은 위로를 받았습니다. 사모님께서는 자신은 이 세상에 대한 기억이 처음 있는 그 시점부터 가족이라는 존재가 없다고 했습니다. 애초에 없는 것과 가족 때문에 마음을 다치고 고생하며 사는 것, 자신은 선택하라면 후자일 거라고 생각했습니다.

우리는 많은 이야기를 나누었습니다. 사모님은 이야기했습니다. 자신이 살았던 보육원 기록으로는 발견 당시 두 살이었다는 것. 강원도의 한 기차 역사에서 울다 지쳐 잠든 채 발견되었다는 것.

형사님, 저는 고백합니다. 43년 전 저는 제가 낳은 딸아이를 버린 적이 있습니다. 그럴 수밖에 없었다는 말로 이 년의 비정함을 무마하고 싶지는 않습니다. 남편의 모진 매질에, 걸핏하면 쫓아오는 빚쟁이에, 그 모든 것보다 두려웠던 굶주림. 그것들에게서 도망치고 싶었습니다.

형사님은 이쯤에서 예상하셨을까요. 예. 저는 강원도의 기차역인 남춘천역에 아이를 버렸습니다. 지금은 그 기차역이 사라지고, 남춘천역은 이전하여 복선 전철역이 되었더군요.

그러고 보니 작은 사모님이 너무나 내 아이와 닮았던 겁니다.

버려진 나이. 생김새. 혈액형. 모두 말입니다. 나의 딸아이는 눈밑에 작은 점이 하나 있었습니다.(그쯤에서 서동현은 주미란의 얼굴을 떠올렸다. 주미란의 눈 밑에도 작은 점이 하나 있었다.)

나의 딸일 거라, 생각지 않을 수 없었습니다. 하지만 나는 나서지 않았습니다. 내가 네 어미다, 하고 말하지 않았습니다. 지금껏 살아왔던 대로 그 아이는 고아여야 했습니다. 고아였기에 강호성의 여자가 된 것이니까요.

하지만 작은 사모님은, 아니 마지막으로 한번 이름은 불러보고 싶습니다. 우리 미란이는 강호성의 손에 죽임을 당했습니다. 이미 어린 시절 한번 버림받은 아이를 또 한 번 버린 것이다 이 말입니다. 제가 그놈을 살려야 되겠습니까?

모든 사건의 전말은 여기까지입니다. 모든 죄악을 법의 테두리 안에서 벌해야 하는 형사님께, 이런 선택을 한 저는 깊은 사죄의 말씀을 올립니다.

추신 : 그때 강호성에 대한 서류를 형사님께 드리지 못한 것 내내 죄송스럽게 생각합니다. 그 서류의 복사본을 가지고 있습니다. 강호성은 사본이 자신이 없애버린 것 하나라고 생각하지만 아니었습니다. 하지만 이것 역시 드리지 못해 죄송합니다. 저는 아직도 강호성을 벌하는 것은 작은 사모님이라는 생각에 변함이 없습니다.

상자 안에 들어 있던 그 편지를 받은 뒤부터 한 달이 지났다. 사건은 끝났다. 끝은 해결이 아니었다. 자신이 할 수 있는 일은 더 이상 없었다. 그럼에도 마음이 쉬이 잡히지 않았다. 대체 이 세상의 정의는 무엇이라는 말인가.

'감사하다고, 해야 하는 겁니까?'

그는 사건 파일에 붙은 방옥순의 사진을 똑바로 응시했다.

방옥순의 투신 직후, 대대적인 수색을 벌였지만 방옥순의 시신은 발견되지 않았다. 강호성의 집 어디에서도 방옥순이 말한 서류 역시 찾아내지 못했다.

그는 오늘 아침 자신 앞으로 도착한 서류 봉투 하나를 집어 들었다. 안에 들은 서류를 꺼내면서도 서동현은 한참이나 방옥순의 사진을 응시했다.

이윽고 그는 방옥순의 사진에서 시선을 떼고, 봉투에서 꺼낸 서류를 확인했다. 잠시 숨을 멈추는가 싶더니 이내 고개를 끄덕였다.

친자 검사 결과 불일치.

서동현은 깊게 눈을 감았다. 다시 한 번 방옥순의 사진을 보았다. 그러고는 사건 파일을 덮고 책상 서랍에 넣었다.

만약 주미란이 그녀의 버려진 딸이 아니라는 것을 알았다면 방옥순이 그렇게까지는 하지 않았을까. 아무 일도 없이 지나갔을까. 그것을 아무 일도 없다고 말할 수 있는 걸까. 방옥순의 죽음은 정녕…… 쓸모없는 일이었을까.

서동현은 사무실 바깥으로 나가려 자리에서 일어섰다. 시원한 공기를 쐬지 않으면 가슴이 터질 것 같았다. 그때 사무실에 있던 TV 속으로 서동현의 시선이 고정되었다.

"한 달 전, 불의의 교통사고로 중상을 입은 강호성 영인 시장 당선인이 금일 퇴원합니다. 벌써부터 병원 앞에는 많은 취재진이……"

정치 악마를 키워낸 장옥란은 죽었다.

그의 치부를 폭로해 사회에서 매장하려던 주미란도 죽었다.

모두의 복수를 대신 하려던 방옥순도 죽었다.

강호성의 이면을 취재하던 박계류는 사고를 당한 뒤, 아직 의식이 돌아오지 않고 있다.

하지만 그는, 강호성은 살아남았다.

그리고 영인시를 넘어서 그는 세상을 가질 것이다.

이렇게 끝나는 것인가. 그들의 죽음은 '어쩔 수 없다' 그렇게 마무리 되어야 하는가.

"선배."

지신우가 어느새 옆에 와 있었다. 책상에 앉은 채로 서동현은 지신우를 올려다보았다.

"이거."

지신우가 내민 서류 봉투를 건네어 받았다. 의아한 눈으로 지신우를 보며 봉투 안에 들어 있는 서류를 꺼냈다.

CCTV 화면 캡쳐본으로 보였다. 어디인지 모르겠지만 많은 사람들이 있었다. 그 오른편 끝에 찍힌 한 여자에게 서동현의 시선이 곧장 집중되었다. 화질이 좋지 않고, 여자 역시 머리가 길고 조금 마른 듯 보였으나 확실했다. 방옥순이었다.

"어디야, 여기?"

그 물음에 지신우가 씨익 웃었다.

"주미란 납골당이요."

확실하다. 서동현은 쾌감에 주먹을 불끈 쥐었다.

"3일전 CCTV에 찍힌 거예요. 3일이나 지났지만 주변 폐쇄회로

를 전부 조사하면 행적 정도는 나올 겁니다. 살아 있을지도 모른
다고 선배가 말했을 때 믿지 않았는데, 놀라울 뿐이에요. 근데 방
옥순은 왜 숨어 있는 걸까요? 모두 밝힐 것처럼 편지까지 써놓고
자살을 시도했는데. 살아나고 보니 역시 강호성에 대한 살인미수
죄가 두려워서겠죠?"

서동현은 고개를 저었다.

'그때 강호성에 대한 서류를 형사님께 드리지 못한 것 내내 죄
송스럽게 생각합니다. 그 서류의 복사본을 가지고 있습니다. 하지
만 이것 역시 드리지 못해 죄송합니다. 저는 아직도 강호성을 벌
하는 것은 작은 사모님이라는 생각에 변함이 없습니다.'

서동현은 고개를 돌려 TV를 응시했다. TV 속 강호성이 환하게
웃으며 자신의 추종자들을 향해 손을 흔들고 있었다.

지켜야 할 세상이 있고 밝혀야 할 진실이 있다.

포기하기 전까지는 끝난 것이 아니다.

서동현은 사무실의 문을 힘주어 밀었다. 한여름의 햇살이 그
의 머리 위에서 강하게 내리쬐고 있었다.

〈끝〉

악의—죽은 자의 일기

1판 1쇄 펴냄 2015년 12월 11일
1판 4쇄 펴냄 2022년 4월 19일

지은이 | 정해연
발행인 | 박근섭
편집인 | 김준혁
펴낸곳 | 황금가지

출판등록 | 2009. 10. 8 (제2009-000273호)
주소 | 06027 서울 강남구 도산대로 1길 62 강남출판문화센터 5층
전화 | 영업부 515-2000 편집부 3446-8774 팩시밀리 515-2007
홈페이지 | www.goldenbough.co.kr

도서 파본 등의 이유로 반송이 필요할 경우에는 구매처에서 교환하시고
출판사 교환이 필요할 경우에는 아래 주소로 반송 사유를 적어 도서와 함께 보내주세요.
06027 서울 강남구 도산대로 1길 62 강남출판문화센터 6층 민음인 마케팅부

© 정해연, 2015. Printed in Seoul, Korea
ISBN 979-11-5888-037-8 03810

㈜민음인은 민음사 출판 그룹의 자회사입니다.
황금가지는 ㈜민음인의 픽션 전문 출간 브랜드입니다.